사람은 사람이 되어가는 방식이다

萬 人 譜
만 인 보

완간 개정판

萬人譜

만인보

고은

21/22/23

창비

| 시인의 말 |

어디서부터 이 군더더기를 시작할까. 옛 원효의 무음(無音) 운운도 부질없어라.

동방이 얼어붙었다
태양의 붉은 피가 얼어붙었다

젊은이여 이 고장 백성의 아들이여
손에 든 화살을 힘주어 쏘아보아라
태양의 가슴의 붉은 피를 쏘아 흘려라
백성이 광명에 굶주리고
강산의 줄기줄기 숨죽여 누웠으니

허물어진 옛터
님의 꽃잎 하나 둘
……

화살을 쏘라

동방의 태양을 뽑아내라
피 끓는 심장에 불을 붙여
남은 봉화 재 우에 높이 들고 서서
산과 들 곳곳에 이날의 례포를 아뢰어라

1934년 조명암(趙鳴巖)의 시 「동방의 태양을 쏘라」가 발표된다. 이 시가 씌어진 1933년에 나는 태어났다.

그해 여름 복중의 이 세상에 나온 내가 갓난이로 한 해를 산 1934년 유럽의 아무개가 「시는 죽어가는 기술인가」를 발표한다. 시의 위기를 그 아무개는 벌써부터 깨닫고 있었던 것이다.

이런 때와 곳 언저리의 우연으로 나의 운명은 움직였다.

하여, 스물다섯살의 철없는 시인 노릇으로 오늘에 이르도록 지국총 지국총 노 젓는 소리를 내고 있건만 배 댈 곳 아직 만나지 못하고 있다.

『만인보』는 1980년 육군교도소의 창 없는 특감 안의 어둠속에서 착상되었지만 그 근원은 긴 전생으로서의 여수(旅愁)를 되새기게 한다.

1985년인가, 이것을 시작하고 나서 이제 마칠 때가 되어간다. 앞으로 나올 몇권의 초고마저 끝냈으니 그것을 백지에 옮겨적으면 20여년 만에 한숨을 내쉬려니 한다.

다른 일들에는 안장 없는 생말등을 타고 내달린 자취였는데 오로지 이 『만인보』 일만은 석양머리 나귀를 타고 끄덕끄덕 걸어오는 셈으로 턱없이 완만하였다.

그동안 강팔진 시절도 몇 매듭으로 달라졌고 내 안이비설신의(眼耳鼻舌身意)도 이전과는 사뭇 같을 수 없는 바가 이 게으른 일에는 도리어 새 숨결을 지어낸 듯도 하다.

이번 21, 22, 23권의 세 책에는 저 1960년대 초 혁명 전후의 인간군상이 주로 그려져 있다. 그 시절의 질박한 각성이나 농경환경의 순정에 대한 진혼을 담아보았다.

그러므로 이것은 한 시대를 올라타고 가는 자보다 그 시대로 하여금 다친 자나 거기에 가뭇없이 몸 바친 자에 대한 문학의 의무를 반영할 것이다. 따라서 죽은 자가 살아나는 문학이 어떻게 가능한가를 점치는 일도 더할 것이다. 진정한 레퀴엠이란 넋을 잠재우는 것이 아니라 넋의 침묵을 깨워야 하기 때문이다. 문학이 시간의 패배자일 때 그 시간에의 저항을 결코 포기하지 않는 것이 문학의 행위이기를 바란다.

세상은 망각의 강과 함께 기억의 강도 흐르게 하거니와 어느 강물이 더 낭창거리는가에 따라 역사의 질량이 다르게 재어진다. 지난 시대의 삶들이 현재의 삶에서 살아있는 동접원(同接圓)이 되기를 꿈꾸고 있다. 아니 기억이야말로 상상의 자궁이 아닌가.

그러므로 『만인보』의 공간은 과거와 미래가 만들어내는 현재의 무한한 연장(延長)일 것이다.

시인생활 50년을 앞두고 나에게도 있어야 할 회의에 부딪힌다. 저 고려 귀족문학의 수식 남용을 떠올릴 만한 문학 수사의 타율성, 이미지의 무책임과 내면의 이기주의만이 아니라 언어유희도 지적될 수 있다. 이 반면 사회에 대한 적응과 대응 역시 상습적인 도덕주의로 일관하는 화자의 명철보신(明哲保身)도 모르는 척할 수 없겠다.

오호라, 각각 임자 없는 나룻배로다.

그렇다 하여 새삼스러이 다산의 '선오(禪悟)'의 경제를 내세우기도 저어된다. 종소리의 여운만이 시이겠는가. 그 여운이 다한 적막 또한 시 아니겠는가. 그렇다 하여 어찌 카이사르의 『갈리아 전기(戰記)』의 무표정한 서술만이겠는가. 어찌 화자인 '나'를 철저하게 부정하고 있는 그 삼인칭의 냉랭한 주어에만 사로잡히겠는가. 여항의 저 무딘 소음 속인들 어찌 시의 귀신이 스며드는 거처 아니겠는가.

오늘의 시법, 이런 난장에서부터 발단하기를 너나없이 고대한다.

시, 더 내몰려라. 더 쫓겨라. 변방의 호롱불로 바람 부는 밤중에 벌벌 떨어라.

시의 황금기에도 시는 죽었고 시의 사막에서도 시는 살아 은빛 해골로 빛날 것이다. 영감의 기록은 그토록 처연히 끝없으리라.

걱정 마라.

2006년 3월

고은

차 례

만인보 21

만인보 22

만인보 23

일러두기 ——

완간 개정판 『만인보』 21·22·23권은 초판본(창비 2006)에 저자의 개고분을 반영하였습니다.

만인보

21

萬人譜

어떤 임종

바람이 온다 나는 간다

몽골독수리 둘이
나를 본다

이내 내려앉으리라

내생 필요없다

지족

가을 누에 고이 잠이 든 밤
옷 젖은
기녀 진이에게 수이 무너졌어라

30년 면벽

아주 잘 폭삭 무너졌어라

춤 몇대

대원위대감 홍선대원군께서
청나라에 잡혀가기 전
그 대원군께서
운현궁 수직군사 위무하려고
큰 놀이판 벌였을 때
거기 불려가
학춤 춘 할아버지
그 할아버지의 춤 이어받아

얼금뱅이 아버지의 춤 또 이어받아
어느날은
할아버지보다 못하고
어느날은 가까스로
할아버지 춤에 버금가던 아버지
그 얼금뱅이 아버지 춤 이어받아

춤꾼 최삼돌

일제 말기
꽹과리와 징
놋요강 따위 다 걷어갔다
걷어다가 무기 만들었다
쌀 다 앗아갔다
달착지근 띠뿌리 캐어먹었다

뒷동산 잔솔
쓰거운 송기 벗겨먹었다
배고프면
머리가 체머리로 빙빙 돌았다
그런 시절에도
서러울수록
억울할수록
조선팔도 안 가본 데 없는 지친 춤판이었다

춤꾼 최삼돌

압록강 철교 건너
만주 봉천
북만주 끝 만주리까지 가
아니 씨베리아 이르꾸쯔끄 동포들한테까지 가
춤판 열어
너울너울

만주 하얼삔 교외
일본 헌병이 나타나 소련군에 불빛 보이지 말라
춤판 화톳불 꺼버려
어둠속 별빛에
너울너울너울

학춤 너구리춤
병신춤 머슴춤 호미씻이 백중춤
미친년춤
미친놈춤
술 취한 까까중춤
바람난 춤 허풍선이 양반춤
과부춤
뻐끔뻐끔 담배춤

온몸 땀범벅 번들거리며
그칠 줄 모르는 박수소리에
개평춤 하나 더 추었다

춤이 훨훨 무애이고 자유였다
춤이 나였다

그날밤 바람 때리는 객창
칼조각달
꿈 한자락 오지 않는
칼조각달
그 북만주 새벽 지평선 잊을 길 없다

떠돈 그 시절
일본 순사가

춤판 금하는 날
좀이 쑤시는 몸이야 술항아리에 담갔다

춤꾼 최삼돌

그 이래
세월은 잘도 흘러
아흔살
늦둥이 아들에게 춤 핏줄 이어주고
몸져누웠는데
휘영청 달빛 못 견디어
나 내일 네 춤판에 데려가다구

다음날 아들 춤판에 가서
덩실
덩실
너울
너울
아흔살 너구리춤 추었다
춤 한판 다하기 전
숨차 멈췄다

그날밤 닭 울기 전
숨졌다 웃을락말락한 얼굴이었다

춤꾼 최삼돌 옹
그 주검 곁에서
실컷 울고 난 외동아들 최행복 벌떡 일어서서
눈감은 아버님께
학춤 한판 바치는 새벽이었다

춤이 아버지였다 나였다 나 이후이리라

사색 풍경

차츰 근세 조선정치는 제 면목에 접어들어
동인
서인이라
그 지긋지긋한 임진 정유 전란 무릅쓰고
동인
서인이라

그러다가 동인이 갈라져
남인
북인이라

서인이 갈라져
노론이라
소론이라

심지어 옷맵시도 갈라져
노론의 저고리 옷섶은
둥글둥글 접혔고
소론의 저고리는
모가 났더니라

이디 바깥뿐인가

노론의 집안 아녀자 치마는

굵은 주름
소론의 치마는
아깃자깃 여러 주름이더니라

아니
천하절경을 바라볼 때도
노론 풍류는
으음
소론 풍류는
허허

이것이 근대 독립운동에도
그리고 그 이후에도
썩은 동아줄로 이어지는
기나긴 당질(黨疾) 아니던가

오늘밤 나 또한 나의 노론이고 나의 소론 아닌가

어머니의 정수리

어머니의 머리 정수리
아깃적 숨구멍 그 정수리로
그 십릿길 광주리 이고 다니셨지요

어머니의 정수리로
숨찬 산동네길
무거운 짐 이고 오르내리셨지요

어머니의 정수리로
이사 가는 솥단지 이고
등에는 갓난이 동생 업고
왕십리에서 답십리까지 걸어가셨지요

어머니의 머리 정수리
수많은 것들 이어오셨지요
진작 머리카락 다 빠져서
민둥산 되셨지요 어여쁜 쌍가마 영영 없어지셨지요

나필모 어머니의 머리 정수리

함석 다라이 가득히
입도선매 겉보리 서 말
이고 와 내려놓으며 한숨 나오셨지요
아 조선 아낙의 길 아마득히 한숨 나오셨지요

필모 쪼르르 달려가
방금 떠온
우물물 한 그릇
어머니한테 갖다드렸지요

내 새끼가 제일이구나
징 무늬같이
둥근 말씀
깡마른 입술 사이
한마디 나오셨지요 그렇게 힘이 나셨지요

장충동 판잣집 대표

10년째
아니 11년째
서울 장충동 공터
무허가 판잣집 들어선 지 11년째
어림잡아 2백 가구
다닥다닥 2백 가구
서로 욕 퍼붓고
서로 공동변소 먼저 들어가려고 싸우고
서로 얻어온 떡 오순도순 나눠먹기도 하고
이 집 총각
저 집 처녀
한밤중에 몰래 만나 숨차고
오늘도
내일도 모레도
다닥다닥 살아가는 2백 가구

거기에 땅주인이 보낸
깡패 해결사 임철국이 나타났다
가죽점퍼에
목덜미 칼자국이 빛났다
판잣집 대표 유달수가 정중하게 맞이했다

우선 유달수가 임철국을 술집으로 정중하게 모셨다
돼지갈비 굽는 석쇠가 빨갛게 달아올랐다

임철국이 을러댔다
당신들 이제 떠날 때가 왔어
여기가 금싸라기 땅인 줄 알지
여기에 7층짜리 건물이 들어설 참이야
이제 판잣집 시대는 끝이야
이 장충동이 어디냐구
이게 서울의 노른자위 땅이라고

유달수가 정중하게 아뢰었다
우선 제가 2백 가구 난민을 대표해서
술 한잔 올리겠습니다

막소주 대두병을 청하고 나서
또 유달수가 정중하게 아뢰었다
감히 형님이라고 부르겠습니다
형님
지금 저에게는
소주값은 있어도
안주값은 없습니다

이 말 뒤 식칼을 집어다가
제 허벅지살 베어
그 피칠갑 살점을

연탄불 석쇠에 놓았다
살점 지글지글

형님 2백 가구 난민대표가 드리는 안주입니다
어서 한잔 드시지요

깡패 해결사 임철국의 얼굴 일그러졌다
일어서서
휘청 나가버렸다

안주 타는 냄새가 꽉찼다

할머니의 젖

장차 연세대 철학과 교수 김형석의 사촌
김용석
김용석의 할머니는 젖이 많이 나왔다
손만 대어도 쿨렁쿨렁
빈 사발에 뽀오얀 젖 가득 찼다
김용석은
어머니 젖보다
그 할머니 젖이 더 좋았다

평양 대동강변 만경대 마을
김일성의 어머니 강반석은
오래 유종을 앓아
갓난아기 김일성도
김용석의 할머니 젖으로 자라났다

세월 뒤

해방정국
김용석이 반동으로 몰려 잡혀갔을 때
옛 할머니 젖 덕에 김일성 장군 덕에 풀려났다
풀려난 뒤 삼팔선 넘어 서울로 왔다

젖형제
하나는 북의 수령

하나는 남의 회사원이었다

분단시대
남의 회사원 김용석은
할머니 젖 덕인가
우유회사 이사가 되었다

강원 산중 목장 젖소떼 시찰 가서
할머니!
할머니!
하고 어릴 적 할머니를 불렀다

김주열

마산 3월의거 한 달이 지나간다
세상은 잠 이룰 밤이 없었다
공포였다
불안이었다
다음날 물가가 또 뛰었다
1960년 4월 11일 오전
이런 시절에도
중앙부두 물 위에 낚시꾼이 있었다

낚시꾼 눈이 커졌다
벌떡 일어섰다 걸려든 물건을 보았다
시체
썩은 시체

송장이다
송장이다
하고 외쳤다

눈에서 뒷머리 쪽으로
20센티 쇠토막이 박혀 있었다

하나둘 모였다
하나둘 모였다
어느새

천명이 모였다
살인선거 물리쳐라
시체 인도하라

3월의거가
4월의거로 불붙었다
4월 12일
만명이 모였다
또 만명이 모였다 나아갔다
마산시청
소방서
자유당 사무실
국민회 지부
서울신문 지사에 돌을 던졌다

야당이다가 여당으로 돌아선
국회의원의 집
시의원의 집
시장의 집
마산경찰서장 관사에 돌을 던졌다

4월 13일 다시 궐기하였다

마산상고 입학생 김주열이

경찰에게 타살된 3월
타살되어
아무도 몰래 물에 던져진 뒤
그 주검
가라앉았다가
그 주검에 매단 돌 풀어져
떠오른 뒤
거기서 4월혁명은 시작되었다

하나의 죽음이
혁명의 꼭지에 솟아올랐다
뜨거운 날들이 이어졌다 목이 탔다

이제 마산은 전국 방방곡곡이었다

유대평 씨

밥 한 숟갈에 쌀알 3백개면
밥 열 숟갈에 쌀알 3천개라

한 끼 스무 숟갈이면
밥알 6천개라

그러므로 하루 세끼면 밥알 1만 8천개라

내 입이 너무 크다
내 밥통 너무 크다
내 욕심 너무 크다

긴 장마철
문 처닫고 40일 금식으로 숨진 도사 유대평 씨

비 그쳤다

고교생들

까마귀떼 자오록 내려앉는다 보리밭두렁
까만 학생복 윗도리
단추 다섯 개
누가 넘어지면
으라차차
입속의 흰 이빨 가지런했다
이런 고교생들
이런 고교생들 혁명의 한쪽 맡았다

1960년 4월혁명은 4월에 시작하지 않았다
3월이었다
3월 이전
1959년이었다
1959년 이전
1955년 이전
아니
1950년
아니
1947년부터 시작했다
4월혁명의 저 근원

해방의 시대
전란의 시대
독재의 시대

관제시위 어용시위에 길들여진 소학생들 중학생들

이제는
반독재의 시위
반부정부패의 시위로 바뀌어
교문을 넘어
거리로 쏟아져나왔다

까마귀떼 날아올랐다
검은 모자
검은 제복
검은 운동화로 우르르 쏟아져나왔다

오랜 관제시위 어용시위로 숙련되었다
어깨 겯고 노래 부르고
구호 외쳤다
나아갔다

최루탄 연기 속 나아갔다
체포되었다
해산되었다

다시 나아갔다
돌멩이를 던졌다

마산상고 2학년 이충남
광주일고 1학년 고재수
밀양고 3학년 오철수
대전사범 1학년 임후광
천안농고 2학년 박진섭

바다 건너
제주 오현고 홍일표

그들에겐 교과서 속의 노인
노인 이승만이
더이상
자칭 국부(國父) 아니고
국가원수 아니었다
쓰러뜨려야 할 관제 동상이었다 나아갔다

신나명

우리 나명이
굶은 날 아지랑이 찬란하느니

냉잇국 좋아하시는 어머니 냉잇국 끓여드리려
이른 봄 풋냉이 캐는 나명이
단발머리 나명이

아버지는 산판 가고
늦은 봄 쇤 냉이 캐는
몽당치마 나명이

그네에게 소원
병든 어머니 일어나시는 것
일어나 고샅길 느릿느릿 걸어가시는 것

배고픈 날
병든 어머니와
어머니의 딸의 아지랑이 이토록 찬란하느니

김정렬

일제시대 일본 육군사관학교에 다닌다
일본 육군비행대 중대장
비행전 대장으로
미 해군비행대와 싸운다
그 공중전에서 살아남는다
해방이 되자
잠깐 숨어 있다가
국군 창설에 나타난다
저쪽 언덕에서
이쪽 언덕으로 건너온다
한국 공군 초대 참모총장이 된다
지난날의 적군이던 미군의 친구가 된다
유엔군사령부 한국군사절단 단장
자유당 정권
마지막 국방부장관이 된다
밤에는 미 대사관 영사와 만난다
청구동 문정관 집에 가 술 한잔 한다

아침에는 이기붕 의장을 찾아가 문안드린다
낮에는 국회의사당에 불려가
야당의원 질의에 큰소리지른다
데모 시민을 폭도라 한다
빨갱이라 한다
야당의원들이 연단 마이크를 잡아챈다

그 시대 이승만의 시대 지난 뒤에도
박정희의
공화당 초대 의장
반공연맹 이사장
전국구 공화당 의원이 된다
장차 재계로 실업계로 나아간다
10년의 경제활동

전두환 군부정권 출범과 함께
평화통일자문회의 수석부의장
전두환의 마지막 총리가 된다
노태우 정권의
한일협력위원회 위원장이 된다

어찌 이런 길고 긴 벼슬인가
어찌 이런
아무런 회한 없는 안전인가
어찌 이런
아무런 고통 없는 영달인가

이 나라 백성의 먹구름 피고름 같은 비애 따위 아랑곳없이
어찌 이런
번들번들한 얼굴인가

김효덕의 아버지

돌아와
아버지에게 인사해도 대답 없다
멀뚱멀뚱
아버지의 눈에는
초점 없다

아버지의 정신이상 몇년째

세 식구 목숨
오직 어머니한테 달렸다
어머니는 장사하랴
살림하랴
영감 돌보랴
아들 공부시키랴
하루 세 시간 자는 잠밖에 없다

2대독자 아들
강한 사내 되라고
열살 때부터 당수를 가르쳤다
호신술 있어야 한다고
추운 아침 냉수마찰도 시켰다
비실거리지 말라고

그런 아들 효덕이

1960년 3월 15일
마산의거 그날 남성동거리에서
총 맞아 쓰러졌다

그런 어머니 목 막혀 울음이 나오지 않았다 끝내 미쳤다
그것도 모르고
아버지는 멀뚱멀뚱 앞집 살구나무 바라본다
벙어리로
벙어리로
살구꽃 바람에 지고 있었다

김위술

나는 하루 150환을 버는 막일꾼이올시다
구공탄 배달하는 막일꾼이올시다
허위허위
비탈길 오르면
한겨울에도 내 몸에서 하얀 김이 한 소쿠리씩 피어납니다

나는 구공탄 친구올시다
나는 구공탄 쓰는
언덕배기 가난한 집들 친구올시다

내 자식놈은 야간학교 고학생이올시다
김영호올시다
구공탄 배달 김위술의 아들 김영호올시다

마산 남성동파출소 찾아가
어느 놈이 내 자식 때려죽였느냐
어느 놈이 내 자식 죽였느냐고
부르짖는 내 마누라마저
수갑 채워 형무소 보낸 경찰이 대한민국 경찰이올시다

내 자식 총 맞은 뼈 그대로
땅에 묻었습니다
마누라는 콩밥 먹고 나왔습니다
정신 나가버렸습니다

나는 구공탄 리어카 끌고
오르막길 오르고
내리막길 내려갑니다

영호야
영호야
영호야
속으로 불러봅니다
소리내어 불러봅니다
오늘 빈 리어카하고 나하고 비탈길 굴러버렸습니다 엉엉 울었습니다
나는 자식 잃은 막일꾼이올시다

고 김삼웅의 넋두리

아버지 없는 자식입니다
어머니는 벌써 눈 어두워
바늘귀에 실 끝 드나들지 못합니다

어머니는 마흔한살
나는 열아홉살입니다

왼쪽 허리에서
바른쪽 허리로 총알이 뚫고 갔습니다
아직 살아 있었습니다

실려간 병원 의사
힐끗힐끗 경찰 눈치보며 수술을 미루었습니다

장차 배 타고 바다로 나가는 것이 꿈이었습니다

어머니
어머니

이 두 마디 남기고
나는 숨졌습니다

병원 천장에는 거미가 죽은 듯 붙어 있었습니다

구두닦이

열다섯에 세상에 나갔다
아니
그에게는
세상밖에 아무것도 없었다
아버지도
어머니도 없었다
아버지 어머니 저승길 뒤
삼촌집에 얹혀 있다가
세상에 나왔다
차라리 세상이 편했다

세상 찬바람 속 빈 몸 하나의 자유가 편했다

열다섯살인데도
마음은 서른살 마흔살이었다
얼마동안
구두닦이 아저씨 밑에서
단골손님 구두를 벗겨왔다
그다음
구두닦이 견습이었다

어언 구두닦이 4년째
이제 시장 입구에 자리잡았다
입에서 노래도 흘러나오며

하루 구두 칠십 켤레 팔십 켤레 닦았다

그날!

그 시위대 옆에 얼떨결에 끼어들었다

부정선거 다시 하라
부정선거 다시 하라

저만치 달려가다
가슴팍이 뜨끔했다 쓰러졌다

신마산 일대 구두닦이 23명 돈을 걷어
죽은 동료 장사 지냈다
비도 세웠다

오성원 여기 잠들다

사라호 해골

1959년 9월 16일부터 사흘간
14호 태풍 사라는
한반도 남쪽을 폐허로 만들었다
인명 피해 3천여명
이재민 79만명
가축 피해 65만 마리
가로수 30만 그루
건물 150만 가호 무너뜨렸다
선박 피해 1만여척
도로 피해 1만여 곳
논밭 220만 정보
쓰러진 전신주 1만여 개
총피해액 873억환이라

경남 해인사
첩첩산중 계곡
두개골 여섯 개
세찬 물살에 떠내려오다 바위에 턱 걸렸다

1953년
가야산 빨치산 사망자의 해골이신가

일초선사
그 해골 옮겨다가 위령제를 지내주었다

그중의 한 두개골
방 안에 모셔놓고
근본불교
고골관(枯骨觀)의 선정(禪定)에 덤으로 들어보았다

바깥 감나무에
감 한 개 툭 떨어졌다

일초선사
해골 눈구멍에서
푸른빛 뿜어져나오는 것 보았다
카아!

그날밤
방 안의 해골이 입을 열었다

나 덕유산 지리산 빗점골
가야산 보투 제2지대
최판득이그만그려
내일모레 아무데나 묻어주셔 잊어주셔

그 형제

형 김동삼이 고향을 떠났다
뜨르르한 고대광실
뜨르르한 전답 다 두고
잃어버린 나라 찾아야 한다고
고향의 밤을 떠났다
아우 김동만도
술 한잔 없이
형의 뒤를 따랐다

만주벌판 눈보라 속

하루 백리 백오십리를 걸었다
담요 한장 말아
어깨에 메고
해진 여름신발 동여매고 걷고 걸었다

한푼 주고 사먹는
만주전병 한 개로 끼니 때우며
하루 백리 백오십리를 허기져 걷고 걸었다

서간도
북간도 벌판과 산기슭을 걷고 걸었나
걸어가다
마적떼 만나면 숨고

산짐승 만나면
불 놓아 쫓으며 걸었다
걸어가다
동포를 만나면
군사결사 교육결사
생활결사 경학사 설립을 목쉬어 호소했다

이도구에서
삼도구에서
두도구에서
그 형제 내내 비바람 속 함께였다
다른 동지도 하나둘 함께였다

아직 옛 시대 사색당파 남아 있었다
지역 당파
무슨 당파
무슨 당파 갈라져 있었다
그런 동포 만나
하나의 나라
하나의 핏줄 외치며
목 타는 입안에 고드름을 녹였다

두고 온 고향 어느 쪽인가

아우 김동만의 입에서
어쩌다 한마디가 나와버렸다
어머니!
형 김동삼이 아우를 돌아다보았다

꿈

아들 구름을 타고 가며
손을 흔들었다
아들의 웃음 아리따웠다
손 흔들며 뭐라고 말하는 듯
어머니를
부르고 부르는 듯

동규야 동규야 부르다가 꿈 깨어났다
먼동은 아직 이르다

이튿날 오후
왕대폿집 막걸리를 마시다가
이놈의 세상 왜 이 모양이여
이 말 한마디 고자질로
누군가가 간첩으로 잡혀갔다

빨갱이 신고하면
간첩 신고하면
돈 나온다
누군가가 그 돈으로 막걸리 먹는다
왕대폿집에는 그런 놈들 죽치고 있다

그런 대폿집 앞
하루 내내 데모밖에 없다

책가방 들고
동해물과 백두산이 마르고 닳도록…을 불렀다
애국가도 힘이었다
고교생 여고생들의 데모
여중생들의 데모가 이어졌다

왕대폿집 마누라
하루 내내 아들 궁금했다
왜 안 돌아오나
왜 안 돌아와
경무대 앞
경찰이 최루탄을 던졌다
그것을 되던지려고
뛰어가는 학생을
경찰이 쏘았다
쓰러졌다
다른 학생이 달려가
쓰러진 학생 업어오다가
경찰의 총 맞아
둘이 쓰러졌다

그중의 하나가
동규

이대우

1960년 2월 28일 일요일
대구 수성천 바닥에서
야당 부통령후보 유세강연이 벌어졌다
경북교육위원회는
자유당의 지시로
일요일 학생 등교를 강행했다
학생들이
야당 유세장에 가지 못하도록

학생들이 화났다
경북사대부고
경북고
대구고
대구상고
경북여고 학생
천명이 거리로 뛰쳐나왔다

횃불을 밝혀라 동방의 별들아!
학원의 자유를 달라!
학원을 정치도구화하지 말라!

이런 구호 외치며 스크럼을 짜고 나아갔다
도청 앞
도지사 관사 앞 모여들었다

3일 전 경북고 학생회 부회장 이대우가
대의원회를 소집했다
다음날
다시 소집했다
대구고교 손진홍
사대부고 최용호
다른 고교에도 알렸다

이대우와
손진홍
최용호
함께 자면서
내일 감옥 철창에서 만나자 했다
그리고 한밤중 낮게 낮게
동해물과 백두산이 마르고 닳도록…을 불렀다

다음날 정오
그들은 각자의 학교에서 외쳤다
오늘 우리는 궐기한다!

그리하여
도청 광장이 가득 찼다
다섯 고교 남녀 학생 가득 찼다

이대우는
더이상 두렵지 않았다
어머니의 기침소리를 생각했다
좋아하는
경북여고 허순옥의 뒷모습을 생각했다
저쪽에서
허순옥도
이대우를 생각했다

오늘 우리는 궐기한다!

용실이가 죽어서 왔어

이렇게 살다가 마는 것이 삶이냐고
왜 이렇게 살다가 마는 것이 삶이어야 하느냐고
딱따구리 우는 밤
누가 물어라

지난해 술 취한 노인
술 취해
피투성이가 된 노인을 업고
병원에 왔다
병원 간호부들이
업고 온 그 소년을 기억하고 있었다

피투성이 노인의 피로 범벅이 된 채
병원으로 달려와
업은 노인을 내려놓은 소년을 아직도 기억하고 있었다

1년 뒤
그 소년 김용실이
총 맞은 시체로 병원에 실려왔다

간호부들이 울었다

그 착한 용실이가
그 착한 용실이가

'빨갱이'로 죽어서 왔어
이승만 대통령각하의 역적도당으로
북괴 간첩으로 죽어서 왔어
용실이가
용실이가 죽어서 왔어
서로 내 동생 내 동생 하던
그 용실이가 죽어서 왔어

아직은 이승만 대통령각하의 자유당 천하
김용실이 죽어서 왔어

의규 아버지

떡집 앞에서 떡을 한 시간쯤 쳐다보다가
발걸음 떼어놓던 아이
불고깃집 앞에서 불고기 냄새
언제까지나 벌룽벌룽 맡고 나서
발뒤꿈치 안 떨어지는 발걸음을 떼어놓던 아이

극장 건너편
극장 간판의 최무룡을
오래 바라보다가
발걸음을 떼어놓던 아이

처음부터 세상이 단념이고 체념이었던 아이
야간 창신중학 졸업생 전의규 군
쌀가게에 취직하기로 되었다
기뻤다
기뻐 어쩔 줄 몰랐다
쉬는 날에는
극장에도 갈 수 있을 것이다 일년에 두 번쯤 불고기백반 먹겠다
기뻤다

그런데 시위대열 뒤를 따라갔다 그것이 끝이었다
경찰추격대의 총에 맞았다

아버지 전소조 씨 넋을 잃었다

이승만 대통령의 사진
이승만 대통령이라는 큰 글자가 박힌
신문지 도배한 벽에 기대고 넋을 잃었다
앉은 채
오줌도 싸고 똥도 쌌다

예순한살
끝내 물 마시지 않으므로
오줌도 없다

백암의 꿈

상하이 임정 대통령
백암 박은식 각하께서는
어느날 밤
빗소리 들으시다 잠든 밤
금나라 태조를 꿈속에서 뵈옵고
큰절을 올리셨다우

이런 순 오랑캐 짓거리라니

그러나 금나라는 여진
여진은 발해
발해족은 마한족 이주자

엄연함이여

두루 드넓은 만주 연해주 일대가
서로 어우러진
내 더운 핏줄 갈래갈래들이라

꿈 깨어나서
큰절 올려도 무방

오직 그것뿐 오직 영세일계(永世一系)의 왕검 자손 어디 계시나

이승만 대통령의 사진

무주국민학교 6학년 2반 유충남
아버지는 떠도는 장꾼
어머니는 인삼밭 일 나가는 아낙이었다

골똘히
골똘히
공부만 했다
팽이도 칠 줄 몰라
제기도 찰 줄 몰라
동네 아이들 숨바꼭질에도 빠졌다
공부만 했다

별명이 좀생이였다 빈 들의 허수아비였다
그러던 그가 어쩌다가 자유당의 부정선거를 알았다

방과후
교장실의 이승만 사진
교실의 이승만 사진을 떼어다
시궁창에 버렸다

무주국민학교 전체가 괴괴했다
쉬쉬쉬
그뒤 이승만 사진을 새로 걸었다

한 달이 갔다
그동안 꾹 참고 있던 빈 들 허수아비 유충남이
교장실의 사진을 다시 떼어다
똥둠벙에 내던졌다

한밤중 벌벌 떨며
교실의 사진도 떼어다 내팽개쳤다

무주국민학교 전체가 시끌시끌했다
경찰서장이 오고
지서주임이 왔다
교장은
교사들을 닦달했고
교사는
아이들을 닦달했다

유충남은 꿀 먹은 벙어리로 공부만 했다
수학 문제 중 분수 문제 아홉 개 풀었다

살수대첩
패수대첩의 을지문덕이 좋았다

손진홍

수많은 관제데모에서 데모를 배워왔다
이제 누구의 명령이 아니라
나 자신의 명령으로 데모를 한다

대구고교 마당

교사들이
교문을 닫고
학생들을 막았다

교장도
교감도
학생과장도 못 나가게 막았다

그때 대구고교 학생회장 손진홍이 외쳤다
대구고교생 모두 죽었느냐!

학생들이 외쳤다
죽지 않았다! 살아 있다! 나가자!

막혔던 교문을 박차고 나갔다
반월당 앞까지 나아갔다
역전까지 나아갔다
거기서 경찰대와 맞섰다

학생을 정치도구화하지 말라!
우리에게도 인류애를 달라!

이런 서투른 구호들이 뜨거웠다
관제데모에서 배운 데모였다 이승만의 시대 꼬리 보였다

신호덕이

이른 봄 배는 고픈데
똥거름 냄새 배부르구나
보리밭머리
뚝새 냉이 벌금자리 캐는 호덕이
호덕이 등짝에 내려올 햇볕
구름이 가렸구나

하늘 속
하늘의 구름 속 종달새
내려다보니
저 아래 호덕이 저 혼자 배고프며
노래하고 노래 듣누나

달도 하나 해도 하나 사랑도 하나…

여순경 김숙자의 웅변

잡혀온 데모 여고생들 마구 두들겨팼다
이 썅년들
똥갈보만도 못한 년들
양갈보만도 못한 년들
사내새끼 좆맛에 미친 년들
그래서 사내새끼들이나 하는 데모에 따라나선 년들
잘 왔다
잘 왔어
네년들 구멍에
말뚝 하나씩 오지게 박아줄 테다
이 썅년들
국부 이승만 대통령각하를 감히 모독한 화냥년들
대한민국 3천만 동포의 지도자 이기붕 의장을 감히 배신한 년들 썅년들

유정천리

1960년 2월 15일
야당 대통령후보가
미국 월터리드 육군병원에서 죽었다
야당 후보의 죽음 두번째

대폿집이 만원이었다
고교생의 빵집도 만원이었다

대구 경북사대부고 2학년 학생
오석수
이영길
유효길

그 세 녀석이 유행가 「유정천리(有情千里)」 곡에
조사(弔詞)를 지어 붙여
개사곡을 불렀다

가련다 떠나련다 해공 선생 뒤를 따라
장면 박사 홀로 두고 조박사도 떠나갔다
천리만리 타국땅에 박사 죽음 웬말이냐
눈물 어린 신문 들고 백성들이 울고 있네

세상을 원망하랴 자유당을 원망하랴
춘삼월 십오일에 조기선거 웬말이냐

가도 가도 끝이 없는 당선길은 몇 굽이냐
민주당에 꽃이 피네 지유당에 눈이 오네

교내에 퍼져갔다
시내에 퍼져갔다
전국으로 퍼져갔다

세 녀석 무기정학
내무부장관 최인규
책상 바닥 내려치며 가로되
천인공노할 놈들 왜 그놈들 정학 처분인가 당장 퇴학시켜라

이장 고재순

전남 담양 면앙정 근처
옛 풍류 간데없다
그냥 두메

멀리 무등산 등허리 수전증 같은 아지랑이 한 고을 내다보인다

하루 내
낮닭 몇번 울고 나면 할일 없는
그냥 두메

귀 멀어 고적하여라

거기에도 날짜는 왔다
3월 15일
자유당이 서두르는 조기선거
투표일이 왔다
그런데 그 두메 16가구
투표용지가 오지 않았다
후보 기호도 알 길 없다

면에서
군에서
관권이 대리투표 몰표를 위해서
아예 유권자에게 투표용지를 배부하지 않았다

마을 이장 고재순 집에
마을 사람들 몰려왔다

내 투표용지 어서 주소
내 투표용지 주소
내 투표용지 주소

이장 가로되
저 무등산 보고 달라 하소
내 투표용지도 없소

다음날 이장 고재순은
면사무소로 갔다

사표 이유
일신상의 사정으로 이장직을
사임합니다

마산공고 김영호

마산공고의 마당
바람이 한때의 먼지구름을 몰았다
무슨 일이 일어나지 않아도
무슨 일이 일어날 듯
무슨 일이 일어난 듯
먼지구름 뒤
빈 마당 웅성이는 열기가 모여들었다

마산공고는 불안했다
마당이 바라보이는
교장실도
교무실도 불안했다
학생들이 수군수군
교실들도 불안으로 가득 찼다

며칠 전 교장은 교육위원회로부터 최후통첩을 받았다
경찰서장으로부터 최후통첩을 받았다
자유당 시당위원장으로부터 최후통첩을 받았다

만약 빨갱이 사주를 받아
이 학교 아이들이
거리로 나서면
즉각 학교인가 취소될 것이다

학생들은 불안했다
학교가 없어지면
학교 교문이 닫혀버리면
학생들은 올데갈데없다

그러나 3월 15일
부정선거 반대시위 학생
총 맞아 죽었다
마산공고 2학년 김영호 군이 죽었다
그러자 학생들이 폭발했다
시험거부 백지동맹
수업거부 총동맹

김영호를 살려내라

마산상고도
마산고도
제일여고도
마산여고도 폭발했다
종을 쳤다
종을 쳤다
전교생이 모였다
시민대열에 합류했다
교사들의 만류 뿌리치고

거리로 내달려갔다
내달리며 외쳤다

부정선거 다시 하라

휴교령이 내려졌다

김영호를 살려내라
내달리며 외쳤다

불안이란 불안 어디에도 없었다

그의 일생

나의 아버지가 빨갱이였다 합니다
나는 빨갱이가 아니올시다
나의 삼촌이 빨갱이였다 합니다
나는 아니올시다
나의 매형이 빨갱이였다 합니다
나의 누님이 빨갱이였다 합니다
나의 네살 조카가 빨갱이였다 합니다
나는 아니올시다
나는 아니올시다

세월이 더 가혹했습니다 까마귀떼가 활발했습니다
결국 나는 연좌제의 빨갱이가 되어버렸습니다

5년 뒤
망우리 공동묘지 동쪽 비탈 덤불
적색분자 합동묘지
거기에 그가 묻혔다
누구 하나 찾아올 사람 없이

세월이 갔다

노원자

마산 제일여고 2학년 노원자
흐린 날
그네 웃음 작약꽃
웃음소리 백점

지리시간이 제일 좋았다
먼 부에노스아이레스 꿈꾸는
머루눈 백점

그해 이른 봄
플래카드를 둘이나 만들었다
하나를 교사에게 빼앗겼다
빼앗기자마자
숨겨둔 플래카드를 펴들고
교문 밖으로 뛰쳐나갔다

부정선거 물리치고 공정선거 다시 하라!

경찰은 학생 학살을 책임져라!

마산경찰서 앞까지 진출했다 그네 뒤 전교생이 따랐다
노원자의 구호 백점
시민들이 박수쳤다
남학생들이 박수쳤다

누군가가 말했다
마산에 유관순이 나타났다고
잔 다르크가 나타났다고

경찰 기동타격대가 들이닥쳐 노원자를 체포했다
작약꽃이 끌려가며 외쳤다

부정선거 다시 하라!
부정선거 다시 하라!

4월혁명 한 달 전
그 작약꽃이 외치고 외쳤다

옥봉이

태어나
백일 지나면
백일잔치가 요란하였다

붓 잡으면 선비가 되고
엽전 잡으면 부자가 되리라
모자 잡으면
벼슬아치 되리라

그런 백일잔치 지나
네살
다섯살
마마 잘 넘기고
딸꾹질 잘 넘겼다

새로 난 이빨 어여뻐라
여섯살 난 옥봉이

그 옥봉이가 그만 콜록콜록 잔기침하다
어이없이 숨졌다
앳된 주검 금세 보랏빛
이불 홑청 뜯어내어
둘둘 말아 내다가
풀섶 밑

깊이깊이 묻어버렸다

장차 그 옥봉이
스무살이었다면
마흔살이었다면
이 세상 어드메
무엇이 되어 있을까
머리에 물동이 이고 걸어가고 있을까
물동이 이고 걸어가는
어깨 한쪽 노랑나비
호젓이 앉아 있을까 총각 하나 저만치 따라오고 있을까

저만치 으슬으슬한 강 둔치에서
남몰래 도토리 하나 떨어져 있다

아 도토리가 곧 도토리나무 한 그루

임옥남

주둔 미8군은 몰랐고
주둔 미 CIA는 알았다

쿠데타는 끝났다

군인이 군복을 벗고 양복을 입었다
1965년 서울
요정에서
기녀들 지분 냄새보다
최고위원 포마드 냄새가 더 진했다

1965년 서울 평화시장

닭장공장
다락공장

서서 다닐 수 없다
고개 숙여라
기어라
설설 기는 공장

오전 여덟시부터 밤 열한시까지였다
열다섯 시간
잔무 한 시간으로

열여섯 시간

평화시장
어린 공순이 열살부터 열다섯살
월급 없는 견습공이었다

월급 있는 공순이
하루 임금
단돈 50원 미만
커피 한 잔 50원

열살 아이 각성제 먹어가며 일한다
졸면 모가지
손에
발에 쥐가 난다
손가락 피가 맺힌다

노동자는 하늘도 없다
노동자는 호수도 없다
콜록콜록 기침을 참아야 한다
폐병이면 모가지

청계천에서
수유리 산동네까지

버스값 없이 걸어간다

1965년 서울 평화시장

이런 공순이 공돌이에게
전태일이 왔다

이런 공순이 공돌이 속에
열네살 임옥남이
피를 쏟았다
전태일이
그 피를 씻어주었다

노동자는 인간이 아니다
노동자는 인간이 아니다
오빠 없는 임옥남
이제 오빠가 있다
피 쏟은 뒤
미싱 견습공 임옥남
붕어빵 두 개만 먹으면 원이 없겠다

박정덕이 마누라

방 두 평 반
거기 아홉 식구에다
갈 데 없이
떠돌다 빈대 붙은
사촌 내외 둘
도합 열하나가 고기산적으로 자는 방

아침이면
이 빠진 할멈 하나 남고 다 나간다

오두막 공장에 가는 식구 찬란하다
넝마 주우러 가는 식구 찬란하다
갈 데 없어도
그냥 나가는 식구
저 아래 공터로 간다
거기 가서
막일꾼 데려가는 십장을 기다린다

박정덕이 마누라
어쩌다가 십장과 잤다
처음에는 강간
다음에는 화간이었다
경도가 끊겼다

남편과 자야 한다
남의 씨를 남편 씨로 삼아야 한다
박정덕이 마누라
곯아떨어져 잠든
박정덕이를 조용조용 깨웠다
나가자고
나가서
땅바닥에 눕자고
누워서
씨 받자고

그들 구형제

윤일병
윤이병
윤삼병
윤사병
윤오병
윤육병

1950년 10월 한국전쟁 와중
이 형제 중 넷은 좌익으로 처형되었다
둘은 실종되었다

윤칠병
그는 고문후유증을 앓다가 끝내 자살했다

윤팔병
차라리 넝마주이가 되어버렸다
구두닦이
뚜쟁이가 되어버렸다
넝마두레 만들어
영동교 다리 밑에서
고물을 모아다가
넝마거지들과 함께 살았다

마누라도 생겼다

마누라 속옷도 넝마였다
제일 소중한 사람에게
주워온 넝마 입히는 지아비의 슬픔 왜 없겠는가

그의 아우
윤구병
어찌어찌하다 그 사람 하나가 대학 철학과에 들어가
아쭈 칸트의 순수이성비판 읽고
영구평화론을 읽었다
잡지 편집장
지방대학 철학 교수가 되었다

언제나 가슴속 불기둥이 있었다
오지랖 넓은 날들 저물어
밤이면 혼자 울었다

다 그만 두고
두메산골 고구마밭으로 가버렸다
밤 풀밭에서 실컷 모기 물려 가려웠다

윤씨 구형제
그들의 시대에
다른 사람들도 죽어갔다 또한 살아남았다

닭 두 마리의 마당

그 시절 서울신문

모든 공무원은 서울신문을 구독해야 했다
모든 촉탁공무원 임시공무원은
서울신문을 구독해야 했다
모든 회사 사원도
국립대학 교수도
사립대학 교수도
모든 고교 교사도 학교 자치회도
서울신문을 반드시 구독해야 했다
심지어 서울신문 읽은 소감도 제출해야 했다

이승만의 신문
이승만의 후계자 이기붕의 신문
자유당의 신문 서울신문을 구독해야 했다

그렇지 않으면 즉각 빨갱이가 되고
제오열이 되고
불순분자가 되어버렸다

서울신문을 구독중인 공주면 촉탁공무원 전우진
그런데
그가 신문을 끊은 것이 아니라
그의 아들

공주고교 전인식 군이 끊었다

그래서 아버지는 파면당했다
집에 가서
닭 모이나 주라는
부면장의 송별사가 있었다

아니나다를까
집에는 닭 두 마리가 있었다
하늘이 무너졌다
이제 어디 가
돈을 벌어 식구들
먹여살리나
어디가 돈을 벌어
아이들 학비를 대나

아버지가 밤에 아들을 불러 말했다
네놈이 우리 집을 망쳤다
아들이 아버지에게 말했다
아버지 제가 나서겠습니다
닭 두 마리를
닭 2천 마리로 만들겠습니다

1959년 10월이었다

이승만은 망해가고 있었다
자유당은 미쳐 날뛰며 망해가고 있었다

아니나다를까 닭 두 마리가 마당에 잔뜩 닭똥을 싸놓고 있었다

청주여고 2학년 신순옥

학생들이 연행되었다
밤새워 만든
삐라 몇뭉치도 압수되었다
3월 9일
모이기로 한 학생들 하나도 없었다 씨도 없다

민주당 정견발표회 강연장
후줄근한 어른들
야당 당원들
그들 가운데 자유당 프락찌도 섞여 있었다

학생들은 없었다

거기에 청주여고 2학년 신순옥이 나타났다

민주주의 만세!
학원탄압 반대!
외쳤다
외치다가
손가락 피로 혈서를 썼다
경찰이 채갔다

채여가며 민주주의 만세!를 불렀다
어른들이 만세!를 따라 불렀다

신순옥 1인만세사건 그 사건으로
청주 각 고교대표 13명이 모여 뭉쳤다
삐라 2천2백장을
펜과 색연필로 만들었다
도시락통에 넣었다
발각되었다 경찰이 압수 소각

사흘 뒤
청주역 광장이 가득찼다
남자고교 여자고교
중학생까지 몰려왔다

1960년 4월 15일
학생 1천여명
내덕동으로 달려갔다
하나가 천이 되었다
한 여고생의 불씨가
온통 불의 거리를 만들었다
과연 하나는 모두이고 모두는 하나
옛말이 아니었다
옛 산중의 말이 아니었다

지금 여기다

대전고

노인 이승만의 권력은 갈수록 폭력이었다
버들잎은 벌써 푸르렀다

1960년 3월 7일
일주일 전
대구고교생 시위가
일주일 뒤
대전고교생 시위로 옮겨왔다

야당 민주당 정견발표회
고교생 참석이 불허
고교생이 분노했다
대전고 학생들
더이상 경찰이 무섭지 않았다

모였다
나갔다

중앙시장 지났다 공설운동장에서 경찰이 곤봉을 휘둘렀다
도청 앞으로 달려갔다
목천교에서 곤봉을 맞아
피를 흘렸다

도청 국장 과장 계장

도경 과장
시장 과장 계장이 나와서 막았다
교장도
교사도 달려와서 막아섰다
학부형도 불려나와
제 아들을 막았다 그래도 나아갔다

대전고 박선교
간밤 새벽 세시까지 결의문 썼다

도청 현관에 도착했다
맨 앞에서
결의문을 큰 소리로 읽은 뒤
그가 외쳤다

우리가 이승만 정권을 끝장내자
썩은 정권을
파묻어버리자

시대 분출! 시대의 끝과 시대의 시작!

유해성

소백산맥 두메
새재 밑 두메
문경읍
숙성한 문경고등학교 유해성
학우들과 울분을 터뜨렸다

3월 1일 3·1절
기미년 독립만세 3·1절 기념식
이승만
이기붕을
3·1운동 계승자라고 떠들고
야당 후보는
3·1운동 역행자라고 떠들어댔다
문경 출신 국회의원이 떠들고
면의원이 떠들어댔다

고교생 유해성은 책가방을 던져놓고
울분 삼키며 숲으로 갔다
학우들도 숲으로 갔다

학생 33명 서명 받아
3·1운동 독립선언서 서명자 33명 그대로
본떴다

숲속에서 취지문 쓰고
연락망 만들고
새벽까지 등사판으로
삐라 천 장 만들었다
플래카드 열 장 만들었다

읍내 예배당 등사판을
몰래 썼다

경찰이 냄새 맡았다
사복형사 셋
사전 검거
사전 압수
원통했다
절통했다

네 이놈들 빨갱이가 시켰지
네놈들이 무얼 안다고
네놈 뒤에
빨갱이가 있지
북괴 간첩이 있지

유해성이 부르짖었다

우리는 빨갱이가 아니오
우리는 빨갱이 심부름꾼이 아니오
우리는 이 땅에
정의를 실현하려는 것이오
부정선거 몰아내고
공명선거 받드는 것이오

아버지가 달려왔다
달려와
아들의 따귀를 쳤다

빨갱이가 하는 짓이나 따라하라고
학교 보낸 줄 아느냐
네놈은
내 자식이 아니다
오늘부터 나는 네 아비가 아니다

아버지 저는 아버지의 아들입니다
그리고 저는 조국의 아들입니다

고교생 유해성은 엉엉 울어버렸다

김효성

할머니 따라
강화 전등사에 간 적 있다
부처님이 뚱뚱했다
어머니 따라
성산교회에 간 적 있다
십자가가 너무 컸다

그뒤 어머니를 따라가지 않았다
주일학교가 싫었다

김효성
집도 싫었다
김효성
학교가 좋았다
오후수업 뒤에도
학교 운동장에 남아 있었다

인천 송도고교

김효성이
3월 14일
밤 아홉시 반
학우 50명을 모았다

밤거리에 나갔다 외쳤다

학도여 일어나라
공명선거 실시하라

다른 학교 학생들도 모였다
2백명이었다
경찰의 곤봉이 두들겨팼다
소방차 물대포가
물을 뿜었다

김효성
경찰서 씨멘트 바닥
몽둥이질로 널브러졌다
군홧발로 짓이겨졌다
뻗은 몸 물 뒤집어쓰고 꿈틀거렸다

정신이 나자
김효성 입이 열렸다

학도여 일어나라
3인조 부정선거 무효다
공명선거 다시 하라

김효성 다시 몽둥이질로 뻗었다

학도여 일어나라

물 끼얹었다 꿈틀거리지 않았다

춘천고교 설정일

별명 겁보
저쪽에서
여학생 셋이 걸어와도
벌써 여드름 얼굴은
홍당무
그래서 별명 홍당무

체조시간이 싫었다
허술한 내의
초라한 가슴팍이 부끄러웠다

입에서 큰 소리가 나오지 못해
넷!
넷!
나오지 못해
훈육주임이 알밤을 먹였다
너는 할망구냐
그뒤로 또 하나의 별명 할망구

통금시간 직후
봉의산 참나무에 벽보가 나붙었다

춘천 학도여
부정선거 묵과할 수 없다

조국의 민주 위기를 바로잡자

봉의산뿐이 아니다
춘천고 교문 기둥
성수상고 교문
도청 앞 게시판
춘천여고
춘성고
춘천농대 입구에도
통금시간 새벽 한시에 나붙었다

놀라워라 놀라워라
춘천고 홍당무 설정일이 그 일을 해냈다
춘천고 할망구가 그 일을 해냈다

4월 25일 개교기념일
학우 5백여명이 교문을 나섰다
지사 관사에 몰려갔다
지사의 사표를 받아냈다
놀라워라
설정일이 앞장섰다

다음날 아버지 설전술이 금융조합 서무직 사표를 냈다

교장 김석원

서울 용산 네거리
성남고교생 4백여명이 쏟아져나왔다
긴장은 공중에도 차 있다
먹구름 속
긴장은 지상에도 차 있다
검은 학생복 떼거리
검은 경찰복 떼거리 맞붙기 직전

학생들이 외쳤다

마산의거 학생 즉시 석방하라
부정선거 무효
발포경찰 처벌하라
살인경찰 처단하라

학생복들이 플래카드를 폈다 플래카드가 달려갔다

의에 죽고 의에 살라

경찰복이 덮쳤다
곤봉으로 때리고
총대로 치고
구둣발로 깠다

긴장이 부서졌다
두들겨맞아
피 흘렸다
학생복들 쓰러졌다

성남고교 교장 콧수염 김석원이 나타났다
학생들을 제지하기는커녕
경찰을 꾸짖었다
경찰을 두려워하기는커녕
학생을 격려했다

너희들 용감하다 정의의 길 누가 막느냐

용산경찰서장이 교장을 노려보았다

어디 보자 저 신종 빨갱이 늙은것 노망든 콧수염을 뽑아줄 테다

충혜왕

허허 이 왕 좀 보소
고려 제28대 충혜왕

정작 왕권은
원나라 천자께서 가져갔으니
황음(荒淫) 삼매에나 드셨던가

왕에게는
거기에 안성맞춤인
어의(御醫) 유광렬이 대령하였것다

마마께서
동녀(童女) 백명에게 은총을 베푸시오면
마마께서 백년을 청청하게 살아 계시옵니다

이 말 뒤
여진 산삼
향산 녹용
사산(四山) 흰뱀을 강정보약을 대령하였것다

마마께서 밤마다 전국 동녀 백명을 불러들여
성은망극의 은총을 베푸셨것다

그 백명 뒤 코피 두 사발 쏟으셨것다

허허 아예 일어서기를 작파하시고
주저앉기를 작파하시고
누워버리셨것다

며칠 누워 계시다가 그만 승하하셨것다

왕이라 함은
나라는 지키는 것
나라를 키우는 것
나라 안의 굶주림을 줄이는 것
나라 안팎의 문물을 떨치는 것

이런 왕업 다른 쪽에서
나라의 동정이나 짓밟고 쭉 뻗어버리는 승하이신고

동래고 유수남

두려울수록 목청이 컸다
무서울수록
더럭 겁날수록 목청이 컸다 장마철 폭포였다

부산 동래고 유수남
두려울수록
여드름이 성했다

무서울수록
겁날수록 걸음걸이 힘찼다

슬픈 군가가 힘이 되었다

전우의 시체를 넘고 넘어
우리는 전진한다…
낙동강아 잘 있거라
우리는 전진한다…

항상 2학년 겁보들이
항상 2학년 여드름들이 앞장섰다
슬픈 군가가 뜻이 되었다

1960년 4월 18일
부산 동래고 학생들이

시내 거제리
서면
적십자병원 앞까지 나아갔다

경남공고 부산공고 항도고 학생들이 합류했다
철길을 타고 나아갔다
어느새 범일동 공장거리도 지나갔다

목청이 컸다 천둥이었다
김주열 군과
김영길 군을 참살한 자 처단하라
부정선거 무효다
자유당은 사죄하라
이제는 어떤 두려움도 없이
슬프지 않은 군가를 불렀다

동래고 유수남
경남공고 김칠수
서로 모자를 바꿔썼다
어떤 무서움도 없었다

전우의 시체를 넘고 넘어…

이의남

함께 거리에 나가면 깨닫는다
함께 세상에 나가면 이제까지 하나인 나
여럿인 나를 깨닫는다
초량동에서
범일동 경찰저지선까지 나아갔다
범천동 로터리
수정동까지 나아갔다

함께 나가면
이제까지 몰랐던 것을 알게 된다
초량극장 앞
초량역전
영주동 큰길도 벌써 저 멀리 뒤에 있다

스크럼 짜고
어깨 겯고 나아갔다
흩어지면
다시 스크럼을 짰다

함께 나가면 깨닫는다
나는 나 이상인 것을
나 이상이
바로 나인 것을 가슴 터지며 깨닫는다

이의남은
부산고교생 6백명 중의 하나
뜨거운 것이 목구멍에서 뭉클 치솟았다
그러다가
교실에 둔 책가방이 걱정
책가방 속에
동래여고 김순임의 답장이 들어 있다

구호 연발
비겁한 자여 너의 이름은 방관자니라
경찰은 마산학생 사살에 책임져라
협잡선거 물리치고 공명선거 다시 하라
평화적 시위는 우리의 권리다

뜨거움이 온몸을 뒤덮었다

이의남은
누워 계신 아버지가 잠깐 생각났다
3년 전
풍으로 쓰러지신 뒤
아직도 누워 계신다
과일가게
어머니가 생각난다 목이 메었다

구호를 되풀이했다

비겁한 자여 너의 이름은 방관자니라

경찰 곤봉이 내리쳤다
이의남이
풀썩 주저앉았다
머리에서
피가 쿨쿨 쏟아졌다
벗겨진 교모는 어디에도 없다
어머니를 불렀다
과일가게 어머니
마음속의 어머니
그 어머니 사라졌다

박우영

그곳에서 경찰보다
교사가 더 무지막지했다
어떻게 이제까지 스승과 제자 사이였던가
이제는 아니었다
교사는 사나운 여당이고
제자는 야당
교사보다
교장이 더 무지막지했다

그러나 경찰은 그런 교사들과 교장도 믿지 않았다 더 포악했다
고교생은
다 죽여야 한다고 경찰기동대가 쳐들어왔다

3월 12일 새벽

그 어둠속
플래카드와 삐라를 만드는 일
시험지 8등분한 삐라를
한장 한장 쓰는 일
나의 일이었다

삐라를 넣고 달려가
학생들에게 나눠주었다
교사들이 미웠다

교장이 미웠다

삐라 몇장에는 이런 구호도 써넣었다

이윤근 교장 사임하라
어용교장 반성하라
이기붕의 앞잡이들은
해동고교의 수치이다

내 이름은 박우영

3월 12일 새벽이 지났다
아직 나는 쓰러지지 않았다

그날 오전
플래카드 한쪽을 내가 치켜들었다
교사들에게 밀렸다
경찰에게 밀렸다
내 안경이 벗겨졌다
플래카드를 빼앗기지 않는 것이
나의 일이었다

아 30년 뒤
내 모교 앞 네거리는 아무 일도 없을 것이다

학생들은 등교하고
자동차는 달릴 것이다
그러나 지금은 30년 뒤가 아니라
그 30년 전의 오늘
오늘의 구호이다

부정선거 다시 하라 자유당은 회개하라

절도 8범

내 직업은 오로지 절도다
나는 강도를 싫어한다
나는 강도살인도
살인강도도 싫어한다
오직
몰래 스며들어
물건을 훔치는 것이
내 직업이다

어언 절도전과 8범

형무소에 들어가서도
남의 것 훔치다가
징벌방 간다

빈대가 끓는 방

방바닥 빈대를 하루 내내 잡았다
그러나 밤에는
남은 빈대들 천장으로 올라가
천장에서 툭툭 떨어져
내 몸에 붙었다

나보다 더 똑똑한 놈들이다 더 지독한 놈들이다

나보다 더 악착같은
절도다

내 형기 3년 2개월 뒤
결코 전과 9범으로
잡히지 않을 터
빈대한테 배운 수법
창문이나 문을 쓰지 않고
천장을 뚫어
스며들 것
한 열흘쯤
그 집 개를 길들일 것

내 이름은 민태욱
1930년 경기도 장단 출생
그러나 본적은 잡힐 때마다 달랐다
경북 상주
전남 영산포
강원도 횡성
나는 사투리도
다섯 개 쓴다

나는 내 직업을 세계만방에 선포한다
세계만방의 절도들이여

세계만방의 강도들보다
네놈들보다
바른길 가는 절도들이여

정추봉

부산 데레사여고 정추봉이 나타났다

1960년 4월 19일 낮
1천 5백여명 부산상고 학생들이
가야동
범일동을 뚫었다
경찰저지선을 뚫었다

그때 데레사여고 정추봉이 나타났다

너는 누구냐
상고 오빠 데모 중지시키러 갑니다
경찰이 경찰지프를 태워주었다
그러자 그 지프에서 경찰을 밀어내고
다른 운전사를 불렀다
그리하여 경찰차가 데모선도차로 바뀌어
시민들의 박수를 받았다

계엄령이 선포되었다 그러나 혁명이 시작되었다

데레사여고 정추봉
부산 남학생들의 여신이었다
경남 청년과 소년들의 연인이었다
정추봉의 집 부근에는

혁명 뒤 고교생들이 몰려들었다

오 민족의 태양이여라고
외치며
그네를 애타게 부르는 학생도 있었다
꽃다발이 쌓여갔다

그러나 정추봉은 없다
해인사로 갔다
범어사로 갔다

오직 단 한번 혁명의 거리에 나타났다

거지

김천역전 거지 소문났다
휴전 뒤
그럭저럭 15년쯤
역전 일대가
삶의 터전이었다
늙은 거지

사람들이 그 거지 나이로 내기를 했다
저 거지영감
70세
60세
65세
72세
그들 중의 하나가 발길로 툭툭 건드리며 물었다

영감 나이 몇이야

거지영감 손바닥을 탁 폈다
공짜가 어디 있소
10원짜리 하나 내놓고 물으시오

10원이면
가짜 나이를 말하고
20원이면 진짜 나이를 말하겠소

거지영감에게
안긴 것은
돈 20원이 아니라
주먹이었다
등짝을
세게 얻어맞았다
거지영감 혼잣말
20원짜리라 제법 아프군

그때 저쪽 길바닥에서 빛나는 것이 있었다
슬슬 다가갔다

웬 파카 만년필! 횡재였다

이상은

그 시절
이승만 독재 말기
남자고교에서는 플래카드를 만들기로 했다
여자고교에서는 삐라를 만들기로 했다

영남상고 야간반 1학년 이상은
낮에는
동부세무서 사환이므로
세무서 등사판에
결의문 등사
삐라 등사
세무서 용지로
듬뿍 등사해냈다

동급생 둘과 함께
삐라를 뿌렸다
보수동 거리에도
국제시장에도 뿌렸다

구속되었다
김의순 하의웅 황영오
김진수 백일현도 함께 구속되었다

석방되었다

석방되자 마산까지 열차 타고 갔다
마산 데모에 가담했다

야간수업도 싫었다
낮 사환도 싫었다
몸속 깊이 박혔던 황홀한 자유가 솟구쳐나왔다
마음속 깊이 다섯 빛깔 꽃무더기
뜨거웠다
뜨거웠다

내일 안 와도 좋아
내일모레
없어도 좋아

이영민

태평로 국회의사당에서
시청 앞으로 나아갔다
명동 입구
내무부 앞으로 나아갔다

3·15 부정선거 책임져라
마산 살인발포 책임져라
내무장관 책임져라
외쳤다

정동 골목으로 나아갔다
대법원 정문 앞으로 다가갔다

대법원은
3·15 부정선거 무효판결을 내라
외쳤다

이제는 경무대다
경무대로 향해 달려갔다
최루탄 펑펑펑 터졌다
경찰저지선
헌병대도 착검총 들어올렸다

그 저지선

총탄이 퍼붓기 시작했다

강문고교 이영민 군 허리에 총 맞았다
피 흘리며 달렸다
다리에 총 맞았다
피의 화요일
그뒤 이영민 군 중환자가 되었다

세상은 온통
혁명을 내세우는데
혁명을 팔아먹는데
그는 병원에
누워 있었다
다리 하나 끊어내고
누워 있었다

라디오에서
제2공화국이라고
말했다
새로운 세상이 왔다고
말했다

이영민은 열아홉살이었다

이정길

무슨 일이 일어나고야 말 것이다
무슨 일이 일어나지 않으면
안될 것이다 안되고말고
그래서 무슨 일이 일어났다는 소식이 왔고
소식으로 무슨 일이 일어났다

종이 울렸다
3교시가 끝났다
경성전기공고

여기저기 학생들이 모여 있었다
신문을 보던 학생이 외쳤다
이것 봐라
이런 악독한 놈들이 어디 있는가
이런 악독한 경찰
이런 악독한 자유당이 어디 있느냐

어제 고대생이 피살되었다

종이 울렸다
4교시가 끝났다
점심시간이었다 학생들이 모였다

종이 울렸다

5교시가 시작되었다
그때 교문 밖 시위대열 지나갔다
학생들이 교문 밖으로 몰려갔다

동자동 거리
남대문
시청 앞으로 갔다

국회의사당 앞 꽉찼다
중앙청으로 갔다

전우가를 불렀다
3·1절 노래 불렀다
광복절 노래 불렀다
통일행진곡이
시위대의 노래였다

총탄이 퍼부어졌다
학생이 쓰러졌다
쓰러진 학생 들어올리고
그 피투성이 옷을 들고
외쳤다
울었다
울부짖었다

대학생
고교생
중학생
국민학교 어린이들이
울부짖었다

경성전기공고생 이정길
그는 죽었다
그가 외치던 구호
산 자들이 외쳤다
그는 실려갔다
아무것도 모르는 시체로 실려갔다

채섭 채철 형제

형 이채섭은 격렬한 시위대 속에 있었다
동대문경찰서 점령이 목표
경찰서 옥상에서 총탄이 날아왔다
이채섭 이마에 명중했다
피식 웃는 얼굴로
생이 정지되었다

아우 이채철은
강문고 급우들과
동대문에서
종로로
종로 5가에서 1가로
태평로로 나아갔다

경찰정치 배격한다
살인경찰 처단하라

외치고 외쳐
성대가 갈라졌다
구호가 나오지 않았다
누가 주는 물을 마셨다

독재는 피를 먹고 가고 혁명은 피를 먹고 오는가

형 채섭과
사진을 찍은 적 없다
형 이채섭 27세
아우 이채철 22세 야간부 학생이었다

평생 침대

이유순

4월혁명 한 가녘에 나섰던 처녀 고요한 처녀

서울 을지로 2가에서
경찰 곤봉 맞고
경찰 총탄 맞았다
그녀의 허리
그녀의 좌측 좌골이 거덜났다

일어날 수 없다
일어설 수 없다
누워서
밥 먹고
누워서 오줌 눈다 똥 싼다

그 말없는 얼굴에도
이따금 웃음 보였다

평생 누워 있다

나무들은 평생 서 있고
나는 평생 누워 있다고
찾아온 친구에게

그녀가 말한 적 있다

그뒤로

그런 말도 더이상 나오지 않았다

수천개의 하루가 오고 또 왔다

혁명도 곧 거덜나 검은 안경 쓴 쿠데타의 시대가 왔다

누워서

바람에 휘날린 적 없는 머리칼 오똑한 코 말없는 입술 감은 눈 푸른 이마

텅 빈 가슴

고요하고 고요하다

생선가게 오영감

남대문 지하상가
생선판매부
비린내가 옳다
다른 냄새가 옳지 않다

생선판매부 오창욱 영감
파리똥 알전등 밑에서
장부를 정리한다
남은 생선 헤아려보고
고개를 갸웃한다
장부 보고
또 고개를 갸웃한다

두 마리 긴따로가 빈다

문득 생각났다

아까
길 건너 술집 그 낯짝 반반한 여자
괜히 실실 웃는 여자
간드러지게 허리 휘던 여자
그 여자가 슬쩍 집어간 것이 틀림없어

지상에서는

경찰이 총을 쏘고
데모대가
반공연맹을
불지르는데

지하상가에서는
긴따로 두 마리
도둑맞았다
괜찮다
이쯤이야 괜찮다

최기태

물 위에 태산이 두둥실 떠 있는 꿈 꾸고
배 안에 든 아기
태어난 뒤
젖을 물고 놓아주지 않아서
젖둥이 젖둥이라 부르다가
1년 뒤에야
태몽이 떠올라
태산을 터전으로 삼아 높고 높아라
기태라는 이름 지어왔다

그런데 국민학교 들어가니
전교생 중
기태라는 이름이
여섯
한반에
둘이었다

세상에서 흔하디흔한 이름이었다

어언 젖둥이 기태가
많은 기태 중의 하나로 컸다
고교 1학년
4월 19일
총소리가 끊이지 않았다

최루탄이 파란 연기 피워올렸다
시민들이 흩어지며 코를 쥐고 눈물을 흘렸다

서대문 이기붕의 집 앞
데모행렬이 밀렸다 나아갔다를
흩어졌다 다시 모였다를
거듭

돌멩이를 던졌다
뒷골목 사람들
마실 물도 날라다주었다

그들 중의 젖등이 기태도
이기붕의 집 앞에서
구호를 외치다
무장경찰이 몰려오자
길 건너
동양극장에 숨어들었다
잡혔다
내놓아라
내놓아라
다른 사람들이 항의했으나
삽등에 맞아 피투성이였다
길 건너

적십자병원으로 업혀갔다
이미 죽어 있었다

많은 기태들 중 하나가 없어졌다

발산리 새댁

감 주렁주렁

마당에 나온
초록저고리 새댁

공중의 새 자취 없다
아무것도 모자란 것 없구나

세상이 이것만이라면 얼마나 좋아

김선인

간밤 아무런 길몽도 악몽도 없었다

정신여고 1학년 김선인

남자 흉내로
휘파람을 불어보았다
아침 학교 가는 길
종로 5가와 을지로 5가 사이
그날 저녁 여섯시
학교에서
집으로 돌아가는 길
을지로 5가와 종로 5가 사이
그 살풍경한 거리
데모대들이
경찰의 총탄에 쫓겨왔다
선인이도
데모대에 휩쓸려
책가방도 놓쳐버렸다

탕
타앙
탕
탕
타앙

선인이에게 쇠망치 갈겨대는 충격 착각
왼쪽 가슴
젖가슴을 총알이 뚫었다

고통도 없다
공포도 없다
어머니 얼굴도 없다

누군가가 병원으로 들쳐업고 달려갔다

종로 5가 낙산동 선인이네 장독대 간장독이 금갔다
간장이 샜다

허정

꺼뭇꺼뭇한 얼굴에 걸린 돌안경알이 두껍다
허정

1960년 6월 12일
이승만 없는 자유당 전당대회
대의원 1천2백15명 중 6백57명 참석
장소는 당 정치훈련원 마룻바닥이었다
혁명 후의 총선
민의원 2백33석 중 2석 당선
참의원 58석 중 4석 당선
천하의 공당(公黨)이라 뻐기던 자유당의 시대는 이렇게 갔다
그러나
민주당의 시대 당장 온 것도 아니다

싱거운 사람
그 허정
술에 물 탄 듯
물에 술 탄 듯
자유당 이후를 싱겁게 수습했다

그가 한 일
이승만을 하와이로 보낸 것
자유당을 이럭저럭 지운 것

하필 이승만 하야 이틀 전에
외무부장관이 된 사람
그 키다리가
이승만을 하와이로 몰래 보내고
나라의 공백을 메웠다
갈색 뿔테안경 속
싱거운 눈
싱거운 입
싱거운 귓불

언제나 꺼뭇꺼뭇한 싱거운 얼굴

한 시대의 끝
한 시대의 시작
이런 사람이 있다 술도 아닌 물도 아닌
술에 물 탄 듯 물에 술 탄 듯

이문길

대빗자루 두 자루 끝에 광목천 플래카드를 달았다
앞장섰다
스크럼이 뒤따랐다
고대생들의 풍경

대광고도 나서야 했다
창신동 양조장집 아들 정병화 군
양조장 밀가루부대
다섯 장을 책가방에 담아왔다
거기에 플래카드 구호를 썼다

우리는 제2세 국민이다
자유당은 반성하라
부정선거 무효이다

아침 여덟시 십오분 예령(豫鈴)소리 요란했다
고3 4학급
고2 전학급 운동장에 집결
고1 신입생 운동장에 집결

드디어 교문을 나섰다
신설동 로터리
동대문 로터리까지 뛰었다

고2 이문길 발등을 밟혔다 절뚝거렸다
그러나 뛰어갔다
종로 5가 경찰저지선
오물청소차 한 대
백차 세 대가 기다린다
곤봉이 기다린다
총구멍이 기다린다

경찰저지선을 뚫었다 종로 4가까지 뛰었다
대광고 이문길이 총탄을 맞았다

뒤에서
문길아
문길아
부르는 소리 점점 희미했다
문길아
문길아
어디선가 어머니가 부르는 소리 희미했다

어느 어머니

솥뚜껑을 덮고 부엌을 나오셨다
이른 아침

죽을망정 힘껏 해보고 돌아오너라

세 아들
김인철
김인중
김인호
연년생 고3 고2 중3의 어머니가 말하셨다

어제도 라디오에서
학생들 데모
학생들 데모에서 총 맞은 뉴스를 들었다

어머니만이 아니다
어느 선생님
학생들 데모 막으러 나가서
교문 앞길 터주었다

잘 싸우고 돌아오라 내일은 새 시대의 공부를 하자

8열종대 1천명의 대광고생 이렇게 나아갔다
신설동

동대문
종로
화신 앞
시청 앞
국회의사당 앞
길 건너
서울신문사가 불타고 있었다

그날밤
세 아들
인철 인중 인호 무사히 돌아왔다
어머니가 낮은 목소리로 말하셨다

너희들은 돌아왔구나

한성여중 진영숙

한성여중 2학년 진영숙

시간이 없는 관계로 어머님 뵙지 못하고 떠납니다 끝까지 부정선거 데모로 싸우겠습니다…저는 아직 철없는 줄 압니다 그러나 국가와 민족을 위하는 길이 어떻다는 것을 알고 있습니다 저의 모든 학우들은 죽음을 각오하고 나가는 것입니다 저는 생명을 바쳐 싸우려고 합니다 데모하다가 죽어도 원이 없습니다 어머님 저를 사랑하시는 마음으로 무척 비통하게 생각하시겠지만 온 겨레의 앞날과 민족의 해방을 위하여 기뻐해주세요

열네살 소녀는 이 유서를 남기고
미아리고개 시위에 참가
총알을 맞고 쓰러졌다
얼굴 명중
누구인지 알 수 없는 피투성이 얼굴
눈도 코도 없어진 얼굴

진영숙의 어머니 김명옥

진영숙의 어머니 마흔한살
1960년 4월
딸 죽은 뒤
남은 아들과 함께
영숙아
영숙아
영숙아
그 이름만 부르며 하루가 갔다

그런 집에서
어머니 김명옥은 멍한 눈이었다
멍한 눈으로
하늘을 보았다
딸의 이름 가득한 하늘
차츰 하늘이 보이지 않았다
눈이 멀었다

세상은 한층 더 깜깜하다

이상은

닳은 가죽가방이 항상 무거웠다
시내버스 두 번 갈아타며
안암동 대학 앞에 이른다
고려대 철학과 교수
동양철학 전공

학이었다
단학이었다

맹자도
학의 맹자였다
주자도
학의 주자였다

『강희자전』을 달달

하지만 그는 학자가 아니다
학생이었다
그의 가방 속에는
책 몇권이
막 펼쳐지려고 기다리고 있다

식민지시대
모두 일본으로 건너가는데

그는 중국으로 갔다

북경대

해방 직후
정당에 가입했다가 앗 뜨거워라
대학으로 갔다

3·15 부정선거 거부
교수단 궐기대회 소집자의 한 사람

4월 22일
이상은
정석해
이종우가 만났다

4월 24일
이종우의 집
4월 25일 오후
교수궐기대회 2백여 교수가 거리에 나타났다
백발의 변희용과 권오돈
플래카드 '학생의 피에 보답하라'를 들고 앞장섰다
태극기를 들었다
종로 5가에서 화신까지

을지로 네거리에서
태평로 국회의사당 앞까지 나아갔다 조용하게 혁명이 완성되었다
다음날 이승만 하야성명

이상은은 향기였다 그리고 고고(孤高)의 뜻이었다
외진 골짝 깊숙이 박힌 삶이었다
덕(德)이었다

강명희

서울 수송국민학교 어린이
유관순 누나
가장 존경한 어린이
단발머리 어린이
울밑에 선 봉선화
가장 좋아하는 어린이
그 어린이가 시를 썼다

아! 슬퍼요
아침 하늘이 밝아오며는
달음박질 소리가 들려옵니다
저녁노을이 사라질 때면
탕탕탕탕 총소리가 들려옵니다
아침 하늘과 저녁노을을
오빠와 언니들은 피로 물들였어요

오빠 언니들은
책가방을 안고서
왜 총에 맞았나요
도둑질을 했나요
강도질을 했나요
무슨 나쁜 짓을 했기에
점심도 안 먹고
저녁도 안 먹고

말없이 쓰러졌나요
자꾸만 자꾸만 눈물이 납니다

어린이 강명희 양이 이런 시 하나 써놓았다
모든 늙은이들이 울었다
4월혁명의 시는
이 어린이로부터 시작
이 어린이의 앳된 심장으로부터 시작 그러나
세상의 시들 4·19시들 거의 손장난이었다 피가 아니라 오줌이었다

임화수

아비지 권병규
어머니가 재가
임병진과 재혼
의붓아버지 성 따라 권중각이
임화수로 바뀌었다

경기도 여주에서 서울로 왔다
평화극장 매점원
주먹 하나
걸핏하면
한방 먹였다

매점원에서
극장가 어깨
영화판 어깨 두목
배우 최남현 김진규 윤일봉
극장 주인들
그의 주먹맛을 보고 나서
고개 숙였다
전국극장문화단체협회 부회장
한국영화제작가협회 부회장
영화판을 장악
여배우들 밤낮 노리개였다
반공예술인단 단장

반공청년단 단장
이승만 정권 행동대 두목

언제나 흰 양복정장 하루 럭키담배 세 갑
윗주머니 화려한 손수건
구두에는 먼지 하나 앉지 못한다

먼저 눈빛으로 죽였다
다음 한마디 말로 죽였다

이 두 가지가 아까우면
처음부터
한방 주먹

1960년 4월은
학생의 달이고
깡패 임화수의 달
거리의 학생들은 임화수의 먹이였다

1961년 혁명재판 사형

임화수들

4월 18일 저녁
태평로 국회의사당 앞까지 나아갔다 자랑스럽다
고대생들이
대학으로 돌아가는 길 자랑스럽다
다음날의 혁명을 완수하기 위해
혁명의 전야를 완수했다

돌아가는 길
동대문 부근
종로 4가
천일백화점 앞

쇠갈고리
곡괭이
쇠사슬 들을 휘둘렀다
때려눕혔다
자랑스럽던 고대생들 하나둘 널브러졌다
피가 튀었다
임화수는 임화수들
그 깡패들의 학살이 시작됐다

이 학살에 격분
다음날
모든 대학생과

고교생
중학생 들이 뛰쳐나왔다
이승만은 경무대를 떠나야 했다 혁명이 왔다

4월 18일의 학살로 4월 19일의 환희가 왔다 죽음이 기쁨이었다

김순자

중앙대 보육학과 2학년 김순자
책을 읽은 적 없다
헤르만 헤쎄가
누구인지 몰랐다
번안소설 『진주탑』
김내성의 이름을 들어본 적 있으나
염상섭은 누구인지 몰랐다

그런 여학생의 머릿속에 호젓이 들어가 있다

한 교수의 말 한마디 범속한 말 한마디

피를 흘리지 않고 찾은 민주주의는
그 존재가치가 의심스럽다

그 말 한마디가 신들려 윙윙거리는 날
4월 19일 정오
3교시 뒤
남학생들이 모였다

보육과 여학생 몇도 덩달아 마당으로 갔다
김순자는
책 따위보다 행동이 좋았다
활자는 골칫덩어리이고 지루하고

행동은 신났다

한강을 건넜다
명동 입구
반공회관 불탔다
태평로 서울신문사 불탔다
파출소가 불탔다

내무부 앞에서 외쳤다

이승만 물러가라
부정 불의의 원흉
최인규 한희석을 잡아넣어라

중앙청 앞

이승만 물러가라

세종로 거리 총알이 날았다
픽 쓰러졌다

그녀 깨어났을 때 병원 복도 크레졸 냄새가 났다
의식불명 다섯 시간 반
살아 있었다

김순자

병원 침대에서도 책은 싫었다
어서 일어나고 싶었다
어서 박차고
거리로 나가고 싶었다
병원냄새가 싫었다 은테안경 의사도 간호부도 싫었다

누가 『불교의 세계』라는 책을 주었다 내버렸다
예수교 전도부인이 왔다
쫓아버렸다

이옥비

아버지를 기억하지 못한다
세살 때
아버지의 품에 안겼을 것이다
두살 때
아버지의 품에 안겼을 것이다
돌잔칫날 아버지는 멀리 떠나 계셨을 것이다
스물넷 처녀의 과거 속
거기에 자신을 품에 안은 아버지는 없다
아버지의 조끼도 마고자도
아버지의 낮은 목소리도 없다

이육사의 외동딸 옥비
어머니한테서
삼촌 이원조한테서
아버지의 이야기를 들었을 뿐
아버지의 사진 몇장 남아
그 젊은 아버지의 모습을 가슴에 품었다

스물넷 처녀의 과거 속 거기
자신이 만든 아버지가 있었다 썰물 때 감풀이었다

감옥에 새옷을 넣으면
피범벅이 된 옷이 나왔다
감방에서도

검찰에서도
고문으로 온몸 망쳤다
끝내 고문으로 타국땅 옥방에서 죽어갔다
시 「광야」를 남기고
시 「청포도」를 남기고
시 「절정」을 남기고 죽었다
감옥 열여섯 차례
잃은 나라 찾아가는 길은
언제나 감옥에 이르렀다

시인의 딸 옥비
1965년
스물넷
아버지와
백부
숙부 들의 계절 없는 감옥 밖에서
자라났다

그리움으로
그리움으로
아버지에의 그리움으로
돌비알 언저리 메밀꽃밭 바라보는
그녀의 눈은 컸다 맑다가 거시시했다
이옥비

4월 26일

1960년 4월 26일
오전 열시 반
라디오

만일 국민이 원한다면 대통령직을 사임하겠습네다

이로써 이승만의 12년 독재 중단
그는 미국에서 민주주의를 배워오지 않았다 타고난 봉건주의 이기주의로 돌아왔다
양녕대군 자손이
왕조의 후편을 만들어냈다

해방 뒤 돌아오자마자
그의 하부는 언제나 깡패로 이루어졌다
귀국 후 서북청년단
대통령 취임하자마자 특수부대
임시수도 부산의 백골단
반공청년단
백주의 테러는 테러가 아니었다
대통령 직속
테러단
폭력단
이런 정치폭력이
이승만의 성벽이었다 그 성벽 무너졌다

종로구 누하동 구멍가게
명호환 영감

허어 그 늙은 국부님께서 대궐을 떠나실 때도 있구먼그랴

명영감 지나가는 아이스께끼 장수를 불렀다
아이스께끼 세 개를 샀다
고명딸을 불렀다

옥희야
이것 먹어라
하나는
네 에미 갖다드려라

김경진

오전 아홉시 반 집을 나섰다
며칠을 만나지 못했다
아침부터 만났다
베니스 빵집 첫 손님이 되어
단팥빵을 함께 먹었다

경진씨 올 여름에는
우리 아빠한테 가요
묵호 어업조합에 근무하셔요
그곳 해수욕장에도 갈 수 있어요
나 아빠한테 경진씨 얘기 했어요
저번 편지에

난숙씨 아버님이 나를 좋아하실까 걱정이다

좋아하실 거야
좋아하실 거야

둘은 곧 헤어졌다

경진은 부푼 가슴으로
영어선생을 만나러 갔다
만나고 나왔다
햇빛이 한층 환했다

그때였다
데모대열이 달려갔다
격렬해졌다
구호가 우렁찼다
경찰의 총소리가 들렸다
학생이 쓰러졌다
시민이 쓰러졌다
어느덧 경진이도
데모 속에 있었다

계엄령이 선포되었다
태평로 몇군데서 불길이 솟았다

무교동 입구로 밀려갔다
경진이가 총탄을 맞았다
누군가가 부축한다

팔 하나가 없어졌다
병실에서 긴 시간을 보냈다

애인 난숙이 와서
없어진 팔을 보고 울었다
올여름 묵호의 꿈은 이루어지지 않았다

김재우

운명을 믿었다
왜 나는 살아 있고
철우는 죽었나
구호와 구호 사이
내일은 막걸리 좀 실컷 마시자며
어깨를 치던
철우는 죽고
왜 나는 살아 있는가
운명을 버렸다

종로 4가 천일백화점 앞
임화수 깡패들이 우르르 몰려왔다
쇠갈고리가
머리에 찍혔다
곡괭이로
어깻죽지를 찍었다

나는 쓰러졌다
고려대 상대에서
애덤 스미스를 배웠다
누군가가 택시에 태웠다
병원
붕대로 얼굴이 감겨
두 눈만 구멍났다

마취에서 깨어나자 무지무지하게 아팠다
4월 19일 계엄령이 선포되었으나
계엄령도 쓸모없었다

서울은 온통
혁명의 도가니
병원조차도
혁명의 도가니

매카너기 대사가 위문 왔다
얼씨구
유진오 총장이 위문 왔다
장면 전 부통령이 왔다
송요찬 계엄군사령관이 왔다
얼씨구
동아일보 사장 김상만이 왔다
고려대 이사장 자격

영화배우 이대엽 최지희
그리고 복혜숙이 위문 왔다

어느 할머니가 말했다
딸이 있으면

저 학생에게 시집보내고 싶다고

어안이 벙벙

어머니가 다시 우셨다
재우야
네 친구 철우는 죽었다

야산 이달

『주역』 통달
야산 이달 선생
괘 뽑아
대구 미두장에서
소 한 마리 값 10원일 때
허어 3천만원을 대번에 벌었다
1924년 봄

열두살 장남 진화가
용돈 좀 달라 했다

따귀를 쳤다

이놈아
이 돈이 내 돈인 줄 아느냐
이 돈은 조선 백성의 돈이다

차남도
삼남도 어림없었다

그 거액을 만주 독립운동자금으로 보냈다
자금책 엄주동
연락책 이상춘 들이
잘도 전달

엄주동은 대종교 나철의 의발(衣鉢)을 받은 사람이었다

그리고 광산 개발
광산 15개 지구
철원에 20여 가구 조선인 공동촌을 만들었다

『주역』 철리에도 으뜸
명리에도 으뜸
그러나 어느 곳에도 그의 정처 없다
늘 바람 속
늘 구름 속

조선의 밤하늘 총총한 별빛 속이었다
1889년 태어나
1958년 죽었다

박우택

1963년 불알 두쪽 덜렁거렸다 제기럴
내 청춘
스물일곱살
불알 두쪽밖에 없다 제기럴

신문광고를 훑어보았다

구혼광고 1단 1행짜리 혹은 2행짜리
2행짜리에는
한 말씀 절절했다
찬밥도 함께 먹고 고생도 함께

그 구혼광고 1행짜리 2행짜리 그 광고만 넘기다가
큰 광고를 보았다
독일 광부 모집!
눈이 번쩍 뜨였다

모집 면접에 갔다
100 대 1
한 달에 1백50불 봉급이니
100 대 1이 넘었다

스무 시간 비행기를 탔다
남부독일 탄광 지하 1백 미터

그 갱도에서
정신이상이 되었다
박우택

동료가 구해온 고추장 먹은 뒤
정신이 들었다
다시 정신이상이었다

두 달 뒤
봉급 3백불 받고 돌아왔다
그러나 정신은 돌아오지 않았다

1965년 가을
제2한강교 난간에 섰다
강물에
죽은 돼지가
먼저 떠내려가고 있다

박수만

친구가 찾아왔다 감색 교복이 미웠다
친구가 근사하게 말했다
4월 19일 이후
네 본적은 수도의과대학부속병원이다
이제부터 너는
제2의 인생을 산다
때마침 조국도 제2의 공화국 아니냐 너는 영웅이다

M1총탄 세 발이
흉부 관통

실려와
죽어가다가
수술 뒤 살아났다

첫 수술 담당의사 포기
여섯 번째 수술로 살아났다

갈빗대 다 잘라냈다
오른쪽 허파 꺼내버렸다
숯불 같은 통증
다리미질 뜨거운 통증

부모도 미웠고

친구도 미웠다
찾아온 대학 여학생들도 미웠다
가버려
하고 외치며 통증 속 헤매고 헤맸다

박수만의 새 인생은 통증의 세월이었다

국민대 김수현의 결혼

태평로 진출
무교동 서린동 진출
용기는 고독이 아니다
이제 경찰 무섭지 않다
광화문 네거리 진출
이제 아무것도 겁나지 않았다

광화문은 대학생 고교생으로 가득
중학생으로 가득
시민 갑을병정무들로 가득

중앙청도 에워싸였다

국민대 지나 경무대 가는 길
효자동 진출

경무대가 섬이 되었다 북악산 사고무친

총소리가 시작되었다

국민대 김수현
하퇴부 두 발 관통
몸을 움직일 수 없었다
도망가지도 못하고

전진하지도 못하고
경찰이 경복궁으로 끌고 갔다
개머리판으로
머리통을 찍었다

의식 잃었다

다시 의식을 찾은 곳
병원이었다
간호원이 조용히 내려다보고 있었다
목이 말랐다
물
물
하고 말했다
간호부가 고개를 저었다

조금만 참으세요 아직 물 마시면 안되어요
두 사람 환자와 간호부
2년 뒤 제2공화국 지나
국가재건최고회의 시대
홍릉 세종대왕기념관에서
결혼식을 치렀다

김수현과 홍성희

앉은뱅이 종석이

1960년 9월 30일
민족자주통일중앙협의회
약칭 민자통

종로 1가에서
종로 2가로 향한
시가행진은 장엄했다
세상은 입 다물었다
세상은 나올 말이 아직 없었다
이승만의 반공독재시대에 꿈에도 볼 수 없는 행진이었다

민족자주통일이라니!

그들의 걸음걸이 늠름
당당

청진동 청진여관 앞
앉은뱅이 종석이
땟국방석 붙박여
거리의 늠름한 다리들 당당한 발들을 오래 바라보았다

민자통이라니!

박종구

3월 15일 마산시민학생의거

4월 18일
서울
고려대 3천명 시위

4월 19일
경무대 앞
동성고
대광고 고교생들
그 아우들과 함께
각 대학생들
바리케이드를 넘었다

총소리뿐
총소리
누구의 비명
누구의 절규뿐

눈뜨니
백병원 수술실
오른쪽 다리 수술이 끝났다
다른 친구들 실려왔다

4월 25일
교수단 시위
4월 26일
대통령 하야

동국대 박종구
다행이었다
수술한 다리로 일어섰다 꽃다발을 받았다
걸어갔다
걸어왔다

세월이 갔다 풀이 나고 풀이 죽었다

다시 그에게는
혁명도
저항도
시위도 없었다 그냥 하루에 구어박혀 살았다

눈빛 꺼져버렸다
언제 문 닫을지 모르는
언제 사장 이민 갈지 모르는 회사
미루고 미룬 봉급인상만을 뭉그대며 기다렸다

두 아이의 아버지였다

윤석길

동대문 밖 보인중학 3학년 윤석길
목이 답답
학생복 단추 둘이나 풀었다
그래도 목이 답답

반공회관 건물이 불타고 있었다
검은 연기에
흰 연기도 이따금 섞였다

4월 19일
선생님들은 한사코 막았다
학생들은 한사코 뛰쳐나갔다

광화문은 학생의 거리
찢어진
피투성이 와이셔츠 휘두르며
죽은 학우 시체 싣고 가는
소방차에 올라
외쳤다

이 죽음을 부른 이승만 독재자는 사퇴하라

총소리는 그칠 줄 몰랐다
내 이름은 윤석길

경무대로 달렸다
총소리는 그칠 줄 몰랐다
시체가 밟혔다
모자도
돌멩이도 발에 치였다

경찰 바리케이드가 무너졌다
맨 앞은 불과 30여명
돌을 마구 던졌다
총소리는 그칠 줄 몰랐다

문득 옆구리를 누르고 있는
나의 손을 느꼈다
내가 나를 느꼈다
언제 총 맞았나
피가 허벅다리 타고 흘렀다
피가 바짓가랑이 밖으로 흘러내렸다
신발 속도
피로 질퍽거렸다

총소리 멀어져갔다
정신이 멀어져갔다

내 의식이 어리뜩 돌아온 것은

성모병원 수술 뒤였다
내 옆 병상에는
다른 친구가 누워 있었다
방금 홑이불이 덮였다

목이 답답

태관동

공화당 부여지구당
김종필 위원장을 섬기는
부위원장 태관동
누런 눈 누런 이빨

그에게는 자나깨나
김종필밖에 없다

71년이면 박정희 대통령 재선 임기가 끝난다아
그 이후는 김종필 대통령의 시대가 온다아

그에게는 자나깨나
김종필밖에 없다

그런데 김종필 추대 패거리들
국민복지회사건으로 제거되었다

부여지구당은 김종필 위원장 탈당계를 접수했다
부위원장 태관동은
당원 2천여명을 동원
거리로 나섰다

김종필 없는 공화당은 없다아
우리 1만 5천 당원도

김당의장과 진퇴를 함께하자아

태관동은
김종필만을 외쳤다
김종필만을 외쳤다 목이 쉬었다

김종필이 떠나는 김포비행장 송영대에서
어서 돌아오시오오
우리는 기다립니다아

자나깨나
김종필이었다
부소산
백마강 바라보며
오로지 김종필 생각뿐
그의 모가지 사마귀도 김종필 생각뿐

씻김굿 가족

진도씻김굿
세습무 시어머니한테
이어받은 며느리 정숙자 씻김굿

지전춤 으뜸

그네 남편 박병천 씻김굿 상수

죽은 사람 한 풀어주는 굿
한 풀어
저승으로 보내주는 굿
이승의 고달픔 훨훨 날려
저승 극락으로 보내주는 굿

그 정숙자가 세상 떠났다

남편과
딸 미옥이
두 아들 환영이 성훈이
씻김굿의 가족

정숙자 씻김굿판에 모두 모였다

이제 가면 언제 오나

한번 가면 못 올 길 쉬어가자 에헤야…

밤 아홉시
방 안의 '안당'
마당의 '초가망석'
제석굿으로 이어졌다
아들은 피리를 불고
지아비는 북채를 잡았다
넋 올리기와
고풀이
그다음
어머니의 영대를 물로 씻기며
서러운 딸의 노래 이어갔다

저승길이 환한 밤

백원배

1958년 크리스마스이브
2·4파동 직후
자유당정권에 항의농성
화신백화점 옥상에 올라갔다 백원배

옥상 가녘
삐라뭉치 바람에 흩어져
저 아래
화신 앞거리 흩날렸다

누구의 돈으로 만든 삐라였나

1960년 봄날
염리동 강림교회
등사기를 훔쳤다
그것으로 성명서 등사했다 백원배
경찰에 쫓기면서
성명서를 입에 넣어
씹어먹었다
증거인멸

누구의 돈으로 만든 성명서였나

4월 20일 고문으로 뻗어버렸다

종로경찰서 건너편 병원에 입원했다
병원 치료받고
다시 불려가 고문당했다
어용신문
서울신문사 방화범 피의자 백원배

바야흐로 4월혁명의 시대가 시작되었다

4월 23일
외신기자들이 병원에 몰려왔다
빅토리!
빅토리!
그들이 사이다를 가져왔다 사이다를 마시고 가슴 후련
어서 태평로 걷고 싶다 백원배
사이다가 아니라 막걸리를 마시고 싶었다 상고머리 백원배

장충식

효(孝)란 효에 갇히지 말 것

독립운동가 장형의 아들
장충식
키 크다
얼굴 길다
그 긴 몸 속
여러 나라 말 푹 익어 주룩주룩 나온다

해외유학중
아버지의 별세로 돌아왔다
장례 마치고
그대로 아버지의 사업을 이어받았다

가장 먼저 해야 할 일

행여나
아버지 생전
아버지에게 원수진 사람 있나
아버지로부터 버림받은 사람 있나
아버지에게 손해본 사람 있나
아버지 때문에 망한 사람 있나
아버지한테서 지울 수 없는 상처 받은 사람 있나

아버지의 친지
아버지의 측근으로부터
이런 사람들 하나하나 알아내어
무려 10여년이나
그 사람들 하나하나 찾아다니며
혹은
아버지 대신 모자 벗고 빌고
혹은
아버지 대신 두 손 잡고 달래고
혹은
아버지 대신 단돈 몇푼이라도 갚고 물어주고

그러고 나자
지하의 아버지 생전의 원만한 모습 그대로
꿈속에 나타나 빵시레 웃음으로 노래하시기를
식아
식아
이제 나 구만리장천 훨훨 날아다니게 되었구나

나는 누구뇨 아버지를 사는 아들
나는 누구뇨 아들을 사는 아버지
이 두 사람의 생과 사 꽃울타리 아름다워라

김치호

그날 나는 법과대학 제8강의실 강단에 섰다
출석학생이 줄었다
물어보나마나 데모에 참가한 것
남은 학생을 위해
강의를 시작했다

사회법 강의

멀리 함성이 들려왔다
시청 쪽인가
광화문 쪽인가
파고다공원 쪽인가

오전이 지나갔다
어수선
뒤숭숭

오후 한시 총소리가 들려왔다

나의 무릎이 갑자기 떨어댔다
모든 법은 불안하다
모든 현실은 불안하나

기관총소리도 들려왔다

소문이 들려왔다
대법원
지방법원 청사를
법대생들이 점령했다 한다

소방차가 불타고 파출소도 타버렸다 한다

어수선
뒤숭숭
대학도
거리도 들떴다 나의 내면도 들떴다
덜덜덜 일이 손에 잡히지 않았다

집으로 돌아갔다
아우 치호를 기다렸다
나는 법대 조교수
아우는 문리대 수학과 학생
아우는 22세

카빈총소리가 들려왔다
밤 열시
치호는 돌아오지 않았다
친구들의 전화
치호의 안부를 물었다

다음날 낮 한시 반
수도육군병원 시신안치실
김치호의 시신
거기 있었다

누나
누이가 울부짖었다
형수가 울었다
형 아우 들이 와 울었다

별명이 피타고라스였다 짜아식 네가 죽었다

정대근

나는 환자였다
장기휴직계 내고
요양중
4월 19일
왠지 답답
왠지 울적
잠바와 바지 입고
거리에 나가봤다

내 이름은 정대근

살 것 같았다
막힌 가슴 트였다

미아리고개
소경 점집을 지나고
밀줏집들을 지났다

종로 4가까지 걸었다

좀 어지러웠으나
좀 지쳤으나
오가는 사람 보았다
살 것 같았다

동원예식장 앞
결혼식 하객들 모여 있었다
오래 못 만난
중학 동창을 만났다
반가웠다
언제 만나자 하고
약속했다
그의 손은 의수(義手) 갈고리였다
저쪽에서
데모행렬이 왔다

그 데모를 구경했다
그 데모 뒤를 따라갔다

종각 앞까지
에라
광화문까지
중앙청까지
에라
더 따라갔다
총소리가 시작되었다

나는 대폿집으로 피했다

피투성이 학생이
들어왔다

화가 치밀었다
막걸리를 마셨다
나는 요양 환자
마시면 안되는
술을 마셔버렸다

을지로 입구

고교생이 쓰러졌다
나도 풀썩 쓰러졌다
온몸 화끈

성모병원으로 실려갔다
M1에 허벅다리를 맞았다
나에게 피를 넣어주라고
한 아낙이 팔을 걷었다

나는 죽어가고 있었다 아니 살아나고 있었다

김효덕의 어머니

내 자식이야
총알도 비켜가리라 믿었는데
총알도 비켜가라고
호신술도 익혔는데

2대독자 내 자식을
경찰이 쏴죽였다
곤봉으로 때려죽였다

2대독자 김효덕의 어머니 남금순은 아주 미쳐버렸다

그녀에게는
옛날 어린 시절 하나가 남아 있었다
어머니와 함께
새옷 입고
외갓집 가던 날
눈 오는 그날이 남아 있다

그밖에는 아무것도 없다
살아 있던 아들도
그 아들이 죽은 것도 모른다 아주아주 미쳐버렸다

땡그랑 옛날 한 조각뿐

김영호

하루 150환 벌이의 아비
골골 앓는 어미
이 갈비뼈 앙상한 가난에도
끄떡없는 영호
구공탄 배달하고
비누 없어도
검은 구공탄 묻은 몸 씻고
해 지면
야간중학생
당당한 영호

부잣집 학생
부러워하지 않았다
부잣집 여학생 탐나지 않았다
늘 당당한
영호

마산의거 3월 15일
그날 맨 앞장
총 맞아 죽었다
마산시청 부근

아버지가 아들의 화장을 반대했다

내 자식 죽인 경찰
반드시 찾아내겠다고 장례를 반대
며칠이고 며칠이고 병원 안치실에 당당한 영호는 누워 있다
아 싸구려 향로 싸구려 만수향 타오르고 있다

오성원

열네살까지 일을 찾아다녔다
학교
회사
시장 건어물상
사환자리 찾아다녔다
없었다

열다섯살에 구두닦이 심부름꾼이 되었다
구두닦이가 되었다

저금통장이 생겼다
고기 뛰노는 기쁨
저금통장 속
저금이 이드거니 늘어갔다

마산의거 그날
그 구두닦이 오성원 저금통장 남기고 총 맞아 쓰러졌다
신마산 구두닦이들이 돈 모아
소나무관 사고
삼베옷 사 입혀
묻었다
그의 구두닦이통도 함께 묻었다

성원아 저승 가서

네 구두 광 좀 내거라

이 말이 동료들의 애도

거룩한지고 이번 의거
구두닦이 의거 있다
갸륵한지고 이번 의거 뒤
구두닦이 뭉쳐
성원회를 만들었다

오성원 이름 묻지 않았다

그 어머니 주경옥 여사

두 아들 영식이 영준이 있어
두 아들의
어머니 온 세상이 내 세상
아무것도 두려울 바 없다
아무것도 부러운 바 없다
저녁노을 속
지친 몸
집에 돌아가는 걸음 이다지도 가벼워라
하루 내내 들일 뒤
두 아들 밥해주러 가는 기쁨
저문 하늘 속
손뼉치는 소리 가득하여라

그런 나날이었다
큰아들 영식이가 국방경비대 입대
대위가 되었다
세상 떠난 영감도 불러다가
그 아들을 맞이하고 싶었다
그런데
그 아들이
여순사태로 전사

하늘이 미웠다
남은 아들 영준이가

그 비통 속에서 자라났다
고교 졸업
아무것도 바랄 것 없다
그 아들이
3월 어느날 총 맞아 죽었다
세상이 혁명의 어머니라 했다
해가 미웠다
코를 풀었다

입 안과 목 안이 바싹바싹 타들어왔다
슬픔 한움큼 내버렸다
영감 있는 곳
두 자식
가 있는 곳
어서 가고 싶었다
이 세상이 밉고 미웠다

두 혼백

으슬으슬 봄이 오고 있다 종달새가 얼바람에 솟아올랐다
지상에는
술 취한 노인이 있어야 했다

식전 해장부터
술 취해
중언부언하는 노인 있다

5일장 장거리 가근동 사람들 북적이는데
술 취해
대낮부터 뻗어버린 노인 있다

인생 육십 칠십 살아왔다
성인 군자 필요없다
그렇게 한잔 술로 버벙버벙 줄금줄금 살아왔다

그 노인
길바닥에 뻗어 있다
무슨 일로
피를 흘리고 있다

그 노인을 업고
병원에 달려간 아이 있다

갸륵하고 갸륵하였다

닷새 뒤
그 아이가 시체가 되어
병원에 왔다
김간호부가 그 갸륵한 아이를 알고 있다
마산의거 그날
남성동 자애의원
갑자기 정전으로 깜깜했다

황천길 삼도천
노인의 혼백
그 아이 김용실의 혼백을 만났다
어이
이제 내가 자네를 업고 가겠네

아버지의 염불

염불 같다
혼잣말 중얼중얼
꼭 염불 같다
넘으려다
못 넘는
극락고개 염불 같다

우리 의규
창신중학 졸업했다
우리 의규
야간중학 졸업했다
곧 직장이 생긴단다
곧 월급을 받는단다
우리 의규
창신중학 졸업했다

마산시민의거 그날
전의규는 죽었다

아버지는 미쳐버렸다
오늘도 염불
오늘밤도 염불

우리 의규

우리 의규
창신중학 졸업했다
우리 의규
월급을 받는단다
우리 의규
월급 받아
돼지고기 사온단다

어머니 이계단

내 아들 이근형
3대독자
기어이
내 아들의 주검을 보았다
4월 22일
수도의대부속병원 영안실

나는 울지 않았다 나는 뿔이다

너를 낳은 지 백일도 되기 전
네 아버지가 죽었다
지난 24년
오직 너 하나가 내 삶이었다

충남 홍성중학
18세 입대
제대했다
너는 서울거리에서 죽었다

나는 청와대 윤보선도 만났다
반도호텔
장면도 만나보았다
말뿐이었다
다시는 그런 사람들 꼴 보기 싫다

나는 울지 않기로 작정했다 나는 개뿔이다
철도병원 청소부 나는 쇠뿔이다

군인들이 날뛰는 시대가 왔다
고향에 돌아와
종이봉투 만들었다
하루 품삯 5천원
그 돈 모아
4월이 오면
아이들 학비로 내놓았다

4월혁명을 기억하라
4월혁명
4월 영령들 기억하라고
나는 군인들 날뛰는 판에서 아직 죽지 않았다

아우 이중하

김천고등학교 2학년 이민하
저의 형이올시다
목련꽃을 제일 좋아했습니다
목련꽃 핀 4월
저의 형은
총 맞아 죽었습니다

낙동강은 있습니다
황악산은 있습니다
황악산 직지사는 있습니다

형은 없습니다

낙동강 철교로 밤기차가 지나갑니다
형과 아우가
그 차에 타고 있습니다

아닙니다
형 없는 이 세상에서
제가 저에게 형이 되었습니다
목련꽃이 되었습니다
나의 이름은 이중하가 아니라 형 이민하입니다

4월계

1960년 5월 27일
4월혁명유족회 창립총회장
서울 북창동 비탈
공보관 강당
회원 3백여명 뒷날 회원 2백명 미만

3대독자 어머니
2대독자 어머니

남편 잃은 아내
자식 잃은 아버지 들

서로 목놓아 울었다
실컷 울었다
서로 위로했다
서로 부둥켜안았다

정부 지원금 주다가 말다
신문사 위로금 걷어주다가 말다

이로부터
우리들끼리
우리들 유족회원끼리
상부상조 계를 하기로 했다

계를 해서
어려운 유족 돕기로 했다

처음에는 대통령도
영안 봉안소 참배하고
총리도 참배하더니
구파
신파로 여념없었다

5월 군사혁명 들이닥쳐
4·19의 높은 정신
계승한다 하더니
4월은 없고
5월만 있다

4월계 실무 맡은 유충숙이
4월계 통장을
피통장이라 불렀다
피통장
벌써 곗돈 이자 붙어

제일 먼저 도와야 할 회원
반신불수 신영실

김분임

우리 아들
우리 오빠
우리 동생
4월 하순 유족들 시시때때 울었다

김분임
그이도 울었다

아들 손톱 깎을 때도
수명장수 위해
음력 초이렛날 깎아주었다

아버지도
아들 이발할 때
머리 깎는 날을 정해주었다

기두야
기두야

아들 기두
자주 앓는 엄마 위해
의사가 되겠다 했다
스무살
이제 막 고교 졸업이었다

김주열 시체 사진 실린 신문 들고 외쳤다
엄마!
학생들이 피 흘려야
독재가 무너질 거야
엄마! 2백환만 줘
그 돈으로 태극기 사서
머리에 동여맸다
친구들과 세종로로 달려갔다

지금 가면 다시 올 수 있을까 중얼거렸다

세종로 한복판 총격 사망
수도의과대학부속병원
시체안치실에
누워 있었다

어머님 김분임 여사
비녀 빠지는 줄 모르고 달려갔다 산발로 달려갔다

기두야
기두야
어서 일어나거라
기두야

기두 동생 기수는
장차
동부전선 보초였다
동해 파도소리를 들었다
기수야
기수야
지난날 살아 있던 형 기두가
부르는 소리
얼핏 들렸다

김정돈 옹

1934년 함남 함주에서 태어났다
김정돈의 자(子) 김창필
1938년 연포 어문야학 다녔다
이미 세살 때
엄마 등에 업혀가며
엄마가 찾지 못하는 집 찾아주었다
이 길로 가오 이 길로 가다
저쪽으로 가오

이렇게 용한 아이

깜깜한 먹밤
아빠의 손 잡고
찾아가는 집 찾아냈다

이렇게 용하디용한 아이

1946년 흥남중학 입학
1948년 삼팔선 넘어
서울 중구 인현동 움막 지어
삼팔따라지 보따리 부려놓았다
바로 을지로 4가 전차 타고
노량진도 건너가고
서대문 마포도 가고

청량리도 가고
서울역도 가보았다

1950년 9월 아버지 김정돈
철수중의 인민군 총살로
폐 관통상으로 죽어가는데
수복중의 미 해병대 구호로 살아났다
17세 아들 창필이가
서울 인천 오가며
그런 아버지를 보살폈다

1955년 창필이 자원입대
제대 뒤 난데없이
중부교회 문익환 목사를 좋아했다
장차 문목사 주례로 장가가리라

1960년 4월 그 창필이 심장관통상 사망
수도육군병원 시체
문익환 목사 집전으로 장사 지냈다
천당 갔다

1960년 4월 이래
서울 교외 망우리 공동묘지
거기가 천당

아버지 김정돈 옹이
지팡이 짚고
아들 창필이 만나러 온다
십자가도 없다 풀 우거졌다 살모사 지나갔다

김광렬

네 형제 돌무더기 가득했다
김광렬 몽두리돌
김주열 쇠차돌
김택렬 밀돌
김길렬 화산 속돌
어머니의 쑥돌이 행복이었다

그 형제 시대가 가버렸다
3월 15일
광렬이와
주열이는 데모대열에 저절로 끼여 있었다
소방차와 맞서
돌멩이를 던졌다
국민학생 아이
중학생 여자아이가
돌멩이 날라왔다
몽둥이를 날라왔다

신마산 뒷골목으로 쫓겨갔다
무학국민학교 앞
한 학생이 총 맞고 쓰러졌다
쓰러지며
담벽에다 무엇인가를 썼다

북마산 쪽에서 데모대열이 왔다
이승만의 앞잡이
허윤수 집 때려부수자
창원군청 쳐들어가
투표함 불지르자

경찰의 총사격
뒷산으로 흩어졌다
주열은 없고
광렬은 있다

몽두리돌 김광렬의 빈 등짝에
아우 쇠차돌을 빈 가슴에 담아야 했다 풀더미 속 벌레소리 등져야 했다

어머니 이춘란

기태야 우리 기태야 너 어디 있느냐

아들 찾으러 온 거리를 헤맸다
어머니 이춘란
기워입은 몸뻬 차림 부끄러운 줄도 몰랐다
머리 검불 부끄러운 줄도 몰랐다
수도육군병원에 가보았다 없다
백병원에도 가보았다 없다
세브란스병원에도 가보았다 없다
인덕의원에도 가보았다 없다
혜화동 수도의대병원에도 가보았다 없다

마지막으로
적십자병원에 갔다
거기에
내 자식 최기태

기태야
의사가 마지막 말을 들었다 했다
어머니!를 불렀다 한다

아직 경찰이 적십자병원을 포위하고 있었다
경찰이 때려죽인
시신을 화장터로 실어가려 할 때

누군가가
기태 시신을
환자 침대 밑에
숨겨두었다 한다

기태야
기태야 에미가 왔다 어디 눈떠보아라

옛 꽃다발

1945년 가을
외교노선이라는 미국의 이승만
김포비행장에 내렸다
비행기 트랩 밑
자그마한 청년이 서 있었다
자그마한 꽃다발 들고
고개 숙인 채 서 있었다

그날 이후
그는 이승만의 일정을 맡았다
아침마다
안녕히 주무셨사옵니까 인사드렸다
밤마다
안녕히 주무시옵소서 인사드렸다
한밤중
기침소리만 나도 깨었다

비서실장
국방장관
국회의장
자유당 부통령후보에 이르기까지

그는 서대문 공관에서
아침마다 경무대로 문안드리러 갔다

밤마다 문안인사 드리러 갔다
아들 하나를
양자로 바쳤다

그 꽃다발 이래
그는 그가 아니었다
이승만의 손가락
이승만의 발가락
이승만의 밥이고
이승만의 자주 끊기는 오줌발이고
감히 이승만의 그림자였다

그의 이름은 괜히 있었다
이승만 하나가 전부였다

그러나 단 한번
양자로 간 아들이 와
아버지와
어머니 박마리아
그리고 동생을 쏴죽였을 때
그 가족 전멸이
그 자신의 것이었다

만송 이기붕

신형사

마산경찰서 사찰계 신형사
빨갱이 조작
빨갱이 사냥
신형사라고만 해두자
이름은 묻어두자
아니
그 악명 높은
성도 묻어두자
묻어둔 성이 땅에서 솟아나왔다

신형사

신형사의 뱁새눈에
거리 오가는 사람들
다 빨갱이로 보였다
나중에는
술만 마신다고 계집질만 한다고 대드는 아내까지도
빨갱이로 보였다

네년 친정 재당숙 오갑돌이
그놈이 빨갱이니
네년도 빨갱이다

입안에 있던

빨갱이
입 열면
튀어나왔다

빨갱이
빨갱이

1960년 멍든 남해 가득히 아침놀 잠겨 봄이 오고 있었다
갈매기 날개
잿빛 깃
흰빛 깃
파도이랑에 떠 봄이 오고 있었다

너 공산당의 음모로
데모에 가담했다고 말해봐
그러지 않으면
도랑물 속에 처박아
바다에 던져버릴 터

다시 뱁새눈의 능란한 물고문 시작되었다

아냐 내가 양보하마
네가 공산당이 아니라
공산당이 시켜서

데모한 것이라고 말해
그러면
너 살려주겠다

너 담배 먹고 싶으냐

어서 지장 찍어
여기다
여기

이 썅놈의 빨갱이새끼

이종량

화동 경기고등학교
마당 크다
하얀 모래가 해반닥인다
철봉대
수평대 벙어리

백목련이 피었다 이따금 참새떼가 어리뜩 내려앉는다

2학년 이종량

책가방이 남아 있다
책가방 속에
양문문고 니체 『비극의 탄생』이 들어 있다
교과서 셋
노트 다섯이 들어 있다
그가 앉던 걸상이 남아 있다

바람 불어
휴지조각
신문지 굴러가는 거리
그 신문지 제1면
더이상 이승만의 사진이 실려 있지 않았다

그가 걸어가던 거리

4월

그가 달려가던 으르대던 거리가 남아 있다
그가 소리지르며
쓰러진 거리
총소리가 귀청 뚫는 거리
함성과 절규 간데없이
입 닫은 거리로 돌아왔다
그 어디에도 교모 벗은 그의 오긋한 이마의 얼굴은 없다

이종량

전성천

할아버지 대통령 알현 때는
다른 비서들 못 알아듣게
영어로 말했다
프란체스카가 사랑했다
이렇게 미국물 이승만물 이쁜 전성천

마구 물 퍼쓰듯 썼다 빈 물통 내던졌다
정부 예산
공보실 예산
공보실 특별예산
오직 이승만 대통령의 4선을 위한 예산이었다

마구 불지르듯 썼다 장작더미 재가 되었다

대한민국 공보처장 전성천
장로교 목사
미국 프린스턴 예일 신학부 출신
얼굴 한쪽
해반주그레

프린스턴 출신의 할아버지 이승만의 손자가 되었다
이승만 찬양영화를 만들었다
20만불 들었다
촌락에는 전기가 들어가지 않아서

한 대 8백불짜리 16밀리 영사기
한 대 2백불짜리 발전기를 사들여
전국 방방곡곡에 돌렸다

미국의 기술감독 과정을 찍어넣어
가짜 미국의 승인 영화로 둔갑시켰다
60만불 들여
일본 트랜지스터 2만개 수입
확성기 부락
앰프촌이 늘어갔다

슬쩍 자신의 덕행 군시럽게 찬양한 30분짜리도 만들어 돌렸다 암 그래야지

화물차 감옥

서울 경무대 대통령 관저
진달래가 한참 흐드러졌다
마산 언덕배기
진달래가 막 지고 있었다
마산사태는 공산주의자 소행이라고
서울의 85세 대통령께오서
두 시간 명상 끝에 벌떡 일어나 입을 열었다
안면경련
명상은 망상

모든 것을 공산당으로 몰면 되었다
몇해 전 건방진 조봉암도
공산당 간첩으로 몰아 없애버렸다
또 누구도 누구도
빨갱이로 몰아 없애버렸다

그러나 마산사태는
빨갱이 몰이로는 무효였다
경찰서 유치장으로 모자랐다
일러 빨갱이
일러 빨갱이 앞잡이들
무더기 무더기 잡혀왔다
각 파출소와 지서 유치장으로 모자랐다
마산형무소

마산 결핵환자형무소 감방으로 모자랐다

철도 화차에 몰아넣고
문을 처닫았다
역 구내
철도감옥이었다

마산상고 1학년 유병호 군
피로 얼룩진 교복 입은 채
한쪽 다리 끌며
화물차 감방 구석에 처박혀 있다
목말랐다
목말라
제 오줌 받아 입안에 넣었다

어머니를 생각했다
혼자 좋아하는
전인자를 생각했다
교복 벗고 갈아입은
하늘색 원피스
전인자를 생각했다

또 목이 말랐다

그녀의 밤

남편은 데모진압의 경찰기동대장
벌써 엿새째 집에 오지 않았다
장바구니 들고
동대문 신설동 카바레에 갔다

실내
어둠이 좋았다
어둠속에서 블루스가 좋았다

제비사내 따라나섰다
바깥세상
어둠이 좋았다 사내 뒤가 좋았다

동일여관 구석방
한 여자의 육체가 살아난다
죽어도 좋다고
넋 놓으며
1960년 4월 어느 봄밤 혁명의 밤
한 여자가 뜨겁게 살아난다

한 여자의 음란한 혁명이었다

김두철

석간신문 판매원 두철이
열두살

그 화경눈 아이가 외쳤다
태평로 국회의사당 앞
구식 셔먼탱크와
셔먼탱크 주위
계엄군 병사에게 외쳤다
신문다발
한 팔로 안은 채

쏠 테면 쏴보시오
당신들도 우리와 똑같은 대한민국 국민이오
내 친구가 19일
총 맞아 죽었소
쏠 테면 쏘시오

그 소리 듣고
15사단 무장병사들 모두 다 총구멍을 내렸다

시민들
학생들 박수쳤다
두철이를 위해
박수쳤다

계엄군 병사들을 위해
박수쳤다

그뒤 탱크 위에 태극기 든 학생이 올라탔다
모두 박수쳤다

가슴 벅찬 두철이 신문 안고 씽씽 내달렸다

가루

대륙국가 고구려가 망했다
고구려 순노부 귀족 가루
영유왕의 충신
개소문의 부하 가루

고구려 멸망 후
고구려 부흥운동에 참가
그 가루가
새 고구려 선포

그 가루가 일본 사신으로 건너갔다
서해 남해
현해탄 건너
한 달 만에 도착했다
그러나 일본은
나라 망했는데
웬 사신이냐고 성문을 닫았다

새 고구려가 일어섰다고 닫힌 성문을 열어젖혔다

가루와
가루의 아들
일본의 국빈으로 머물다가 돌아갔다
그동안

새 고구려가 사라졌다

달밤
칼을 몸에 박고 피 뿜으며 엎드렸다

아들이
달밤에 아버지의 피 묻은 칼 들고 울었다

산골 늑대가 그 울음소리 듣고 있었다

김기선

1960년 4월의 계엄사령부
이제 이승만의 계엄령을 받들지 않았다
놀라운 거역이었다
태평로 가로수들도
놀라운 거역으로 서 있었다

계엄령의 저녁 일곱시 통금시간
태평로는
시민들과
학생들로 채웠다
이승만의 시대가 가고 있었다
이제 계엄령의 탱크 위에
학생이 올라가서
탱크 운전병을 격려했다
탱크 운전병도
사나이로 태어나서… 얼씨구…
군가를 부르며 화답했다

마침내 계엄령은 해제됐다
계엄사령관 지프차 확성기가 소리질렀다

우리는 여러분의 요구가 정당하다는 것을
알고 있습니다

계엄사령관이 학생 대표 14명 중 5명을 선발
경무대로 데려갔다
늙은 대통령을 만났다
학생 대표는 재선거 실시와
대통령 하야를 요구했다
그 자리에서
이승만은
국민이 원한다면 대통령직을 사임하겠다고 실룩이며 말해야 했다

태평로
국민학교 아이들도 쏟아져나와 환호했다
경무대 학생 대표 김기선은 울었다
이제 혁명은 완성되었다
이제 더러운 과거는 사라지고
새로운 시대가 오고 있다고
다른 대표들이 술집으로 갈 때
그는 엉엉 울며 밤 태평로의 시민들과 함께 있었다
가로수들과 함께 있었다

김유만

식민지 시절
풍류 있어라
풍류 있어라
1936년 서울 명월관

전국음주경연대회 310명 참가 최종경연

술 항아리 사이
두 주호
김유만과
장대욱

1936년 9월 3일부터 이틀 반

김이 마시면
장이 쭈욱 마시고
장이 마시면
김이 쭈욱 마시고

이틀 철야
사흘째

드디어 장이 잔을 놓고 쓰러졌다
장이 쓰러지는 것 보고

그제야 김도 쓰러졌다

전국음주경연대회
1등 주호 김유만

그는 두 달 동안 내내 누워 앓았다

해방 뒤
초대 국회의원 제헌의원에 당선되었다 한바탕 꿈이었다

이강욱

열여덟살 아기인 듯 방싯방싯 웃음짓는다
온갖 영화(榮華)의 귀염둥이
어머니 박마리아의 사랑 그지없다

이제 형이
각하의 양자로 들어갔으니
네가 장남이 되었구나

어머니 박마리아의 욕망 불문가지
일년 뒤쯤 부통령 남편이
대통령을 이어받는 것
동시에 대통령 영부인이 되는 것

그러나 끝나버렸다

강욱은
4월혁명의 세상이 무서워서
부들부들 떨었다

떨 필요 없다
조금 뒤 네 형이 나타나
45구경 권총을 쏠 것이다
아버님 어머님
서로 손잡고 죽어 있을 것이다

너도 죽어 있을 것이다
형도 제 머리 쏘아 죽어 있을 것이다

다 살지 못한 너의 세월 긴긴 여름날 남아 있을 것이다

이강석

육군 소위 이강석
이기붕의 아들 손등 깨끗하다
이승만의 양아들 이마 깨끗하다
더 바랄 것 없다 온갖 꽃들도 나의 것

장차 이승만을 이을 이기붕
이기붕을 이을 이강석
더 바랄 것 없다 상현달도 하현달도 나의 것

4월혁명 마루턱
그 너머 망가져버린 내일이 있다
그는 할 수 없이
양부 이승만의 아들로부터
실부 이기붕의 아들로 돌아왔다

실부
실모를 쏘아죽이고
아우를 쏘아죽이고
자신을 쏘아죽였다

권총 방아쇠를 당기기 전
아버지가 말했다

우리는 민심을 잃었다

그가 말했다

아버지의 승리가
나라의 파멸입니다
아버지의 패배가
가족의 파멸입니다

깨끗한 태도였다
육군 장교
정장의 품위를 끝까지 지켰다
23세 우아한 젊은이로
세상을 깨끗하게 마감했다

세상 떠돌던 가짜 이강석도 수득수득 사라졌다

그 할아범

이승만의 독재가
혁명에 졌다
그의 쓰디쓴 입에서
국민이 원한다면 대통령직을 사임하겠다는 말이 흘러나왔다
85세였다 누구에게는 길고 누구에게는 짧디짧다

그 이승만과 동갑인 할아범

전남 장흥군
남녘 유채꽃 눈부신 득량만 개펄마을
옛날 농민혁명군 남은 병력
마지막
마지막 진지였던 울지리

그곳에서
굶주린 농민혁명군에게
밥을 해준 어머니의
살아남은 막내아들
관군에게
부모와 형들 다 도륙당하고
어찌어찌
살아남은 막내아들 오달복

그 할아범이 동갑내기 대통령의 신세를 한탄했다

곰방대 꺼진 담뱃불 다시 붙여 빨았다
가슴속 울적

허어
하야가 아니라 죽어야 허는디
팍 죽어번져야 진짜배기 하야가 되는디
나도 그만 살고
어서 죽어버려야 쓰겄는디
끝을 왜 이리 질질 끌어

프란체스카 도너

이익흥이 대통령에게 인사드렸다
각하 휴가 가셔서 좀 쉬셔야 합니다
이익흥이 대통령 부인 프란체스카에게 인사드렸다
영부인각하
휴가 가셔서 좀 쉬셔야 합니다

프란체스카는 그 인사를 맞받았다
나는 이 경무대 밖에서는 살 수 없다오
나에게는
이 경무대가
자택이고 별장이라오

겉으로 그는 남편의 구멍난 양말
전구알에 끼워서 기우는 아낙이나
안으로는 모두 다 쉬쉬하는 권력의 황후였다

대통령에게 올라가는 보고내용 어느 사항에서도
불쾌한 것 빼라
각하를 흥분시키는 것 빼라
오직 좋은 것만 보고하라

장관도 국장도
영부인의 눈에 들어야 한다
일주일마다 이발사가 오면

대통령이 이발사에게
쌀값을 물었다
재무부장관의 보고와 다른 쌀값이었다
비서실은
다음번 이발사를 새로 바꿨다
먼저 이발사는 병원에 입원했다고 꾸며댔다

권력은 그녀의 일상 전부였다
저 오스트리아
가난한
구멍가겟집 딸이
어찌어찌
스위스에서 만난
중년의 조선인과
눈이 맞았다

한국 생활 14년 동안
그녀는
아예 그녀 남편이었다
아예 사랑이 권력이었다 권력이 사랑이었다

박마리아

부족을 못 견딘 여인
만족을 못 견딘 여인
이승만의 마누라 프란체스카가 그녀에게 너무 가까이 있었다

아 모든 근원은 결말에 무능하구나

승마 출근

1949년 대한민국 정부 기틀이 제법 잡혀갔다
구 조선총독부 건물에
그대로 대한민국 중앙청 들어찼다
농림부는 서울역 부근
내무부는 명동 입구
체신부는 정동 입구
차도 제자리 포도 제자리
각각 기틀이 잡혀갔다

국무총리는 중앙청

전국 공무원 집무시간 금주령을 내렸다
그럭저럭 저럭그럭
정부 기틀이 잡혀갔다
베니어판 책상도 의자도 새로 맞췄다
국장 과장 명패도 맞춰다놓았다
공무원증도 발부

그러나 대부분은
총독부 때 쓰던 것
그대로 썼다

전국 공무원 집무시간 금주령을 내렸다
그러나 오정남도 오정군 오정면사무소 호적계

만년 서기 한판남은
호적등본 한자 한자 써서 발부해주고 한잔
호적초본 한자 한자 써서 발부해주고 한잔
낮 두시면
벌써 막걸리 곤드레
천하태평 코를 골았다

그러나 중앙청은 쉬쉬쉬 금주령이 두려웠다

아침 여덟시 국무총리 이범석은
그가 만주벌판 독립군 그대로
자동차를 타지 않고
군마를 타고
독립군 영의정이라고
허리 꼿꼿 뽐내며 출근했다
그의 비서관 이개동도
어디서 구한
노새 한 마리 타고 충직하게 뒤따랐다

그런데 그 이개동이
남로당 지하당 첩자일 줄이야

어떤 낚시질

그 사태에도
낚시꾼들은 낚시에 나섰다
파도너울 밑의 고기와
파도 위의 꾼은 팽팽한 사이
이런 시간에는
아내도
자식도 남이었다

마산 중앙부두

큰 고기가 걸렸다

그러나 큰 고기는 고기가 아니었다
사람
사람의 시체였다

온몸 오싹
낚싯대를 거뒀다

김주열의 시체였다
경찰이
던져버린 시체가
27일 만에 밀려왔다
27일 만에 떠올랐다

쇳조각이 박혀 있었다

그로부터 마산은 폭발했다
대구도
광주도 폭발했다
인천도 폭발했다
서울도 폭발했다

그것은 시체가 아니라 화산이었다

한상철

고려대 데모대열이 교문을 나와
안암동 바리케이드를 넘었다
곤봉 맞으며
곤봉을 빼앗으며
저지선을 뚫었다

신설동
동대문
종로 4가

데모대열 피 흘리며 잡혀갔다

종로 2가
태평로
국회의사당 앞
3천명의 학생 가득 찼다

부정선거 취소하라
부정선거 취소하라

구속학생 석방되었다
석방학생 네 명

공명선거 실시하라

공명선거 실시하라

그들은 대학으로 돌아가며 외쳤다
경찰이 통로를 만들어주었다
종로 4가
경찰의 보호는 가짜였다
좁은 길
좁은 골목으로 이끌어갔다

그때
쇠갈고리가 나타났다
쇠사슬
쇠망치가 나타나
마구 내리쳤다

경찰 곤봉 휘둘러
수십명이 쓰러져갔다

밤 여덟시 반
밤 열두시
중상자들
병원으로 실려갔다
어두운 골목에 버려진 주검 있었다

고려대 법대 한상철인가 아닌가
쇠망치 맞은
피투성이 얼굴
한상철인지
누구인지 알아볼 수 없었다

다음날이 4월 19일이었다
4월혁명 사망자 183명
종신불구 2백명
부상 6천명
그 학생혁명의 날이었다

누군가가 알아보았다
한상철의 주검인가 아닌가

윤광현

서울 배문고 졸업반
졸업하면
지물상 점원이 될까
동대문시장
과잣집 점원이 될까 과자 실컷 먹어볼까

중학교 때는 장군이 꿈
고교 2학년 때는
마도로스가 꿈
지리시간
오대양 육대주에
가슴이 울렁거렸다
장차 국회의원이 꿈
그러다가
졸업반이 되어
꿈은 추락하고 추락했다
현실이었다
우선 점원으로 내 인생 시작하리라

1학년 때
일부러 열십자로 찢어 꿰맨
교모 그대로
머리통 커
모자가 작아졌다

이제 이 교모 벗을 때가 되어간다

4월
시내 고교생들
쏟아져나왔다
거리는 온통
대학생과 고교생판
거기에 고교 졸업반 윤광현이도 나와야 했다

서대문 충정로 1가 이기붕의 집 앞
그곳 시위대 속
윤광현
총 맞아 죽어 있었다

자취방으로 돌아가지 못했다
죽어가며
그가 본 것은 이 세상이 아니었다
다른 세상
고기떼 몰려가는 저세상 바다였다
바다 위 새옷 입은 어머니가 서 있다

김준호

열여덟살 김준호 너도 외아들이구나
장성 김재홍 씨 외아들이구나
어찌 이번 혁명 현장에는
5대독자
3대독자
외아들이 나수 많구나

1955년 광주세무서 급사
1958년 가구점 목공 대패질을 익혔다
1960년 4월 19일 아침
금남로 학생시위에 따라나섰다

중학교
고등학교 다닌 적 없으나
데모대열 속
너도 학생이었다

금남로 3가 호남신문사 부근
너는 다른 학생 막아주며
네가 경찰의 총탄에 맞았다
역도선수가 꿈
쇳덩이를
으라차차 들어올리던
김준호 네가 쓰러졌구나

어머니가 준호의 관에 덮인 깃발 움켜잡았다
관을 쳤다
준호야
준호야
어서 나오너라
누워 있지 말고 나오너라

나왔다 살아 있구나
네 열여덟살 이후에도 살아 있구나

이성남

이삿짐 스물네번이었다
사글세 열여덟번
전세 다섯번
삼륜차 짐칸에
짐 싣고
짐 위에
어린것들 실어
낯선 동네
오르막길 올라가며
슬픔 따위
설움 따위
다 내버렸다
구멍가게 딸린 집
주인집 딸이 성마르다
마당가 수도에 자물쇠가 달렸다

그러다가 처음으로 내 집에 들어갔다
내 집
방 둘 있는
내 집
건평 16평

큰 소리로 노래 불렀다
서귀포 칠십리에

물새가 운다고
노래 불렀다

아내의 목소리도 커졌다
이것만 마셔요
더 사오란 말 마셔요
하고
삼학 2홉들이 한 병 내놓았다

축배

서귀포 칠십리에
물새가 운다

딸 셋 살림밑천
아들 하나
아들이
단국대 갈까 하다
국민대 갔다

하필 경무대 가는 길이
대학이 있는 길
4월 19일
데모 속에

아들이 있는 줄 몰랐다
아들이 총 맞아
혜화동 수도의대병원
죽어가는 줄 몰랐다

이제 아버지 이성남에게
하늘이 하늘이 아니고
땅이 땅이 아니다
세 딸 달려와
오빠의 주검 앞 울부짖었다
아버지는
그 울음소리가
딸의 울음소리인 줄도 몰랐다

사흘 뒤 나흘 뒤

여보
청수가
우리 청수가 어디 있어

이 말만 중얼거렸다
눈에는 아무것도 없다
눈동자 잠들었다

안국동 덕성여중 3학년짜리

4월 19일 저녁 다섯시 무렵
중앙청 앞에서 총 맞았다
청진동 이희정산부인과로 실려갔다
곧 숨 놓았다
흘리던 피 멈췄다

종로 5가 집에서는 아무도 몰랐다

네 자매 중 둘째
언니
두 동생
아무것도 몰랐다

아버지 구자명 씨도 어머니 조씨도
딸의 죽음 아직 모르고 있었다
솜 트는 집
묵은 솜과
새 솜이 여러 무더기 쌓여 있었다
어머니 조씨가 솜 트는 바퀴에 손가락을 다쳤다

덕성여중 3학년 2학급 교실의 밤
세상과는 달리
거기만이 평화로웠다
구순자의 책상과 걸상이 평화로웠다

김창호의 관

서른한살 아버지
연년생 아들 셋 앞에서 내일이 아득했다

부산 좌천동 막일꾼
이래서는 안되겠다고 벌떡 일어나
큰마음먹었다
다음날부터 운전을 배웠다

장차 차 한 대 부리는 차주가 꿈
동료 막일꾼이
그를 비웃었다
솔잎 안 먹는
송충이가 될 판이가

어쩌자고 부산역전 데모행렬에 끼어들었다
어쩌자고 총에 맞았다
이틀 뒤에야
마누라가 달려와 남편의 관을 치며 울부짖었다
어린 아들 셋은
어리벙벙했다 슬픔이 무엇인지도 몰랐다

한 인간의 이런 생애에 무슨 의미가 눌어붙어 있는가
벌레 한 마리
새 한 마리의 생명에

무슨 의미가 딱지로 눌어붙어 있는가

도대체 이 세상에 무슨 의미가 그리도 숱하게시리 눌어붙어 있는가
의미만
괜히 만들어내
괜히 겁주는
인간의 어리석은 장난 아닌가

그날 김창호의 유족 넷을 만났던
국제신문 기자 임철균
자갈치 국밥집에서
소주 세 병째
그가 술에게 술주정하며
의미를 묻고 또 묻고
술은 아무런 대꾸도 없고

박점도

점도야 점도야
열한살짜리 점도야

부산 변두리
성남국민학교 4학년 점도야

네가 죽었구나
네가 죽어
4월혁명 전사가 되었구나

밤 항구 석탄배 말없이 떠 있구나
갈매기들 곤히 잠들었구나

저쪽 광안리 백사장에는
방금 누구의 익사시체가 밀려왔구나
4월혁명과 상관없이
이 세상 작파하고
투신자살한 시체구나

저쪽 동래 금정산은 짙은 안개 속
암매장한 해골이 잠들었구나

점도야 네 이름 점도 맞아 네 이름 박도일이지
네가 살아야 할 몇십년의 미래가 이렇게 잘려버렸구나

이채섭

홀어머니 지엄하셔라
아비 없는 후레자식 안되게
세 아들 세워
추상같이
추상같이
회초리를 쳤다
아침이슬들 잎새에서 구슬 떨구었다

그 아들 중
채섭이
목포 덕인중학 나와
서울행
밤 완행열차 탔다
가다가 서고
가다가 서는 열차 입석으로
아침 서울역에 도착

염리동 이북사람 철공소에 들어갔다
쇠에도 정(情)이 있어
쇠모루에 정들어갔다

술 한잔 입에 대지 않았다
월급봉투
어머니한테 꼭꼭 부쳤다

괜히 그 채섭이가
4월 경찰의 무차별사격에 쓰러졌다

고향 완도에서
목포로 건너오지 않았더라면
목포에서
서울로 무작정
오지 않았더라면

아직 그 구릿빛
잉잉거리는 어깻죽지에
비지땀 빛나다가
섬식어가고 있을까

허기져
남의 밭두렁
주저앉아 있을까

이로부터 어머니 곽선심의 가슴이야
채섭의 무덤이리라 오래오래

심점구의 어머니

스물다섯 숫총각
종로 3가 지나가다
갈보가 팔을 잡았을 때
벌벌 떨며 빌고 도망친 숫총각
심점구

4월 26일 낮
종로 4가 지나가다
빌고 도망칠 겨를도 없이
데모대열에 섞여 있다가
총 맞았다

아직 살아 있었다
을지로 중앙의료원으로 실려갔다
거기서 눈감았다

어머니 조오미 여사는 예배당 다니다가
예배당 그만두고
성경책과 찬송가책을 뜯어
담배 말아 피웠다

아들의 무덤에 가 있으면 마음이 편해졌다
목이 타
도랑물을 그냥 마셨다

명남이

명남이는 대학생도 아니다
고교생도 아니다
봄날
똥거름내 자욱한
산골 보리밭머리
얼핏 흰나비 너울거리고
개울은 아직 숨죽여 물소리도 내지 않았다
명남이는
그 노고지리 보리밭에서 그냥 왔다

서울 와서 막일꾼

4월 19일
동료 막일꾼이
데모대가 나쁘다 했다
이승만 대통령이 좋고
빨갱이가 나쁘다 했다
명남이는 이에 맞서
데모대가 옳다
이승만 대통령이 나쁘다 했다

낮 한시
명남이는
경무대 앞에 있었다

처음으로 벅찬 세상에 나섰다

현장 즉사
가슴팍 총탄 두 발 관통
얼굴 경찰봉 타박상

한명남 여기 누웠다

어떤 쌀도둑

세월이 싸라기만큼도
스승 노릇을 하지 않았다 세월네월 쓸모없었다
그 기나긴 세월
여든세살 할머니
아직도 이빨 굳세다
질기디질긴 솔뿌리 잘근잘근 씹어삼킨다

세월이 모래알만큼도
착한 마음을
만들어주지 않았다

내 것도 내 것이요
남의 것도 내 것이었다

딸 셋 몽땅
아들 넷 몽땅 잃었다

영감도 일찍 극락에 갔다
홀어미 노릇 57년
질기디질긴 무청 잘도 씹어삼킨다

혼자 친물 목긴한 일몸
아직도 정정

그런데 이 할머니 노우남 여사께서
신새벽에
남의 곳간 스며들어가
쌀 한 말 훔쳐나오다가 들켰다
개가 짖고
사람들이 나왔다

노우남 여사 가로되
우리 영감이 시켜서 왔다
죽은 우리 자식들이 가라 해서 왔다 어쩔래

개가 입 다물었다 아직 그믐달이 남아 있었다

남기춘 고모의 넋

잡은 신대가 마구 떨어댄다
사시나무
사시나무 떨고
신내린 몸 떨어댄다
상도
상 위의 쌀대접도
쌀대접의 쌀알들도
마구 떨어댄다

바닷가 사장 은모래들 떨어댄다

난리 때
아버지 혼령 안 나와
누나 혼령 안 나와
고모 혼령 대신 나와
신대 떨어댄다

너 기춘이구나
네 에미 밀양 박씨
나 아플 때 미음 석 달 쑤어주었지
어릴 때부터
너는 환쟁이었지
네 에미 화상도 잘 그렸지
다소곳이 고개 숙인

네 에미 옆모습
나무비녀까지 그렸지
내 댕기머리 그림도 그려주었지

네 에미 혼자로구나
전란으로
영감 잃고
혁명으로
자식 잃어

시집갔다 소박맞은 너 하나가
네 에미
효녀 심청이구나

불쌍하다
불쌍하다

신대 뚝 멈췄다

김왈녕

서울에서 태어나
어릴 때부터
마포나루 새우젓 알았다
정선에서
뗏목 타고 내려온
양주
두물머리
송파나루
노들
마포나루에 온
정선 삼베로
여름 등거리 해입었다

그래서 그 삼베가 오는 곳이라
삼베나루
마포나루가 되었더라

서울에도 내 고향 있다
서울 중랑천에서 자라났다 중랑천 피라미 잡았다
김왈녕
대학 입학
군 입대 새우젓이 먹고 싶었다
제대했다

4월 19일 학우들과
경무대 바리케이드 넘었다
열한시 사십분부터
경무대 경찰 총탄을 퍼부었다

청년 김왈녕 쓰러졌다

서대문 적십자병원으로 실려갔다
오후 다섯시 사망
키 컸고
배구 써브를 힘차게 날렸다

이런 아들 잃은
어머니가 있는 땅
이런 아들 잃은
아버지가 있는 땅
제2공화국은 오도 가도 못하고 있다

심은준

갓 스물
볼수록 눈부시다
갓 스물
그 갓 스물 젊은이가 대궐이지 그렇지

누구는 뒷짐 풀며
막내딸 주고 싶다
누구는
내 동생 미경이 주고 싶다

갓 스물 잘도 생긴 젊은이였다 심은준

종로 4가 경찰의 총 불을 뿜었다

심장 관통
피
피

밤 아홉시 숨졌다 심은준

어머니
큰형
작은형
누이

누이가 마구 울부짖었다
흰 천 걷고
감은 눈 보며
오빠
오빠 하고 울부짖었다

오빠 나 은옥이야 제발 눈떠……

갓 스물 대답 없다

박철수

마산시청 저쪽
무학국민학교 앞
몰려 있는 시민들에게 최루탄 발사
바람 때문에
최루탄은 무효
경찰은 즉각
실탄 사격

길 건너
책방 세계서림
책들이 총 맞았다
책들이 피 흘렸다
샛별미장원
큰 거울이 박살났다 거울이 피 흘렸다
미장원 미스 최가
정신을 잃었다
미장원이 피 흘렸다
바깥 시민들이 비탈로 달아났다

무학국민학교 뒷산
거기까지
경찰이 추격

그 산등성이 초가집

방 안에 있던
열한살 아이가
총 맞았다

국민학교 어린이 박철수였다 방 안에서 즉사했다
학교숙제 문교부 지시대로 어린이 위인전 『위인 이승만』 독후감 쓰는 중

김창필

아버지 김정돈
어머니 문복녀
장남 김창필
차남 김창우
삼남 김창술

장남 김창필
중앙의료원 방사선과 근무

엑스레이
천번 이상 찍었다
집과
병원의 길밖에 몰랐다
얌전하디얌전했다
암사내였다

그런데 4월 18일 뛰쳐나갔다
고려대 데모에 절로 뛰어들었다
암사내가 아닌
성난 사내
4월 19일 뛰쳐나갔다
동국대 데모에 절로 뛰어들었다
아우 같던 대학생 앞장섰다
경무대 앞 진출

오후 두시
심장 관통
피 콸콸 쏟았다
즉사

1년 뒤
2년 뒤
3년 뒤

어머니는 밥상에
장남 수저
장남 밥과 국 반드시 놓는다
그 밥의 옆으로
차남이 밥 먹는다
삼남이 밥 먹는다

집안은 늘 묵언이었다

최현철

서대문 동아출판사 인쇄공장
공장장 이씨는
걸핏하면 직공들을 발길로 찬다
문선과 직공들 자주 따귀 맞았다

그런데도 문선공 최현철은 맞지 않았다
출근시간 지키고
퇴근시간 지켰다

4월 19일
그런 현철이 뛰쳐나갔다
서대문
광화문 시위대 앞쪽

총 맞은 줄도 몰랐다 달려가다 쓰러졌다

수도의대병원에 실려가 숨졌다
아무도 찾아오지 않았다
다른 주검 둘레는 울음바다였으나
현철의 주검에는
최현철이라는 명찰뿐
호젓하여라 이후에도 길이길이 호젓하리라 마늘밭 마늘이리라

만인보

22

萬人譜

방옥수의 시

그 혁명 어느날
사랑하는 남자 방옥수가 총 맞아 죽었습니다
임수인은 머리 풀고
회문산에 들어가
혼자 살았습니다
두렵지 않았습니다
외롭지 않았습니다
혼자 뻐꾸기로 두견새로
띠밭 일구어 살았습니다 머리 잘랐습니다
고운 살결 굳어버렸습니다

20년 뒤 어느날
그네가 세상 떠나버렸습니다

그네 유품 하잘것없었습니다
백팔염주 한 벌과 만년필
염주는 심심풀이로 목에 걸었을 테고
만년필은 필시 남자의 것이었습니다
또 한가지 다음과 같은 접고 접힌 분홍색 쪽지가 있었습니다

이세상 어디에도
저세상 어디에도
영 이별은 없다 하더이다 꽃도 달도 사람도 그렇다 하더이다

지난날 방옥수의 글월이었을까
그러고 보니
그러고 보니
아 그러고 보니
4월혁명은 한 편의 서정시도 벙어리로 남겼습니다

이세상 어디에도
이별은 없다 하더이다

이런 거짓말이 어느덧 흰구름 이는 참말이 되어 돌아올 것입니다

신선로

영조 즉위 다음날
궐내 희정당
영의정
좌의정
우의정
육조 판서와 참판 각위들 부랴사랴 불러들였다

상감마마의 상

삼정승
육판서의 상 참판들의 상

다만 신선로 하나뿐

신선로
노란 계란전
검은 버섯전
파란 파전
붉은 당근전
네 가지 쪽 고른 색깔이 함께 담겼다 근엄한 김 모락모락 났다
상감마마가 두루 여살펴 잔 들어 권하였다
자들 드시오

성은이 망극하여이다이다이다이다

신하들 앞서거니 뒤서거니 외우 잔을 들었다

또한 상감마마 신선로 안주 한 점 들어 권하였다
이 신선로 안주로 말할진대
네 가지 색이
의좋게 어울려 있소
더도 덜도 말고
이 신선로만 하기 바라오
그러나 궐밖에 돌아가는 가마 위 좌의정 성칼진 취중진담

우리 백년 노론 말고 감히 어느 놈 들일까보냐
어림없으렷다
어림없으렷다

김광석

이 세상에
아내가 있다
아내 스물일곱
더 바랄 것 무엇이랴

깡마른 김광석 이 세상이 새 세상이다 금 하나 거짓 없다

이 세상에
세살배기
자식이 있다
온통 새 세상이다

서대문구 현저동
형무소 담장 밑
그 무허가집 내 집이 새 세상이다

4월 19일
종로구 신문로 데모 속에 있었다
어이쿠 총 맞았다

아내는 아직 모른다 집에서는 영천 종점 발차 전 전차가 내려다보였다

안승준

서울대 상대 3학년
군나르 뮈르달
군나르 뮈르달
늘 그의 입에서 나오는 이름이
그의 별명이 되었다

이봐 뮈르달
누가 부르면 태연자약 뮈르달이 되었다

그 뮈르달이
중앙청
경무대 시위 맨 앞에 섰다
별명 뮈르달은 내던지고
본명 안승준

4월 19일 오후 세시경 쓰러졌다
실려간 뒤
서울대병원에서 죽었다

아시아의 한 드라마
아시아 동북의
한 정치멜로드라마

이승만의 원시시대가 죽어 죽어 죽어 끝나가고 있었다

최신자

꼭 이렇게만 와야 하느냐
혁명
꼭 이렇게만 왔다 가야 하느냐
혁명과 혁명 이후

열세살
신자 네가
그날
중앙청 앞 전찻길에서 즉사였다

덕성여중 교복 피범벅

김종술

마산동중 3학년
16세

두 형이 죽은 아우를 한 십년쯤 기억하리라
어머니는
평생 기억하리라

세상은 내일모레 망각하리라 혁명은 저만치 실 끊긴 연처럼 너울너울 꼬리 내리리라

봄날 무명씨

금호동 마루 옥수동 돌너덜길
한강이 내려다보인다 졸다가 만다
개나리가
잿빛 세상 잿빛 마음을
신둥신둥 바꿔놓았다

기뻐라

한강물도 느리게 느리게 가며
눈 시리게 시리게 새로운 개나리를 바라본다 돌아다본다

금호동 마루 옥수동 비탈
한강 건너
압구정 터 과수원 언덕배기 내려다보인다
봄배추밭도
어느날은
봄배추밭에 나온 삽사리 올망이도 내려다보인다

세상에는 자유당만 있다
자유당 임흥순만 있다
그러나 벼르고 벼르는 야당 유옥우의 절치부심도 있다

금호동 마루 옥수동 언덕
백년 사랑할 듯 사랑하던 사람

저세상의 사람이 내려다보인다
봄날 내 호주머니는 빈 새집인 양 텅 비었다

약수동 네거리 식당에 가서
곰탕 한 그릇만
사먹었으면 좋겠다
막걸리 한 사발만
마셨으면 좋겠다

금호동 마루 옥수동 내리막
한강이 더 가까이 내려다보인다
개나리가
한창 벙어리로 벙어리로 피어 있다 곧 지리라

김성수

시가 싫었다
단국대에서
시인 김용호 교수로부터
시문학개론을 배웠다
강의시간 내내
시라는 말
시인이라는 말 백번도 더 들었다
그래도 시가 미웠다
시는 계집아이들이나 읽는 것
시는 청상과부들이나
실연당한 계집년이나
읊조리는 것

심야방송 아나운서
고독
인생
청춘
사랑
별이 빛나는 밤

죽은 시인의 시편
간드러지게 읽는 아나운서가 역겨웠다
연거푸 담배 세 대나 피웠다
어이구 근지러워

간지러워

시는 시골 장터 사기꾼 장수가 꾸며대는 거짓말하고
하나도 다르지 않다

장작 패는 도끼
고인돌
대장간 모루
정미소 발동기
코끼리
홍수 진 강물
이런 것이 그의 가슴 통쾌히 뚫어주었다

4월 19일 초저녁
총 맞아
쭉 뻗어버렸다
의식불명

병원에 실려간 이래
한 달 지났다
13일 더 지났다

그동안 그는
미웠던 시가

아득히 그리웠다
어느새 그는 시인이었다

끝내 5월 숨졌다
한 편의 시는 그렇게 태어나자마자 물띠 잘려 끝나버렸다

김영호의 친구

마산공고 야간부 3년생
영호군
제1차 의거의 밤
마산시청 앞에서
총 맞아 죽었다

열여덟살의 일생

네살 때부터 고누를 두고
다섯살 때부터 바둑을 두었다 가포리 바닷가에 한번 간 적 있다

다음날 뒷산
영호군의 친구 인섭군이 외쳤다
내 이름 오인섭을 버리고
네 이름 김영호로 살겠다
영호야
이제 내가 너이다

메아리가 있었다 내가 너이다 너이다

어부 김기돈

거룻배 위
혼자 앉아
홍합을 잡아올린다
바다는 막막하고 붉은 피를 흘리고 있다

오늘따라
잡히지 않는다
빈 갈고리
또
빈 갈고리

그러다가 덜렁 무거운 것
잡아당겼다
시체
흰 메리야스
잿빛 반지
눈두덩에 5센티 최루탄이 박혀 있다

거룻배 기우뚱

김주열 시체

어부 김기돈은 불려가
사찰계 형사의 모진 닦달을 받았다

너 누가 시켜
그 송장 건져냈느냐
너에게 시킨
빨갱이가 누구냐
숨기지 말고 말해
그렇지 않으면
너 바다 밑 홍합 된다

아무도 시킨 적 없소 죽이든지 죽여 던지든지 마음대로 하시오

권찬주

어머니는 무슨 놈의 이론이 아니라 길고 긴 눈물이다
또 긴 하루가 시작되었다
어머니는 거리를 헤맸다
내 아들 찾아달라고
내 아들 살려달라고
마산 여기저기
죽은 아들 살려내라고 외치고 다녔다

진작 목쉬어버렸다

말이 나올 수 없었다

어머니는 이론이 아니다

어머니는 헤매고 헤매는 길고 긴 다음날이었다

소문이 돌았다
마산시청 지하실에 있던
총 맞은 시체들
가마니 속에 넣어
바다에 던졌다는 소문

어머니는 헤맸다
내 아들 송장이라도 찾아달라고

시청 옆 연못을 뒤졌다
연못물 퍼냈다
없었다

그뒤 죽은 아들이 바다 밑 홍합 대신 떠올랐다
그 어머니에게
죽은 아들도 산 아들이었다

김주열 군의 어머니
권찬주 여사는
더이상
헤매지 않았다
주저앉아
일어나지 않았다
벌떡 일어났다

이창원

고향 이리에서는
늘 밤 기적소리가 났다
이리역 구내
몇십 갈래 철로가 뻗어 있다
마침내 하나의 철로가 되어 서울로 간다 남으로 목포로 간다

아 목쉰 야간열차 삼등실에 탄
잡부 이창원

강원도 춘천 의암댐 공사에 간다
막국수 두 그릇 먹으면
배가 부르리라
담배맛 꿀맛이리라

강화도 마니산 참성단
석축공사에 간다
거기서 안호상이라는 사람을 보리라
산토끼 잡아 삶아먹으리라
허기가 사라지리라

다시 서울에 돌아온다
누상동
누하동 도로공사에서
발등을 다치리라

발등에 소주를 뿌려주리라
앗 뜨거워

마흔두살
고향 이리에는 버젓이 마누라 있다
두 자식 있다
손재주로 짠 궤짝도 있다

아 광릉숲
수목원 새집도 잘 만들었다
새소리만 녹음하는 사람을 보았다
어느 대학교수라 한다
팔자가 좋았다

4·19
중앙청 무기고 앞거리 지나간다
머리에 난데없는 총알이 박혔다
두 아들
대학 보내는 것이 꿈이었다 즉사했다
잡부 이창원

이귀봉

1960년 4월 19일 밤 아홉시 이후
야간시위
경찰도 격렬했고
시민도 치열했다

나아갔다
나아갔다
밀리다가
또 나아갔다

밀려났다
밀려났다
나아가다
다시 밀려났다

나아갔다
나아갔다

광주 금남로 2가

처음에는 두려웠으나
차츰 두렵지 않았다
탕
탕

탕탕탕 총소리도
두렵지 않았다

시위대 앞쪽에서 구호가 그쳤다
몇사람이 쓰러졌다
시위대열 뒤쪽 이귀봉도 쓰러졌다

경찰은 뒤쪽에도 있었다
등 뒤에서 총 맞았다
스무한살
독자

울어줄 누이 셋
울다가
울다가 쓰러질 홀어머니
콩나물장수 곽준단

울어줄
야간 속성중학 1학년 학우들
장차 이귀봉추모회 만들
가난뱅이 학우들

1960년 이듬해 1961년

안종길

그 시인보다
10년 뒤에 태어나
그 시인보다
훨씬 빛나는 시인이 되었으리라
1943년생

입은 서툴고 서툴렀다
말 한마디
제대로 나오지 않았다

손은 놀라웠다
주룩주룩
소월과 목월 언저리가 급해지는 물인 듯 쏟아져나왔다

덕수국민학교
경복중학교
경복고등학교 2학년 안종길
숙명여고
진명여고 여학생들
그의 작품에 반했다 꽃그림 편지 보냈다

4월 19일
국회의사당 옆
체신부 앞

거기에서 총 맞았다

내일의 시인 오늘밤 갔다 별똥별 갔다

홍종필

해남에서 태어나다
목포에서 자라나
서울에서 생을 열다
행상을 하다
다방마다 들러
가지고 간 상자 열면
그 안에 수첩도 있고
연필도 있고
빗도 작은 거울도 나오다
라이터도 나오다

4월 19일 청량리서 앞거리
총 맞다
그의 상자 물건들 와르르 쏟아지다
즉사하다

어머니가 해남에서 서울로 오다
어디가 어디인지 모르고 와서
아들의 주검에 몸 던지시다

네가 종필이냐
네가 종필이냐 부르짖으시다

이렇게 서울에서 생을 닫다

최기태

집에는 홀어머니와 여동생
학교에는 학우들
이만하면
외아들 외롭지 않다

올해도 여름날 해바라기는 빼곡한 해바라기씨로 무거우리라

경성전기공고 1학년 최기태

서대문 이기붕의 집 앞

부정선거 취소하라
협잡선거 다시 하라
이기붕은 사퇴하라
자유당은 책임져라

이런 구호가 총소리에 묻혔다

경찰은 총 쏘고 깡패는 두들겨팼다
최기태가 끌려갔다
동양극장 안에서
늘어졌다
학우들이 달려와
적십자병원으로 업어갔다

집이 사라졌다
학교가 사라졌다
밤 아홉시 반 호흡 정지

올해도 인왕산 바위들
여름밤 식지 않고 새벽까지 먹먹히 뜨거우리라

김평도

한쪽 볼에 애호박 달린
혹부리 김평도
3월 14일 일락식당에서
막소주 두 잔
생선내장탕 먹었다
뱃속이 춤추었다 내일은 이발도 할 것이다

리어카 짐 다 날랐다
착하고 착한 마누라를 생각했다
오늘은
생선 한 손
사들고 가리라

어린것을 생각했다
이쁜 딸년
연두 잎새 같은 년 종달새 같은 년
그놈만이
평도
평도 안 부르고
제비 주둥이로 아빠 아빠 부른다

집을 나서면
아이들도 어른도
숫제 반말

평도
평도

와 그라노 하고 씁쓸씁쓸 웃어주는 평도
그가
마산의거 4월 26일
총 맞았다

진수만이

전쟁
언제 끝날지 몰랐다

엄마는
제4부두
석탄 야적장 철조망 밑으로 기어갔다
석탄 한 바께쓰 채워
철조망 밑을 기어나올 때
경비병의 총에 맞았다

어깻죽지 피범벅

남옥이 엄마가 업어왔다 몸속의 피가 다 빠졌다

엄마는
여섯살 수만이에게 말했다
너는 진수만이다
아빠 이름 진판길
너는 여섯살
네 생일은 음력 9월 9일이다

엄마는 그 말을 되풀이했다 그리고 눈감았다
수만아
하고 부르고 세상 마쳤다

11년 뒤
고아 진수만이 열일곱살이었다
음력 9월 9일
제 생일을 기억했다 비 퍼붓는 날 비닐우산도 없이 비머리였다

비 갠 저녁 백원짜리 짜장면 곱빼기를 시켰다
생일잔치였다
빼갈 한 도꾸리도 시켰다

어머님!
하고 불렀다
어릴 때의 엄마가
이제
어머님으로 바뀌었다

아버지 진판길이라는 이름도
잊지 않았다

박지두 옹

크게 깨달았다 크게 제 허벅지 쳤다 옳거니
어느날 투전꾼 박지두
금으로 만든 명함 한장 들이밀고
조선총독부
아베 총독을 덜컥 만났다

총독 집무실 양탄자에 두 무릎 꿇고 큰절을 올렸다

조선인 중에 이런 호방한 자 있군 하하하

그뒤로 박지두
총독의 수양아들로 행세
조선 12도 어느 곳에 가도
일본인 관리
조선인 관리가 맞손 잡고 마중 나왔다

1944년 12월 비행기 헌납금 독려한 공로로
일본 천황의 어사주(御賜酒) 받고
일본 총리대신의 표창을 받아들였다

1945년 8월
해방이 되자마자
총독의 양자 박지두 행방불명

그의 헛기침 가위 일품

교자상 산해진미
그의 노래 가위 일품
달에 구름이오 구름에 달이라

일본 군가
아오구 센빠이 요까렌노
나나쯔 보당와
사꾸라니 이까리…

1949년 어느날 경무대에 나타난 박지두
대한민국 초대 대통령 영부인
치맛자락 밑
두 무릎 꿇고 큰절을 올렸다

영부인 함박웃음

그로부터 영부인의 심부름이란 심부름 도맡았다

군정청 신한공사 잔무 처리
원조물자 관리
그가 알알샅샅이 나섰다

삼청동 고래등 저택 일본 하오리 대신 마고자 금단추
돌안경이 번쩍였다

1960년 이기붕의 서대문 경무대
어느새 박마리아의 심부름도 도맡았다

4월혁명이 왔다
박지두 사장 행방불명

5월 군사쿠데타

1963년 군사혁명정부 국가재건최고회의 재경분과위
유원식 대령의 뒤에
백발의 박지두 옹 있다

화폐개혁 전야
경제학자 박희범 이후
실물경제 전문가 박지두 옹이 있다

1969년
온갖 명품 두고
온갖 골동품 두고
아니 구두 6백여 켤레 두고
췌장암

진통제 주사 꽂은 채
눈감았다

한 사람의 삶 이만큼 질겨 맞바람 뒷바람 다 쏘인 쇠가죽이어라 질기디질겨라

서울의 한 풍경

여기는 신촌 노고산 기슭
개구리가 오다가 도로 간다
사랑하면 무엇이고 궁금한 아이가 되어버리는 날

토끼풀밭에 벌렁 누운
순옥이 물었다

왜 하늘은 파래?

사랑하면 할수록 행복도 불안해지는 날

10년 뒤에도
우리 지금처럼 행복할까

이런 순옥이 말에 대답 없다
돌아다보니
공광식이 잠들어 있다
파리 한 마리가 왔다가 도로 간다

순옥이가 혼자 콧노래를 불렀다

남쪽 나라 십자성은 어머님 얼굴…

지금 종로 1가 계엄사령관 송요찬의 지프차가 지나가고 있다

돌항아리 같은
돌엉덩이 같은 장군이
검은 안경 쓰고 기우뚱 지프차가 지나가고 있다

이효희

그날 서울역전 데모 속에 있었지
총 맞았지
세브란스병원에 실려갔지
이틀 뒤 죽었지

수유리 산비탈에 다근다근 묻혔지 처녀 24세

조화(弔花) 셋 곧 시들었지

안부자

나만을 위해 살고 싶지 않아요
세상을 위해 살고 싶어요
열여섯살 소녀의 꿈
푸른 하늘에 맹세했다
지는 해에 맹세했다

의사가 되어
병원 없는 두메로 가고 싶은 꿈
탄광촌에 가고 싶은 꿈
교사가 되어
학교 없는 섬에 가고 싶은 꿈

하지만 충남 서산여중 2년 중퇴
서산 농업은행 사환
서울로 와
서울타이프학원에 들어갔다
단발머리 길렀다
아직도 칩뜬 꿈 간직한 채
가슴이 설렁거린다

여기 세상 위해 태어난 천사가 있다고
누군가가 비웃었다

나만을 위해 살고 싶지 않아요

세상을 위해 살고 싶어요

누군가가 비웃었다

4월 19일 천사 안부자
학원 가다가
몰켜들어 세종로로 갔다
어쩌자고 경무대 앞 데모에 뛰어들었다
한 남학생이 막아주었다
그 학생 쓰러지고
그네도 쓰러졌다
계엄군이 수도육군병원으로 실어갔다
5일 뒤 인공호흡기를 떼어냈다

어머니의 이름 복녀
복자 이름에도 복이 멀었고
딸 이름 부자
부자는커녕
이날 입때 헌옷 두어 벌로
세상 마쳤다

삼섭이

김대봉 씨의 아들
일섭이
이섭이
삼섭이

그 삼섭이가
광주에서
광주 송정리에서
서울로 왔다
서울이 어디라고
서울로 왔다

밤에 한광고등공민학교 다녔다
이제 졸업반

4월 19일 낮 세시쯤
서울시청 앞 데모 속
거기 있었다

그의 옆사람은 살았고
그는 죽었다

열여덟살 삼섭이
혼자 마음속에 품었던

지숙이야
삼섭이와 아무 상관 없이
지금 분홍 비닐신발을 신고 방죽가 걸어가고 있었다

남도 송정리 아버지가 지게 고치다
아들 소식을 들었다
지게 고치다 말고
단벌 두루마기를 입었다 생전 처음으로 밤기차를 탔다

임원협 영감

예순둘
아직 마누라 살 듬뿍 나들이 길 정정하다
허리 꼿꼿하다
희끗희끗
머리숱 배디배다

두 아들 있어
날마다 든든하다
며느리도 미더웠다
세톨박이 밤 같은 손자 세 놈

더이상 바랄 나위 없다 이 세상 빈 데 없다

예순둘
내 평생 이만하면 되었다고
끙!
막걸리 한 사발
요기하고 턱 문지르고 나왔다

4월 19일 낮
동대문경찰서 앞 지나가다가
가슴에 총 맞았다

임자! 나 죽어!

이 말 남겼다
임원협 영감 말고
몇사람의 주검도 함께 있었다

임동성

열살
종암국민학교 4학년
임동성
임춘수 씨 외동
깡똥한 임동성

4월 26일 저녁
신설동 로터리 파출소 옆
시위대가 밀렸다
경찰이 밀렸다
시위대가 밀렸다
깔렸다
거기 깔려죽었다

임동성이 깔려죽었다 아니 이미 총 맞았다

우리 동성이
우리 동성이
하늘나라 안 보낸다 살려내거라

김승하

영주에서 청량리까지 길고 긴 밤
중앙선
기적소리 소리질러도
가파른 고개 허위허위 아직 다 넘지 못한다
중앙선은 길고 길다가 느리고 느리다

중앙선 밤차는 길고 길다가 고달프고 고달프다
고달픈 사람들
헐벗고
주린 사람들

싸온 주먹밥 먹은 뒤
삶은 달걀 반쪽씩 나눠먹은 뒤
느리고 느리다
배가 고팠다
배고파 잠들었다
그런 밤 새워
아침 청량리역에 도착했다 막막하다

장작더미와
목재 쌓인 역 구내는 시끌벅적

김승하
서울에 왔다

청량리 대륙의원 사환이 되었다
그다음
청량리역 갱생회 사환이 되었다
밤에는 청량리 배영학원 학생

무허가 막살이집
방 한칸이
그의 행복
방 안
사과궤짝 책상 위에는
김말봉 소설
표지 없는 『찔레꽃』도 있었다

4월 25일
동대문경찰서까지 그냥 갔다
부정선거 규탄
독재정권 규탄

경찰서 옥상에서
난사한 총알이
그의 머리를 뚫었다

숨 끊었다 장기 한판 일수불퇴(一手不退)

김현기

어머니는 웃는다
어린 자식
어머니한테 의지하더니
이제는
어머니
자란 아이들에게 의지하기 시작한다 하루하루 거늑하여라

떡방앗간 일터에서 집으로 돌아오면
어머니는 또 웃는다

두 딸에 둘러싸여
어머니는 웃는다
된장독
간장독
단출한 장독대
거기 맨드라미 보고 웃는다

집 떠난 아들 돌아오면
얼마나 기쁠까
얼마나 기뻐
가슴 터질까
금강은
논산 강경에서부터
금강이다

탁류
탁류의 정
갈대밭에서 깊다

그 논산 강경 떠나
서울 변두리
해동상업학원에 다닌다
김현기

웃는 어머니가 보고 싶었다
어머니 계신
고향에 가 굳은 가래떡 구워먹고 싶었다

4월 19일
학원에서 숙소로 돌아가다가
성북경찰서 앞 데모대에 반춤으로 끼어들어
미아리고개까지 갔다

그곳에서 총 맞고 즉사했다 어머니의 비녀 빠졌다

김용실

1960년 3월 15일 마산시민항쟁 그날
마산고등학교 1학년
김용실
시청 앞에서
카빈총탄
심장 관통

잡화상 만물상회 김기우 씨의 3남 5녀 중 장남

더이상 보탤 말 뺄 말 없다

박동훈

아버지 박원익은
고등학교 수학교사
아들 박동훈은
경기고 우등생

아버지의 교훈이 벽에 붙어 있다
예습
복습이
내일을 창조한다

그리하여 아들 박동훈은 오늘의 서울대 법대 신입생

용모 수려하다
벌써
비나리 치는 중매가 여기저기서 들어온다
여고생이 꽃 들고 찾아온다

별명 이민
영화배우 이민

아버지는
아들의 인기를 걱정한다
어머니는
아들의 인기를 걱정하지 않는다

어머니가 차려준 더운 밥 더운 국
뚝딱 먹어버린다

4월 19일
효자동 전차 종점
거기에 서 있었다
박동훈의 왼쪽 가슴을 총알이 뚫었다

신입생 학우가
순화병원에 업고 갔다
받아주지 않았다
세브란스병원에 싣고 갔다
받아주지 않았다
수도의대병원에 갔다
건성으로 응급치료
중앙의료원으로 갔다
거기서 가까스로 입원

밤 열한시 시체안치실로 옮겼다 미완성은 완성이 아니다

김관식

할머니와 함께 살았다
몸에서
할머니 냄새가 났다
아버지 없이
어머니 없이
할머니와 함께 살았다
마음속에는 벌써 누런 벼이삭같이 어른이 들어 있다

열네살 김관식
할머니에게 반말이다
밥 줘
응 우리 새끼
어서 밥 먹어야지

열네살 김관식 검센 녀석
할머니한테 화낸다
책가방 내던진다
책가방 속
필통 속 연필들 달그락 소리낸다
할머니
나 감기 들었다
감기약 사와

그런 손자 김관식이

종로 1가
농업은행 앞에서 총 맞았다
청진동
이근배내과에서
응급치료
곧 죽었다

그가 읽은 책이 남았다
『안네의 일기』
『이충무공 일대기』
방인근의
『국보와 괴적』

할머니는
말 한마디 없다
솥단지만 닦는다
마루만 닦는다
손자의 방
오늘따라 너렁한 방바닥만 닦는다
닦은 데 또 닦는다

이상현

어머니
형
누이
이렇게 넷
오순도순

그들에게 백열등
백촉짜리 전등이 행복이었다
그들에게 기우뚱 두레소반이
너볏이 행복이었다

네 식구
태릉 배밭에
놀러 가기를
벼르고 있었다

모레 갈까
글피 갈까

바람 부는 날
네 식구 밥 짓는 연기
발 서슴거리며 올라 흩어진다
선거 벽보
아직도 조라떨며 붙어 있다

학생복 단추 하나 떨어졌다
강문고등학교 1학년
이상현 군

조선호텔 앞에서 총 맞았다
네 시간 뒤
숨 거두었다
세브란스병원
다른 사람들도 숨 거두었다

그날밤
이상현의 형과 누이 달려와
울부짖고 울부짖었다
저쪽에서 다른 사람도 울부짖었다

집에서는 검둥이가 짖었다

이시광

대한교과서주식회사
교과서 제본으로 분주하였습니다
민중서관
문학전집 주문도 많았습니다
책을 만들었습니다
날마다
양장 반양장 책을 만들었습니다

그러다가 나도 공부 좀 하고 싶었습니다
중학 교과서 제본할 때
국어
수학
사회생활
역사
한 권씩 따로 챙겼습니다
제본소 다락방이 숙소이자 교실이었습니다

공부가 좋았습니다
빨래 밀려도
공부는 밀리지 않았습니다
「짝 잃은 거위를 곡하노라」를 읽어가며
장차 나도
마당 있는 집에서
거위 한쌍 기르고 싶었습니다

어제 제본과장이 사주는
순댓국밥 한 그릇 더 먹고 싶었습니다
모자란 것이 행복이었습니다
주문제본 작업 뒤에는
이따금 순댓국밥 회식이 있습니다

아버지 어머니 없이 태어날 수 없어도
이렇게
아버지 어머니 없이 살아갈 수 있습니다
세살 때부터 고아였습니다
열일곱
이렇게
혼자 깨고 혼자 잠든 세월이었습니다
이제 제본솜씨는
김광순 과장도 알아줍니다
임철호 사장도 알아줍니다

4월 19일
다른 제본소 친구가
데모하러 가자 해서
겸두겸두 구경 삼아 따라나섰습니다

부정선거 반대 부정선거 반대

차츰 신났습니다

국민학교 아이들도 그 꼬맹이들도
망울망울 나와 있었습니다
신났습니다

이시광 당년 17세
동대문경찰서 앞 노상 사망

김영길

아무나 죽는 것인가 이 세상
아무나 사는 것인가 이 세상

항도철공소 직공 김영길
자산동파출소 앞에서 총 맞았다 열일곱살이었다

마산은
이 세상이고
또한 저세상이다

어머니와
누이들은 이 세상

영길이는 저세상

개미 행렬이 모대기며 길었다
비가 오려나 궂은비가 오려나

원일순

우연은 흉악하여라

1960년 4월 19일 저녁 여덟시경
고려대 데모대열
동대문경찰서 부근 집결
삼엄했다

저쪽 경찰 기동타격대 대기
살벌했다

데모대열 앞으로 나아갔다
탕!
한 발의 명령사격이 있었다
그러자마자
M1소총 난사가 탕탕탕

하필 그때 그곳을 지나가고 있었나
사대부중 신입생
열세살 소녀
원일순
원제만 씨 장녀

장차 국민학교 선생님이 되는 꿈 접었다
단발머리 예뻤다

두 강물 만나는
양수리 쯤
그 안개 속
국민학교 선생님이 되는 내일의 꿈 접었다

기어이 눈감았다

고해길

그해 서울에 와
중앙철공소 견습공원이 되었다
뛸 듯 기뻤다
이 올데갈데없는 서울에 와
일하는 곳이 생겼다
살 곳이 생겼다
1년 뒤 옹골찬 공원이 되었다

산소용접
파란 불꽃 튀는 철공소가
천당이었다

콧노래가 절로 나왔다
콧노래하는 고해길이 엉덩이를
오씨가 발길로 차고 간다
남인수가
철공소에 있다니
안됐어
이런 허물없는 조롱에도 매양 흐뭇

오는 공휴일에는
명보극장
빅터 마추어를 보러 갈 것이다

4월 19일
동대문구청까지
공원들 어처구니로 달려갔다
대번에 총 맞아 꺼꾸러졌다
콧노래가 영영 없어졌다

일식이여
월식이여
여기 끝난 생사여 시작할 생사여

효덕이

효덕아
이거 용접이다

예

효덕아
이거 10분 내로 용접 끝이다

예

효덕아
이거 두 벌 만들어라

예

이씨도
장씨도
곽씨도
강씨도
효덕이만 찾는다

효덕이 못 삶아먹어 죽을 지경인가
효덕이 옆
임병욱이가 투덜댔다

효덕아

효덕아

그 효덕이 오늘은 안 보인다 어디 갔나

마산시민의거의 날

효덕이가

총 맞아 죽어 있었다

마포중학 졸업

김종룡의 외동아들

아버지는 아직 아무것도 모르고 있다

한쪽 눈 눈물

밤 기차는 운명이다
친구들은 벌써 캔맥주 네 개째다
시끌벅적하다
그 가운데 창가의 유보섭
한밤중 조치원역을 지나갈 때
지난날 조치원에서 일하셨던 아버지 생각으로
가슴 저렸다

아버지는 한쪽 다리 절뚝거리며
조치원 화물취급소 근무
어린 시절 유보섭도
여기서 자라났다

5년 전 그 아버지는 어머니가 계신 저세상에 가셨다

친구들은 캔맥주 다섯 개 여섯 개째다
시끌벅적하다
창밖은 캄캄하다 불빛이 화살처럼 나타났다 사라진다
차창 쪽 눈은 눈물
다른 쪽 눈은 말없는 눈웃음이었다

통일호 야간급행은 지칠 줄 모르고 간다
이따금 나타나는 침침한 간이역들 싸그리 무시하고 간다

어느덧 친구들은 하나둘 곯아떨어지고
유보섭만 다른 쪽 눈마저 눈물
유보섭의 마음은 깊고 깊다 저세상도 들어 있다 아무도 모른다

백제 마구간지기 사기라는 사내의 행로

옛 스키타이 사람들
어떻게 말을 타기 시작했던가
자주 말 등에서 떨어져
다쳤으리라
마구 달리는 동안 떨어져
생발목이 부러지기도 하였으리라
그러다가 그러다가
말 등에 익어
태어난 듯
말 등에 익어
나이 다섯 여섯 살이면
냉큼 말 등에 소스쳐 올라타고
바람인 듯 내달렸으리라
이랴
이랴
채찍 휘둘러
말 엉덩이 냉큼 쳐대었으리라

그러다가 그러다가
말 등에 안장 놓고 말에 재갈도 먹였으리라

고구려에도
백제에도 이런 말 타는 핏줄 이어져
기원 371년

기마군대 늠름하였다
백제군
거꾸로 고구려 깊숙이 쳐들어갔다
근초고왕 태자
근구수 장군 앞에
적 고구려 진영에서 뛰쳐나온 자가 앞잡이로 대령하였다

그를 앞세워
적 정예군을 무찌르니
그밖의 장병은 붉은 깃발만 괜히 휘날리다 다 투항해버렸다
그 전쟁을 백제의 승리로 이끌었다
투항자 사기
그는 본디 백제인
백제 기마군 마구간지기

어느날 장군 애마의 말굽을 망가뜨려
그길로 고구려로 달아난 것

과연 말이나 소
고구려 백제에서
사람값을 다하였으니
죽은 딸 시신도
소나 말을 주고 찾아왔다

하물며 장군의 애마를 못 쓰게 만든 죄 커서
적지로 달아났던 것
달아났다가
고국 정복군 닥치자
목숨 부지하려고
투항한 것
적진을 자세자세 알려준 것

그러나 그 마구간지기 사기는
말 한 필 사서 바칠 때까지
지난날의 장군이 거느린 부대에
말굽 온전한 말 한 필 사서 바칠 때까지
일일 일식
마구간 말똥 말오줌 청소
마구간 검불
마구간 말먹이 여물통
날마다 밤마다 날라야 하였다
3년 노역형
어느새 팍 늙어버린 사기
갈비뼈 속
한숨소리 났다

오도 가도 못하고 팍 늙어버렸다 이제 조국도 적국도 없어졌다

효덕이

사나운 몽금포 앞바다
사나운
사나운
백령도 앞바다
동녀 동정을 바쳐야
모르는 척
그 사나운 파도 잠들었다

1960년 3월
1960년 4월

한국의 도시 마산에서
광주에서
서울에서

외동아들 동남을 바쳐야
그 피의 혁명이 이루어졌다

효덕이
마포중학 졸업하자
농기계공장 직공이 되었다 너울가지 친구도 많았다
제1차 마산시민항쟁의 날
외아들 동남 효덕이 너도
안찬 목숨을 바쳤다

효덕아

경찰의 발포 카빈총 한 발에
너는 허우적이다 쓰러져 잠들었다
효덕아

최경순

나는 최장성이 아비라오
그 녀석 스물세살
을지로 5가
서울대 음대 기악과 3학년
피아노 꽁꾸르
1등 다음 2등이었다오

지난 4월 26일 낮
어쩌자고
영등포 거리까지 건너가
어쩌자고
머리에 시위진압 곤봉 맞아
영등포연합병원에 실려갔다오
곧 눈감았다오

피아노 사주지 못한 것이 한이라오
나는 최장성이 아비라오
이제 나에게는 똥줄도 똥구멍도 없다오
다 타버렸다오

한시라도 어서어서
아들 간 세상
저세상으로 가고 싶다오

내 생업 산판 벌목질
다 걷어치우고
내려와
어서어서 저세상 가고 싶다오

꽃상여도
안면도 황장목 10촌(寸) 관도 싫다오
그냥 맨몸 묻혀 흙버더기로 묻혀
아들의 땅속에 파묻히고 싶다오

늙은 막일꾼

혁명은 태어났다
혁명은 자라났다
누구의 붉은 계획에 의해서가 아니라
누구들의 푸른 이데올로기에 의해서가 아니라
그것은
하얀 우연의 본능
혁명은 불쑥 튀어나왔다
담모퉁이에서
용솟음쳐 나타났다
혁명은 나아갔다
누구의 노란 전략에 의해서가 아니라

안된다
안돼
이승만 독재는 안돼

탄압의 모든 이유는 반공
반공은
독재의 만사형통
안된다
안돼

여기저기서
안암동 젊은이들이

연건동 젊은이들이
신촌 젊은이들이
흑석동 젊은이들이

아니
신설동 어린이들이
동대문 어린이들이

종로 관철동 늙은이들이
하나가 둘이 되고
둘이 다섯 여섯이 되었다

대한민국의 들불이 허공으로 퍼져갔다
대구 들불
마산 들불
대전
광주 들불이 번져갔다
아 서울 들불이 퍼져갔다
태평로 들불
세종로 들불
아 4월혁명의 들불

4월 19일 낮
동대문 밖 신설동 네거리에서

안병채가
총 맞아 쓰러졌다
누군가가
일으켰으나
이미 주검

늙은 아버지 안영근 씨는
막일꾼이었다

어린 내 자식 손
여섯살 때부터 일만 한 손
내 자식 등짝
남의 짐만 진 등짝

막일꾼 아비의 자식 죽고
막일꾼 아비는 쉬슬며 살아 있다
4월혁명의 들불

구자숙

아직 하이힐을 신어본 일 없다 두 발이 수줍었다
영화배우 나애심을 좋아하지만
나애심의
하이힐 부럽지 않다
운동화면 되었다
집 안에서
고무신이면 되었다
항상 깨끗하게 빤 운동화 두 켤레 번갈아 신으면 되었다
저녁 퇴근길
집으로 돌아가는 길

대한광업협회 총무과 임시직원 구자숙
열여덟살
아직도 풋풋한 여고생 그대로
돌아가는 길

총무과 태명수가
오므라이스
함께 먹자 꼬셔도
끄떡없이
꼿꼿한 여고생 그대로
돌아가는 길

4월 19일 종로 5가

날아온 총탄을 맞았다
두부 관통
다음날 세상 떠났다

흉한 꿈 꾸지도 않았다 아무런 예감도 없었다
어제와 다를 바 없는
오늘
그 오늘이
자숙의 끝

집에서는 부모가 울고
밖에서는 술 취한 태명수 골목마다 울었다

꼬냑

세상은 온통 혁명인데 어리석게도 혁명의 거리인데
반도호텔 7층 스위트룸 고요하구나
두 사람은 말이 필요없다
두 사람의 꼬냑 술잔 텀블러가
커다란 방 안에서 생생하게 빛나고 있다

도취의 술

자유당 이기붕의 제2인자 또는 제3인자
한희석 부의장
도취의 애욕
오랫동안 공들여온
미녀 지숙과 함께였다
그의 애욕
1억불도 아깝지 않았다
집 몇채도 아깝지 않았다
하필이면 오늘에야
그런 지숙과 함께였다

하얀 대리석이 암암히 살아났다
꽃향기 그 너머
살향기

도취의 육체

이제까지 몰랐던 황홀
아니 오래전에 떠나버린 황홀

드디어 지숙의 입에서
절망이 터졌다
절망의 희열이 터져나왔다
늙은 부의장의 입에서
절망과 절망의 희열이 터져나왔다

절망의 사정(射精)

내일이면
3·15 부정선거의 원흉
3·15 발포 건의자로 몰려
서대문형무소에 들어가야 하는가
내일모레면
혁명재판의 사형수가 되어야 하는가

그러나 오늘밤의 스위트룸은
절망의 희망
희망의 절망
부신 육체와
미친 육체의 저문 꽃밭

김영준

압록강
신의주에서 태어났다
들쥐로 두더지로 삼팔선 넘어
삼팔따라지로 자라났다
염리동에서
만리동에서
서대문 영천에서
추우면
남의 집 굴뚝에 들고양이로 몸 대고 잤다

아 남산에 올라
어린 눈으로
서울 시가지 집들을 바라보았다
그 서울을 떠나야 했다

흘러
마산 앞바다를 날마다 바라보았다

피난민 아버지는
수용소에서 세상 떠났다
판잣집
또 판잣집
그러다가 방 둘 있는 납작집 샀다

개부터 사왔다
며칠 뒤
개는 주인에게 꼬리 치고
이웃사람에게 컹컹 짖었다 이제야 사람이었다
내 집이다
내 집이다
홀어미 주경옥 여사는 기뻤다

둘째아들 김영준
한 달 전 마산고 졸업
한 달 후 마산봉기의 날
이승을 졸업

이제 주경옥 여사는
이북도 싫고
이남도 싫었다
도대체
이 세상이 싫었다
영준이 따라
어서
이 세상을 졸업하고 싶었다
양잿물 그릇에 눈이 갔다
처마 밑 제비집
제비새끼 몇마리에 눈이 갔다

오막살이 영감

서정리 바우배기 언덕
왜솔밭 언저리
오막살이 집 한 채
오막살이 지붕에는
박 한 덩어리
사립문 없고
울타리 없다
아예 마당도 없다
뱀이 섬돌 밑 똬리 틀고 있다가 가기도 한다

윗말에서 낮닭이 한번 운다

그 오막살이 영감 합죽이영감
안마을
윗마을 초상나면
슬슬 일어나서
초상집 간다 차일 쳐주고 궂은일 절로 도맡아 한다

막걸리 한 사발
밥 만 국 한 사발
더도 덜도 말고
그것이 품삯

누가 시답지 않은 반말로 물었다

자네
본관 어디신가

모르오 청주인지 전주인지

자네
김가는 정말 김가인가 피가 아닌가

성이야
어찌 내가 마음대로 달겠소
그냥 어릴 때부터
김가였소

허허
자네 집 방 안에 세간은 있나

고리짝 하나 없소
농짝 하나 없소
이내 몸 하나
겨울에는
여름옷 두 벌 껴입고
여름에는
한 벌 벗거나

두 벌 다 벗거나

방문 한짝
자물쇠도 열쇠도 없다오

그러나 오두막 굴뚝 아래
맨드라미 하나는
올해도 닭벼슬 시뻘겋게 첫 홰 두 홰 소리친다오

아쭈 자네 정수동인가 김삿갓인가

닭벼슬이 소리친다
시뻘겋게 소리친다
아쭈

홍순선

알 수 없도다
왜 윤보선은 살아 있나
왜 장면은 살아 있고
왜 김도연은 살아 있나
왜 오위영은 살아 있고
홍순선은 죽었나
왜 백낙준은 살아 있고
공장 직공
홍순선은 죽었나

고등공민학교 우등생 홍순선
혜화동 네거리에서
총알 맞았다

천주교회도 동성상업도 문이 닫혔다
혜화동 동양서림도 닫혔다
2층 오아시스다방도 문이 닫혔다
닫혀라 닫혀
혜화동 로터리
올데갈데없다
왜 과도정부 허정은 살아 있고
홍순선은 죽었나

김찬우

찬우야
고학생 찬우야
통신강의록으로 공부하는
찬우야

네 아버지 이름이 김시협이고
네 어머니 이름이 신을년이고
네 동생 김찬주 찬식이
네 누이동생
찬옥
찬숙인 것

이제 너는 모르겠구나

4월 19일 저녁
을지로 6가 인도로 가는데
피잉
날아온 것
쇠똥 말똥이라도 밟고 미끌어졌다면
맞지 않을 총알
네가 맞았다
피잉
또 하나 날아온 것
네 옆의 가로수 맞았다

네 두꺼운 통신강의록 집에서 너를 기다리고 있겠다

기다림이란 백년이 아니구나

최기두

최기두
어디서 총 맞았는지 모른다
누가
허겁지겁 업어다놓고 가버렸다
혜화동 수도의대병원

사흘째
아버지가 여기저기 찾아다녔다
아버지가
기어이 찾아냈다

올해 덕수상고 중퇴

그가 자라나서
한 일이란
핸드플레이를 스무 번쯤 한 것
담배 피운 것
막걸리 마셔본 것
하급생 때린 것
담임선생님한테 실컷 맞은 것
아버지에게 대든 것
도봉산과
삼각산 백운대를 처음으로 올라가본 것

그가 먹어본 것
박태선 장로교의 카스테라
부산뉴욕의 팥빵
불고기백반
짬뽕

그가 꿈꾼 것은
아이들 열 중 일곱
꿈꾸는 것
국회의원

심자룡

산골에 들이 있지
아늑자늑하지
산들은 세모로 솟아올라
저 아래
아늑한 들 안개 가지런히 내려다보고 있지

안개 걷히면
뙤약볕 내려
고추 탱탱 영글지
고추 붉어져 둔갑하지
소 치는 놈들 그 고추도 벌떡 일어서 둔갑하지

어린 심자룡
그런 영월 용화산 떠나
치악산 밑 원주로 나와

치악산 밑 떠나
서울 입정동 경화인쇄소 사원 되어
벌써 3년

활판 조판 손에 익어
「굳세어라 금순아」 노래가 나오지

4월 19일

시청 앞 무리 속에 있었지 달아났지
달아나다가 총 맞았지 아이고

동부시립병원으로 실려갔지
거기서 숨 거두었지
어머니를 부르고
아버지를 부르고
누나 명자
누이 옥순
누이 옥희 부르고 나서
그 이름들 다 부르고 나서
눈감았지

영월
원주
서울

그 시시한 듯 24년을 캐다 남은 감자처럼 고구마처럼 살았지

가실

쇠꼬챙이 한 개 없는 쇠가난
제대로 호미 한 자루 없는
쇠가난
그런 가난으로 사는 집

그 집 따님 설씨녀 아름다워라

가난에도 아름다움이 함께 있구나 기특하구나

낮은 지붕 박넝쿨
굴뚝은 비어
연기 날 때 걸러도

그 집 딸 설씨녀 아름다워라

오며 가며
마을 사내
이웃마을 사내
총각이고
영감이고 이물이물 눈독 들인다

설씨녀 물 긷는 우물 근처
모기 뜯기며 숨은 총각도 있다

늙은 아비 목구멍 때우려고
먼 데 수자리 가게 되었다
그때 설씨녀 사모하던
가실 총각

자신이 대신으로 수자리 가겠다 했다
돌아와
설씨녀 아내로 맞이하겠다 했다

3년 후
아비가 다른 혼처 정하려 했다
3년 뒤
설씨녀는 그 혼처를 미루고 미루었다

7년 뒤 너글너글 가실이 돌아왔다

설씨녀는 버선발로 마당에 나가
가실을 맞이했다
6년 7년은
세월이 아니다 사랑이었다

두 주검

서로 알 턱이 없었다

마산공고 3학년 강융기
19세
동성동 거주

마산 창신중학 3학년 소주섭
16세
월영동 거주

1960년 3월 15일 총소리가 그치지 않았다

마산 남성동거리 시민들 흩어졌다
거리에
두 학생의 주검
서로 겹쳐 있었다

구천 떠돌며 장화홍련 슬픈 자매같이 오래 형제이거라 쌍둥이거라

김용안

키가 컸다
키 작은 사람들이
그를 뽀뿌라라고 불렀다 키 큰 포플러나무
치사한 노릇 가난한 아이들 속에도
한번 더 빈부 차이 있다

아데나 잉크와
막잉크의 차이가 있다
문화연필과
희망연필의 차이가 있다

새 나일론 양말과
뒤꿈치 기운 양말의 차이가 있다

한광중학 2학년 김용안
겉옷 벗지 않는다
속옷이 누더기라

그 김용안이
을지로 내무부 앞거리
흉부 관통
M1 세 발이나 맞았다

시체안치소

명동성모병원

주소
성동구 응봉동

도시락에 계란 프라이 없었다
맨밥
컴컴한 단무지

새 운동화를 신고 싶었다

이정옥

홍연동 여사의 외동
경기공고 2학년
전파상회 차리는 것이 장래의 굳은 목표

아현동 시장 근처
식당 옆에
전파상회 차리는 것이 굳은 목표

건전지도 팔고
전구도
전깃줄도
트랜지스터라디오도
중고품 제니스 라디오도 파는 것이 굳은 목표

일찍 마누라를 두는 것이 목표
아들도 일찍 두는 것이 목표
검은 피부이므로
마누라 피부는 흰색이기를 바랐다

항상 몸뻬만 입는 어머니에게
명주옷 입혀드리는 것이 굳은 목표

4월 19일
2학년

3학년 데모에 함께 나섰다
그날 저녁
조선호텔 앞에서 쓰러졌다
살고 싶었다
순천당의원 응급치료중 그의 굳고 굳은 목표 없어지고 말았다

김경이

홀어머니 오일남 여사는
폐병쟁이 영감 묻은 뒤
머릿수건 쓰고
세상살이 슬겁게 나섰다
어린 4남 1녀
다섯 주둥이에 거미줄 치지 않았다
연년생
국민학교 졸업시키고
국민학교 입학시켰다

둘째 경이 녀석
국민학교 졸업하고
자동차 정비공장에 들어갔다

어디에 숨어 있던 용기이던가
4월 26일
서울역 앞
시민들이 징발한
자동차 타고 그가 외쳤다

부정선거 무효다
자유당 물러가라 그가 외쳤다
외치다가 추락
두개골 파열

그가 업혀가고
다른 사내들이 외쳤다

부재란 없다
부재란 실재 이후

경이 녀석
이 세상
어느 거리에도 없다

문득 살아 있는 것들도 다 귀신이었다

장인서

어디서 총 맞았는지 모른다
이대부속병원에 실려왔다
죽었다

4월 19일 밤 열한시

24세
화물차 운전사 장인서

어릴 적 그대 할머니 젖 먹은 장인서
어머니 젖 대신
할머니 젖과
동네 아주머니들의 푸대접 동냥젖 먹은 장인서 젖동생 많은 장인서

그 젖내음들 어디 갔나 그대 시신 언저리에 그 내음 비릿비릿 남아 있구나

4월의 밤

최정규

어느 과목도 80점으로 내려간 적 없다 머리가 다람쥐 쳇바퀴인 듯 좋았다
경기고
연세대 의예과 2학년 최정규
장차 의사가 되면
환자 5만명의 병을 고치겠다고 속으로 맹세

아버지는
너는 장자이므로
아우와
네 누이의 건강부터 돌보라 했다

아버지는 최병민 계장 출근시간 퇴근시간 10분도 어긋난 적 없다

둥근 두레반
아버지와 어머니
다섯 자녀
식탁은 늘 벌집인 양 단란했다
연세대 의예과 최정규는 연식정구를 쳤다

4월 19일 사망

차명진

형제는 의좋은 두 감나무인 듯 의좋았다
얼굴도 서로 빼다박아
아우를
형으로 알고
형을
아우로 알았다

형은 어묵공장
아우는 영등포공고 졸업한 뒤
피복공장에 다녔다

제기동 자취방 벽에는
어머니의 사진이 걸려 있다
어머니의 사진은 사진이 아니다
어머니와
형과
아우
세 식구 그것

차명재
차명진
옷도 바꿔가며 입었다
딱 맞았다

점심시간 뒤
데모 구경 가자고 아우가 보챘다
전차도 막혀버렸다
시위대열 거리를 꽉 메웠다

동대문
동대문경찰서 앞
거기까지 갔다
어느새 데모 속에 있었다
한 시간 뒤
차명진 심장 관통
피를 다 쏟아버렸다

형! 나 죽어
마지막 말이었다

강임순

제주도 성산포에서 건너가면
소섬이 있다
소섬이지만
말섬이었다
말 기르는 섬이었다

거친 얼굴들
투박한 얼굴들
천년 파도소리에 묻혀

검은 모래 저쪽
고인돌 외롭다
이 소섬은 말섬이자 잠녀의 섬
이 섬의 어린 딸
비바리
아낙
할망
다 물질하는 섬

1932년
일제 해산물 착취
해산물 상권 수탈 극심할 때
잠녀들이 뭉쳐 주재소 습격
거기서 끝나지 않았다

성산
구좌
세화로 퍼지고
조선반도 해안으로 삥 둘러 퍼져갔다

우도 잠녀 강임순이
주재소 습격에 앞장섰다
왜놈 물러가라
앞장서 외쳤다

감옥에 들어갔다
옥중가를 지어 불렀다 옥중 해녀가

배움 없는 우리 해녀
가는 곳마다
저놈들의 착취기관
설치해놓고
우리들의 피와 땀을
착취하도다
가엾은 우리 해녀
어디로 갈까

이 옥중가

대대로
제주도 야학당에서 불렀고
심지어 술집에서도
젓가락 장단으로 불러댔다

여느때
강임순은 순하디순하다
싱겁디싱겁다
나설 때
강임순은 사납디사납다
치마가 없다
적동색 허벅지 그대로
짠물 속에 뛰어든다

바다 밑
큰 전복 숨겨두었다
갈칫배 타고 가서
돌아오지 않는 총각
그 총각 제사상에
올릴
그 전복 남몰래 아껴두었다

성엽이

이우만 씨 둘째아들 성엽이
첫째 성국이
셋째 성주
그 사이
성엽이

누나 성자
누이 성옥
막냇누이 성순이
그 사이
성엽이

어디에 있는지 없는지 몰라

밥상머리 안 들어와도
누구 하나
성엽이 어디 갔는지 몰라

그 성엽이가
경제신문사 사환으로
기자들 잔신부름
기자들 담배 사다주는 심부름
편집실과
공무국 왔다 갔다 하는

잔심부름
눈코 제대로 뜰 겨를 없다

그러나 4월 19일 그날
생전 처음
거리에 뛰쳐나가
남의 심부름 아닌
자신의 심부름으로
데모를 했다

더 큰 소리로 외쳤다

부정선거 사죄하라
자유당은 해체하라

삼선교 건널목
그 성엽이가
총 맞았다
등 뒤에서 쏜 총탄
후두부 관통
집에서는
성엽이 어디 갔는지 몰라 벌써 와서 뒷간에 앉아 있는지 몰라

김재복

바둑 한판
아버지는 늦둥이 아들과의
느릿느릿 대국(對局)이 가장 행복했다
두 점 놓고
아들의 흑(黑)에
혀 끌끌 차며 행복했다

어머니는
두 국수(國手) 옆에
수정과 두 그릇을 놓아둔다
어머니는 아버지보다 더 행복했다

곧 세 딸년들도
바둑을 배우리라
어머니는
가게문 닫고 돌아와 행복했다

김오환의 독자 재복이

광주북중 졸업반
소년 재복이
아버지가 아직 퇴근하지 않았다
재복이가 대문 밖에 나갔다

4월 19일 밤
금남로 1가
누가 시키지 않았다
어느덧 선두에 선
재복이

누가 총알을 막아줄 것인가
머리 관통

전남대병원으로 후송
이틀 뒤 눈감았다

소년의 주검 조용하다
그 주검 둘러싼
어머니
세 누이
한사코 입관을 막았다

아버지는
저만치 서 있었다
이제 행복의 바둑판을 치워야겠다

이근형

너 독자구나
4대독자
어서 장가가
네 자식
3남 3녀쯤
우글우글 낳아두거라 꾸물꾸물 길러놓거라

장가는커녕
도봉산
망월사에 들어가겠다 하다가
천주교 신부가
되고 싶다 하다가
장가는커녕

그러다가 스물세살 총각으로 어느 데모 속에 있구나

4월 19일 밤
거리의 아비규환 속
누가 실어다놓고 떠났다
수도의대병원
어디서 죽었는지 알 수 없구나
네 아버지 3대독자가 죽은 아들 4대독자 찾으러 오리라 기다려라

이강섭

서울대 문리대 지질학과 학생
일찍 입대
제대

이제부터 공부만 하겠다고 결심한 이강섭
학전다방
커피 한잔 마시지 않고
중국집 동화춘 빼갈 한잔
마시지 않고

벌써 서른살 먹은 이강섭
주임교수도
마그마층 강의 도중
이군이라 부르지 않고
이강섭 형이라 불러
강의실이 웃음바다 되었던 이강섭

그가 그날
동대문경찰서 앞에서 세상 떠났다
흉부 관통

지상보다 지하에 더 사로잡혔던 그
지하의 용암이
지상의 악을 다 녹여줄

내일을 꿈꾸었던 그

한줌 재로
지하에 돌아간 그 이강섭

박순희

박사룡 씨 딸
이따금
아버지가 담양면장쯤 된다면
좋겠다고 생각했다
아버지가 장성 세무서 주사쯤 된다면
좋겠다고 생각했다
하지만 무일푼 아버지
미워한 적 없다
아버지는
가난뱅이일지라도
문둥이일지라도
아버지

이따금 미백당 크림 바르고 싶었다

광주고등성경학교 다니다 말았다
에베소서
로마서
꾸벅꾸벅 졸았다 낮일이 고되었다

양재학원 6개월 뒤
충장로
서울옷집 재봉사로 들어갔다
이제야 사람 노릇 하는 듯

저녁 하늘 노니는
새끼제비 바라보았다
제작실 작업
졸지 않았다
라디오 가요프로 노래 따라 불렀다

아직 첫 월급 타지 않았다
4월 19일 밤
서울옷집 재봉사 셋이
데모에 나섰다

법원 앞까지 갔다
거기서 박순희 총 맞았다

인생 모르겠다

장기수

고향 강진으로 내려가고 싶을 때가 왜 없겠어
이놈의 설거지 신물이 날 때가 한두번이 아니여
반찬 서른 가지
마흔 가지 밥상이 돌아오면
한꺼번에 열 상 열두 상 치우는
설거지통 숨이 막히지
당장 그만두고
고향 강진
내 가슴속 쪽빛 바다 저 멀리
거룻배 삐거덕삐거덕 저어 없어져버리고 싶어

어쩌다 광주에 와
야간 속성학원
주판과 암산은 신났어
김일지 선생님이
내년 주판왕
암산왕은
네 차지라고
등 두드려주면
오늘 하루가 다 풀려버렸어

4월 19일 저녁
내년의 암산왕 장기수가
주간 식당

설거지 뒤
시위대에 뛰어들었다
광주일고만 데모하냐 우리도 하자
재판소 앞에서
목청껏 외치다가
총 맞았다
복부 중상
경찰이 달려들어 짓밟았다 마구 두들겨팼다

신외과의원 입원
다음날
눈감았다

이제 고향에 송장으로 돌아갈 수 있다
눈감았다

서대문 최현석

어머니 목에는 큰 점이 있어요
기어가다
멈춘 버러지 같았어요

또 어머니 젖 밑에도
작은 점이 있어요
수박씨 같았어요

어머니 이름은 그래서 점례여요
이점례

어머니는
현저동 일대
영천 일대
머리에
생선 다라이 이고 다니며 팔았어요

나는 이점례의 장남이어요

아버지는
건축공사장 씨멘트 삽질하다
3층에서 떨어졌어요
그뒤 앉은뱅이로
단칸방 천장만

바라보아요

나는 이런 최상복의 장남이어요

내 아래로
딱지 잘 따먹는 동생
손이 궂어
남의 물건 훔치는 동생
둘이 있어요

서대문 창천국민학교 나와
서대문 냉천동 제분소 직공이어요
나는 열일곱살이어요
동대문도
남대문도 모르고
경복궁도
서울역도 가보지 않았어요

오직 서대문에서 태어나
서대문에서 죽치고 자라났어요
4월 19일 밤 서대문우체국 앞
경찰의 총 맞아 서대문에서 내 인생 17년을 마쳤어요

김지태

5·16 군사혁명은
늙은 정객들 옴짝달싹 묶어버렸다
구파 신파
늙은 독립운동가 감옥에 처넣고 보았다
늙은 대학총장들 내보냈다
늙은 사장들 손자하고 놀게 했다
육사 8기
새파란 30대 장교들이
세종로를 내달렸다
밤에는 요정에서 설쳐댔다
화폐개혁 새 지폐를
아다라시 기생 같다고 떠벌렸다

5·16 군사혁명은
한국 재벌들
공화당 창당에 돈다발을 바쳐야 했다
오륙도 앞바다라도 벌벌 떨었다
부산 재벌 김지태의 신문사와 방송국도
박정희가 접수
부산일보장학회
금싸라기 해운대 땅 다 접수

부산일보
문화방송

빼앗은 땅 합쳐
5·16장학회 만들었다
거부하면 끝장
항의하면 끝장
김지태 부인 먼저 구속
김지태도 구속
강제로 양도문서 도장 찍었다 도장 찍고 풀려났다
혁명 전
혁명자금 대지 않은 것이 죄
부정축재죄
탈세죄
혁명 뒤
다 빼앗기고 풀려났다

해방 뒤 방직공장 차린 이래
여기저기 늘어놓은 것
다 빼앗겨
빈주먹으로
그는 일어섰다
입 다물고
다시 일어섰다

아들이 아버지 원수 갚겠다고 발을 굴렀다
아버지가 조용히 타일렀다

그냥 옆에서 가만있거라

예쁜 소실댁이 울었다
울지 마라
울지 말고
식혜나 한 그릇 가져오너라

이영

저 물살 급해지는 압록강 강계에서
몸 하나
남으로
남으로 왔다
1·4후퇴

어디 강계 미인만 이쁜가요
이 나라 처자는
다 이뻐요
그렇게 고향자랑 서툴렀다

폐허 서울 판잣집 호주가 되었다
오다가다 만난
아내 있고
두꺼비 같은
무논 개구리 같은
두 아들 있다
차 운전을 곧게 배웠다 운전수가 되었다

용달차
제일운수
화물트럭
합승택시
그러다가

스리쿼터 운전사

그날 아침부터
데모 따라다니며
총 맞은 자
곤봉 맞은 자 실어날랐다
그날 저녁
성북경찰서 앞
총 맞은 자 싣고 가다
총 맞았다

누군가가
수도의대병원으로 실어갔다
수술 세 번
아내 가슴 타는 8개월

1961년 1월 5일 낮 열두시 반 숨졌다

아내 가슴 자리걷이 맨바닥

김철호

정월대보름 전날
정월대보름 당일에도 조리 사려 복조리 사려
부지런했다

양담배도 몰래 팔러 다녔다
전매국 담배 아닌
사제 담배도 팔러 다녔다
건어물도 한 줄 떼다
리어카에 싣고 다니며 팔았다
고무신도
구호품 밀가루도 팔러 다녔다

스물두살 행상 김철호

대숲집 처녀한테 다가가다가
처녀 아버지
작대기 매에 설설설 빌어야 했다

4월 19일 저녁 무렵
리어카 두고
빈 몸으로 나와 데모에 가담
한번 당당하게 외치고 싶었다 외쳤다

이기붕은 물러가라

용기가 났다
이대통령 하야하라
힘이 났다

동대문경찰서 옥상에서 총탄이 날아왔다
김철호 쓰러졌다
동대문
이대부속병원에 실려가
그곳에서 당당하게 눈감았다

혁명은 김철호 말고 더 많은 주검을 요구한다 혁명은 탐욕이다

이향길

서울 중구 을지로 내무부 앞에서 버스 탔다
아침저녁은
승객 콩나물시루였으나
한낮에는 텅 빈 버스
버스 조수 손명자의 목청 쩌렁쩌렁 커진다
오라잇!
버스 문짝 탁탁 치며
오라잇!
버스 달렸다

종로 5가
장충동
약수동
청구동
문화동
금호동
옥수동 버스 종점

그 옥수동의 이향길
서울살이 5년이 넘어도
고향 합천 황강 기슭
그 촌놈 그대로
멀뚱멀뚱 큰 눈 아래
사투리 몇마디로

하루를 산다

옥수동 촌뜨기 향길이가 어쩌자고 그날 낮 경무대 앞까지 나왔다
총알이 그를 비켜가지 않고
그가 총알에 비켜서지 않았다

서울역전 세브란스병원 응급치료 받았으나
그날 저녁 다섯시 생 멈췄다

그러나 아침저녁
옥수동 오가는 버스는
콩나물시루

조조남

그래야 하나
꼭 그래야 하나
이 세상은
어이없는 우연뿐이냐
왜 그래야 하나

영암 월출산 밑 떠나
고향은
사람이 자라나는 곳이 아니라
사람이 떠나가는 곳

그 고향 떠나
목포 삼학도를 보았다 유달산을 보았다
그 목포 떠나
일로 나주
송정리
장성 지나

서울에 왔다
서울은 바다였다
수천만 파도 넘실대는
밤바다였다
그 서울에서 멀미의 나날을 시작했다

먼지바람 속 제기동 팔촌집 방 한칸 얻고
서울역 청량리 간 합동버스 차장이 되었다
빠꾸빠꾸
오라잇
오라잇
빠아꾸

신설동 로터리쯤
합동버스
데모에 막혔는데
합승손님들 투덜대는데
피잉
총알이
차장 조남이를 뚫었다
즉사

채광석

광석아
너는 죽고
나는 이렇게 살아 있구나
개구리는 뱀 입안에
들어가 죽고
뱀은 개구리를 삼키며 불룩불룩 살아 있구나
나는 동성고교 야간부 2학년 2반 담임
내 아들도 사대부고 졸업반 살아 있는데
너는 죽고
많은 학생
많은 사람 다 살아 있구나
아 풀밭에 풀들 살아
바람보다 먼저
눕지 않는구나

삼천만 동포 난바다
그 너울진 난바다
몇백명 죽어간들
그 바다
구멍 하나
어드메 생기겠느냐

다 살아 있구나
머저리도

어벙이도
반편이도
한심한 혼령들도
무엇하러
무엇하러 살아 있구나

광석아 너
유달산 바위너설
그 북교동에서 자라났다지
광주
조대부중 다니다가
서울 왔다지
광석아
낮에는 포목상 점원
밤에는 야간부 배재중학 고학생이었지

네가 혁명의 그날
야간부 수업 뒤
혜화동 데모대에 합류
거기서 총에 맞았지

너는 죽고
나는 살아 있구나
나는 너를 안다

낮일에 지친 아이들 속
네 눈 빛났지
네 대답 빛났지

왜 세상은 이성계보다
정몽주를 좋아하는가
물었을 때
너는 손 들고 또렷또렷 말했지
세상에는
성공한 사람보다
실패한 사람이 많기 때문입니다
정몽주가
이성계보다
실패한 제 편이기 때문입니다

안응헌

열다섯살 중학생 안응헌 군
안규서 씨 독자
동대문 숭인동 거리에서 경찰의 총 맞았다 죽었다

4월혁명은
이런 죽음의 거리에 오고 있었다

사진 두 장 남았다

교모 쓰고
교복 입고 있었다
윗단추까지 다 끼우고 있었다

의정부 가는 길
코스모스 피어 있다
코스모스 속
학우 고정우와 함께 서 있다

우정은 영원하리라는
하얀 글씨 뚜렷한 사진이었다

김재준

시청 앞 시위군중 속
책가방 든 중학생들이 있었다
보글보글 끓는
주전자 속 맹물의
그 투명한 고열(高熱)
거기에 실탄 난사
그들 뜨거운 맹물 중학생들이 맞았다
그들 가운데
덕수중학 김재준 군
가슴 관통
병원으로 가다가 뜨거운 심장 멎어 푸시시 식어갔다

그냥 피칠갑 주검

며칠 뒤 한 버스운전사가
재준군의 가방을 학교로 가져왔다
가방 속에
마산사태 보도한 신문
죽은 김주열 군 머리 사진의 신문이 네 번 접힌 딱지인 양 들어 있었다

밤 덕수중학교 마당에 재준군의 넋이 있었다
뜨거운 밤하늘의 푸르름 캄캄
마구 푸르름 퍼부어내리는 넋이 있었다
마당 쥐들 쥐새끼들 없었다

강석원

아직도 배롱나무는 고목처럼
아무런 잎도
아무런 꽃도 모르고
빈 가지 묵념으로 서 있다

뜨거운 날을 기다리고 있다
뒤늦게 피어날 꽃을
저 스스로 기다리고 있다
아니다
결코 뒤늦지 않으리라
저 스스로의 때 오면
저 스스로 피어나리라
아직도 배롱나무는 고목이다

국민학교 6학년 아이
그날 저녁
집을 나갔다

어머니가 일찍 돌아오라고
일찍 돌아와
숙제하라고 오금박았다
그러나
돌아오지 않았다

아버지가 통금시간 지나서 찾아나섰다 찾지 못했다
다음날
동대문 이대부속병원 시체안치실에서 찾았다

누군가가 석원군을 보았다 한다
어젯밤 여덟시
숭인동파출소 앞
데모차에 올라탔다 한다
그 차로
동대문경찰서까지 달려갔다 한다
동대문경찰서 옥상에서
석원군이 탄 차에 대고 총탄을 퍼부었다 한다

열세살이었다
아직도 배롱나무는 고목이다

김호석

중앙러시아 거기 씨베리아 저지대 끝 거기 암벽
숨찬 암벽
거기 암각화가 벼랑져 있다

혹한 속
암벽화 탁본이 되지 않았다
암벽이 얼어붙어
탁본 종이가 접착되지 않았다

김호석
그 혹한 속 옷을 벗고
제 체온으로
언 암벽을 녹여 달랬다

탁본 완료

허나 혹한 속
암벽에 붙은 탁본이 얼어붙어 떨어지지 않았다
김호석
그는 다시 옷을 벗고
제 체온으로
그 탁본 붙은
암벽을 녹여 달랬다

마침내 탁본이 떨어졌다

벌써 김호석은 가슴 동상
눈썹에
따귀에
콧등에 서릿발이 섰다

예술은 혹한
예술은 혹한 속
끝도 모르게 서러운 맨몸

박완식

가까스로 광주서중 나온 뒤
공부는 작파했다
공부할 돈 없었다
공부할 마음 없었다

무등산 아래
어느 호롱불도
어느 전등불도
완식이네 불빛이 아니었다
날 저물면
그저 어둠속 두 눈 껌뻑였다

호롱불 하나 없는 가난이야말로
억울한 가난이었다

서울로 와서
장갑장사
양말장사

어느날은 전차에 치여 죽을 뻔했다

발꿈치가 깨졌다

어느날은 뒷골목 주먹한테 얻어맞았다

뱃구레 안고 엎드려
양말상자 몽땅 빼앗겼다

세상이 한층 더 사나워졌다
억울하디억울한 삶

4월 26일 낮 한시
명동 입구
내무부 앞 시위 속에 있었다
데모는 촌놈도 환영이었다 못난 놈도 환영이었다
데모는 가난한 놈
무식한 놈도 환영이었다
총 맞았다
중앙의원 응급차에 실려
세 시간 뒤 죽었다

김치호

서울대 문리대 수학과 3학년
군청색 교복
아니면
염색 군복
동대문시장에서 사 신은 군화
하얀 얼굴
면도자국 파르르 떨고 있었다
김치호
한번도 앞장설 줄 건방질 줄 몰랐다

뉴턴 시대가
아인슈타인 시대보다 행복했다
아니
갈릴레오 이전이 행복했다
회고파로군
젊은 김치호
마음속에는 고독한 노신사가 계시군 유클리드 시대로군

4월 19일
그런 회고파 물리학 수학의 신사
대학 정문 나서는데
사복경찰이 제지
너 주동자지

아니라고
아니라고 항변했으나
시경으로 연행

주먹이 날아들었다
군홧발길 멈추지 않았다
결국 주동자가 아니자
피투성이로 멋쩍게 나왔다

회고파가 열혈파로 급변했다
치 떨었다
이제부터다
이제부터다
구타당한 몸 끌고
집으로 가지 않고
태평로로 갔다

고교생
대학생이 꽉차 있다
고교생 열 명 결사대를 이끌고
그가 피투성이 몸으로
경무대로 달려갔다

이승만 하야하라

자유당 해체하라

집중사격
여기저기
풀풀 쓰러졌다
수도육군병원으로 실려갔다

총 맞은 고교생들
먼저 치료하라고
자신의 치료 양보했다
김치호 피범벅
새벽 두시
눈감았다
잠든 얼굴 수려했다 형이 왔다 누이가 왔다

조주광

성북중학교 3학년 조주광
당년 15세
주소 창신동 169번지
사망 일시 1960년 4월 19일 낮 두시경
사망 장소 신설동 거리

나비일까
나비 그림자일까

밤에는 귀뚜라밀까
귀뚜라미일까 귀뚜라미 소리일까

새벽별 하나둘 흐지부지 없어져간다

천년 농사

내 이름 알아서 무엇하리오
박아무개
장아무개
그중의 하나
임아무개
임칠성이오
고래실 조각논 1백10평
고개 넘어
비알밭 30평

더 바라는 것 없소

딸아이 하나 시집가고
아들 하나 자라나
고등학교 갔다 오면
교복 벗고
허드레옷 입고
소 몰고 각시풀 뜯기러 가오

더 바랄 것 없소

아침 인시(寅時) 어둑어둑
논 쪽으로 큰절 올리고
밭 쪽으로 큰절 올린다오

더 바랄 것 없소

천년 농사 이어온 조상 핏줄
나에게는 논이 하늘이고
밭이 선산이라오

나에게는 절간도 예배당도
소용없소

저녁 해시(亥時) 어둑어둑
재 너머 밭 쪽으로 큰절 올리고
고래실논 쪽으로 큰절 올리고

더 바랄 것 없소

내일모레
마누라하고
오랜만에 딸네 집 다니러 가오

순복이

홍기정 네 이놈!
기정이!
기정이 네놈!
네놈 때문에 지옥은 꼭 있다
네놈이 거기 가야
내가 눈감을 터
기정이 네놈!

기정에게 버림받은 순복이 열아홉살 순복이
뱃속의 아이
양잿물 먹어도
지붕에 올라가 몸 던져 떨어져도
아이는 지워지지 않았다

아이가 태어났다 계집애였다
언젠가 지나가며 무서워했던 봉동마을 상엿집에 가서
아이를 낳았다

젖이 많았다
젖 먹였다

순복이는 헝클어진 머리 그대로
아이에게 말했다

너는 나처럼 되지 말아라

며칠 뒤 전주로 돌아왔다
며칠 뒤
누더기에 싸안고
통금시간 해제 싸이렌이 울렸다
새벽 다섯시 반
신문배달이 뛸 때

순복이는 아이를 안고
기와집 골목을 기웃거렸다
벌써 도랑에 개숫물 버리는 아낙이 있다
그 집을 지나
저쪽
큰 기와집 대문 앞
거기에 아이를 놓아두었다
아이가 세차게 울었다

아가 부디 잘살아라

돌아보지 않았다
가슴이 휑했다 울며 뛰었다

기정이 네놈!

팔짱 낀 여자

1960년 한국 과부는 총 50만 6천명에 이르렀다
전쟁과부 중
몇천명은 해를 거듭하며 재혼하거나
개가했다
전쟁과부가 아니더라도
그냥 과부들도
하나둘 시시한 새살림을 위해
지난날의 반지를 팔아버렸다
하지만
전쟁 뒤 10년
아직도 이 강산의 과부
논의 뜸부기
뒷산 두견이로 흔하디흔했다

그네들의 한으로
한국의 밤하늘 뭇별들 침 삼키듯 울음 삼키듯 찬란했다
어쩌다 비장하게 사라지는 별똥별
과부별인 듯
과부별인 듯

1960년 다음해 봄
한국 창녀는 총 4만명을 넘었다
그네들의 몸으로
한국의 젊은 엉터리들이 자꾸 늘어나고 있었다

그네들이 번 화대 몇푼으로
두고 온 고향의 동생이 공부를 했다

기생 7백여명이
난만한 밤 요정에서 국회부의장의 술을 따르고
권력에 바짝 눌어붙은
정욕의 술을 따르고
충성스러운 장관의 개다리 사타구니를 달래주었다
장구 소리로 밤 이슥도록
아코디언 소리로
전자오르간 소리로 이슥도록

그들에게
한국은 천국이었다
절대빈곤 보릿고개의 한국
절대지옥이 아니었다

이에 질세라
기우뚱거리는
베니어판 위에
백로지 쫘악 깔고
거기에
빈대떡 놓고
막걸리 놓고

소주 놓고
밀주도 놓고
젓가락 니나노가 시작되는 술집들
니나노 작부 3천4백명

명동 빠 오아시스
남포동 마도로스
청춘
불야성 카사부랑카 등 여급 2천3백명

금자가 마리아가 된 댄서 1천2백명

밥만 먹여주세요
잠만 재워주세요
밤중의 식모방 주인영감이 덮쳐도
한강물에 배가 지나가고요

생쥐꼬리
월급도 감지덕지
하녀 1천8백70명

저 캠프 아이젠하워 밖
양공주촌
양공주 3천명

미군 동거 온리 3천명
아니 민족공주 몇천명

이 온갖 몸의 행위자야말로
조국의 폐허에서 태어났고
조국의 폐허에서 살아남았다
이 몸의 운명이야말로
조국의 폐허를 다시 삶의 무대로 만들었다
그네들의 나락으로
그네들의 자포자기로 아픈 선택으로
한국의 봄 얼음이 풀려 떠내려갔다

죽은 송장도
그 얼음덩이 타고 떠내려갔다

이런 한국여성의 시절
그러나 아직도 깜깜절벽 남녀부동석의 시절
빠리에서 돌아온
이병복이
그의 남편 권옥연의 팔짱 끼고
화신 앞을 지나간다

모든 사람에게 그것은 충격이었다
세상에

세상에

여자가 남자하고

팔짱 끼다니

세상에

세상에

아이고 해괴망측해라

아이고 말세

박래욱

한국에서
어느 역사가보다 역사가인 사람
한국에서 가장 오랫동안 일기를 써온 사람
때때로
대학 사학과 학부
대학 사학과 석사과정
박사과정
대학 사학과 교수
그들이 역사가가 아니라
랑케
이병도
어용사관의 이선근이
역사가가 아니라
이기백이
역사가가 아니라
이름도 권위도 없이
체계도 연구실도 없이
하루하루의 고단한 삶에
몇마디 남기는 사람
그가 애오라지 역사가일 터

박래욱
그가 역사가일 터

저 지난날
열두살 여름
어머니와 아버지를 잃었다

1948년
어머니가 시켜
열살 때부터 써온 일기였다

1950년 7월 25일 일기는 다음과 같다

밤이 돼 잠을 자는데
방문짝을 부숴버리는 소리…
몇놈이 몰려와
어머니 머리채를 잡고 질질 끌어 …

이 반동새끼야 니 애비 어디 갔어
질겁을 한 나는 두 이빨이 마주친 소리가
돌멩이가 마주친 소리와 같다…

그렇게 어머니와 아버지를 잃고
두살 동생 젖동냥하며
고아의 길에 나섰다
얼마 동안 끊었던 일기를 다시 시작했다

어머니의 붓글씨
어머니의 벼루 하나
어머니의 말 한마디 한마디 간직했다

어머니로부터 『소학』 배우고
한문 붓글씨 배우면서 시작한 일기
다시 시작했다

욱아
너는 하루하루 일어난 일을 써보아라

어머니의 이 말 한마디
그대로 지키는 삶을 시작했다
그것이 살아 있는 까닭이었고
살아 있는 증거였고
어머니와 함께 있는 기억이었다

일기 30년
일기 40년
일기 50년
일기 70년
그것이 어머니에게 돌아가는 꿈이었다

아 조선 천지 그냥 살다 가버리는 사람의 천지에서

발바리

1960년 4월 19일
경무대로 향한 시위대 2천3백여명
경무대 어귀에서
경찰 바리케이드와 대치
시위대열과
경찰 사이가 좁혀졌다
10미터 간격
경무대경찰 시경경찰 특공대는 거기서부터 총을 쏘기 시작했다

풀
풀
풀
풀썩

전찻길 거리에 여기저기
뽑아놓은 무처럼 배추처럼
학생들이 쓰러졌다
청년들이 쓰러졌다
시체 스물하나 스물둘
신음하는
오열하는 1백72명이 나뒹굴었다

그 거리 시체 사이
발바리가

겁에 질려 짖어댔다
경찰이 발바리를 붙잡아
목에 감긴 끈을 풀어주었다

이승만 대통령이 애지중지하는
경무대의 발바리가
총소리에 함성과 비명에 놀라
경무대 밖으로 뛰쳐나온 것

하 그 발바리야말로
피의 화요일
그 혁명의 거리
청년들의 죽음과 고통과 함께
제 주인의 독재와 부정 박차고
하 그 피의 거리에 있었다

이승만의 발바리로부터 혁명의 발바리로

하 개 한 마리도
혁명전사였더라

그의 고백

나는 빨갱이가 아닙니다
나의 아버지가 빨갱이여도
나는 빨갱이가 아닙니다
나의 아버지가 나를 낳은 것은 사실이나
틀림없는 사실이나
천번이라도
틀림없는 사실이나
나의 아버지는 나의 원수입니다
나는 빨갱이가 아닙니다
나의 삼촌이 민청 면지부 간부였을지라도
나는 빨갱이가 아닙니다
나의 매형이 야산대에
한두 번 참가했더라도
나는 빨갱이가 아닙니다
나의 외사촌 관호 형
그 자식이 의용군에 따라갔어도
나는 빨갱이가 아닙니다

나는 빨갱이가 싫어서
짜장면집 빨간색 춘첩(春帖)도 뜯어냈습니다
나는 빨갱이가 싫어서
태극기의 태극 빨간색을
검정색으로 덮어버렸습니다
나는 빨갱이가 아닙니다

나는 가을 빨간 단풍잎들도 마구 후려쳤습니다
나는 니나놋집 작부의
빨간 구찌베니 주둥이를 짝 찢어버렸습니다
병원비 몽땅 냈습니다
손해배상 몽땅 냈습니다

나는 빨갱이가 아닙니다
빨간 금붕어도 꺼내어
꾹
꾹
눌러 죽여버렸습니다

나는 빨갱이가 아닙니다
나는 빨갱이가 아닙니다

나는 이승만 각하의 눈깔입니다
나는 반공연맹 흰 똥 푸른 똥 똥통입니다

나는 죽어도 빨갱이가 아닙니다

그 아버지

어미가 제 새끼 다섯 마리 고루 핥아주었다
제 새끼 오줌 다 핥아먹고
제 새끼 똥 흔적 없이 다 핥아먹었다

새끼들 궁둥이 깨끗하다
막 나기 시작하는
젖비린내 나는 몸뚱이 깨끗하다

아비는 필요없다

전라북도 완주군 지주 진달권 영감께서는
맏아들
맏며느리
둘째아들
첫째딸
셋째아들
넷째아들
다섯째아들
둘째딸
여섯째아들
죽은 다섯째아들의 무덤
두루두루
골고루 챙기는 것으로 세월을 보냈다

마누라는 있는 듯 없는 듯하다
마당에는 거위 울음소리가 있고
거위똥이 있다

장차 그 아들딸에게 나누어줄 논과 밭
산과 과수원을 챙겼다
밤중에 나누어두었다
밤중에도 혼자서 땅문서 꺼내놓고 이것저것 챙겼다

그 형제자매들 어머니는 필요없다

박동희

가난이 지극하면 그 가난 찢어진다
찢어진 가난
찢어진 가난으로
긴긴 해 저무는 시절
그 시절에 대를 이은 핏줄들이었다
굶어죽어가며
병들어 죽어가며 살았다
조선은 그리도 찢어진 가난의 땅이었다

금오산 줄기 다한 두메
거기 찢어진 가난의 마을
찢어진 가난의 집

고조할아버지 때도
증조할아버지 때도
가난밖에 없던 핏줄

아버지 박성빈의 맏아들 박동희
박무희 박귀희
박상희 박한생 박재희
그리고
칠남매 막내 박정희를 낳았다
가난의 아들딸
혹은 죽고

혹은 살았다

맏형 박동희는
막내아우 박정희가
육군 소장이 되어도
최고의장이 되어도
대통령이 되어도 오이밭 콩밭 밭머리에 있었다

구미 두메
이제나저제나
가난의 밭고랑에 있었다
비 오는 날
논두렁에 있었다

한번도 서울에 가지 않았다

1965년 아우 덕분에
전기가 들어왔다 그뿐이었다

대구에도 나가지 않았다
마당에 있었다
산비탈에 있었다
싼 담배맛 쓴맛이 자신의 맛이었다

유대수

오고 가는 사람들
아무도 모른다
바람 돌돌 말려 부는 거리
한때 먼지구름들이
네 핏줄인가

유대수
아비도 없이
어미도 없이
품삯 받아
술만 먹는 외삼촌 집
외숙모의 눈치로 시틋시틋 자라났다

거리로 나와버렸다
아무도 모르는 거리가 좋았다

이것저것
팔러 다녔다
껌도 쪼꼬레뜨도 팔았다
먹어버리고 싶어도
먹지 않고
팔았다

거리가 좋았다

거리의 한 모퉁이
넝마주이들이 좋았다
다리 밑 썩은 물 언저리
늙은 넝마주이가 아버지 같았다 고모부 같았다
거기에 핏줄 있었다
인마 너 생일 언제야 하고 생일 곰탕 사주었다

때마침 마산사태
그 거리
그 데모의 거리
그 총소리의 거리
그 거리에서 그가 쓰러졌다

넝마주이 어른과 넝마주이 아이들이
그의 장례 치렀다
화장장 다녀와
카아
카아
넝마들 소주 마시며
죽어버린 녀석의 이름을 불렀다

대수야
대수야

김응수

수송동 골목 중동고 학생들 속에
꿈 많은 녀석 있다
주먹 센 녀석 있다
이웃집 숙명여고 여학생만 따라다니는 녀석 있었다
책만 읽는 녀석 있다
빵집만 다니는 녀석 있다
그 가운데
김응수 있다

가방 속 도시락 두 개가 듬직했다
점심시간에 먹고
방과 후 공부 뒤
저녁에 먹고

집에는 밤 열시 반에 돌아간다

4월 19일
세종로 네거리에서 총 맞았다
도시락 두 개 그대로
수업 작파
방과후 공부 작파
거리로 뛰쳐나갔다

총 맞았다

원남동 대학병원에서
밤 열시 숨졌다

달려온 아버지는 입을 다물고
어머니는 죽은 아들 이름을 불렀다

응수야
응수야

아우는 입 다물고
누나들은 울었다

비워둔 집에 도둑이 들었다

박경식

일본열도 산비탈 여기저기
조선인의 해골들 묻혀 있다
조선인의 해골들 버려져
풀덤불 밑 묻혀 있다
귀뚜라미 울음소리밖에 없었다
여름내
가을 내내

그 버려진 해골 무덤들 찾아나선 사람 있다
석양머리
외로운 그림자 길었다
누가 알아주지도
누가 밀어주지도 않았다

혼자 감기 들고 혼자 감기 나았다

큐우슈우 오오이따 탄광지대
저질탄
버린 탄무더기 산을 이루어
그 탄더미 산
세 봉우리 기슭마다
조선인 갱부의 해골들이 묻혀 있다

그런 중에도 어찌어찌 대접받는 해골들이야

진언종 절간
정토종 절간에 처박혀 있다
그 절간 유골상자 찾아나선 사람 있다

나가노 마쯔시로 일본 대본영
전쟁 말기
극비의 지하 대본영

왕 일가와
왕족 귀족 들
토오죠오 히데끼 부부와
그의 자식들
왕족 귀족들
육해군 지휘관들
그들 대피할 시설 만들어야 했다

조선인 징용자가 있어야 했다
조선 12도에서 데려온
조선인 노동자가 있어야 했다
하루 15시간 작업

낙반사고로 죽어나갔다
차라리 죽음이 해방
죽음이 고향이었다

하루 옥수수죽 두 그릇 먹다가 죽어나갔다
몇백 구의 유골
땅속 깊이 묻었다
조선인 징용자가 조선인 징용자의 송장을 묻었다
죽음이 조국이었다

연인원 3백만명
일본 대본영 지하시설 만들었다
만든 뒤
어디로 데려가 죽여버렸다

그 지하 대본영이 알려지면 안되었으므로
그들을 죽여버렸다

세월은 쓰디쓰다

그 해골들
그 무덤들
그 유골상자들 찾아나선 사람 하나 있다

그 사람 하나하나가
조선이라는 나라였다
조선이라는 겨레였다
석양머리 저 혼자만의 그림자였다

오오사까에서
큐우슈우
토오꾜오
나가노
아오모리
홋까이도오로
그의 발 닿지 않은 곳 없다

조선대학 교수이던 그가
조선적(籍)을 버린
재일(在日)의 고독
조선의 좌와 우를 떠나
근원의 민족
근원조선 동포의 참극을 찾아나선 사람

1960년대 상반기
지난날의 조선인 희생
아랑곳없이
겨우 3억불 2억불 차관
대한민국 독립축하금이라고 받아낸
한일 굴욕외교에 분노
치 떨었다
버려진 무덤

버려진 해골
버려진 역사의 원한을 찾아나선 사람

그의 자료는 쌓여갔다
그의 저술은 울음이 되고 피가 되고
그의 가족은 가난에 몰아치는 가난에 숨막혀왔다
그러나 그는
어제도 오늘도 내일도 또 찾아나섰다

박경식
그 사람이 있었다 끝내 병들었다

이종량

서양사가 머릿속에 다 들어 있었다
십자군전쟁
장미전쟁
백년전쟁
30년전쟁
전쟁
전쟁
수학의 탄젠트
코탄젠트
삼각함수의 별빛이
머릿속에 환한 답을 낳았다

경기고 2학년
경기고가 있는 동네 화동
그대로
그를 화동의 아르키메데스라고 불렀다
머리끝에서 발끝까지
이수재였다
수재(秀才) 이종량

경기고 2학년 2반
성적 우수

4월 19일이 그의 이 세상 마지막날이었다

정환규

전찻길 저쪽 범일동에서 살고 있다
부인 이봉호
무명옷도 명주옷같이 아름다웠다
네 아들
두 딸
어여쁘고 어여쁜 아이들이었다

일본 오오사까 칸사이공고 졸업
일본 오오사까 거류민단 청년부장 지내다 귀국했다

일제 군속으로 일본에 실려간 뒤
그곳에서 해방을 맞았다

귀국 이후
이승만 독재에 실망했다
백골단
백주의 테러는 테러가 아니다
라고 장관이 소리쳤다
그 자유당정권을 증오했다
2·4파동에 분노했다

4월 19일 낮
부산진경찰서 습격중 중상
4월 19일 저녁 사망

이로부터 아이들의 기억에서만
아버지가 살아 있다

아름다운 부인은
한 여자의 절망을
한 어머니의 희망으로 바꿨다

대지의 밤은 또 슬프다

정삼근

명진여객 자동차회사 수리부 공원
고장난 차 밑
누워서
굴대 교체작업
벌써 4년째

열두살에 견습공으로 들어왔다
넌덕쟁이 수리부 박씨가
함께 나가
공장 차리자 했다

거리는 온통 시위군중으로 찼다

3월 15일이 지나갔다
4월 19일이 지나갔다
4월 24일 대낮 견습공 정삼근
수리한 자동차를 몰고 시위에 가담

그 자동차 뒤에 시위군중 따랐다

머리띠 두르고
맨 앞에 있었다 몸속에서 구호가 터져나왔다
거리의 주인공이 되었다
경찰 소방차와 충돌했다 그가 죽었다

전청언

1960년 5월 1일
새벽 두시
부산 제5육군병원 임시병동
전청언
자웅눈 감고 숨졌다
홑이불 주검

1960년 4월 19일
부산진경찰서 습격
중상
12일 만이다

스무살
팽팽한 넋 꺼져버렸다

1960년 3월 28일 오후
경남고 졸업 주산 2급 아직 직장 없었다 전청언
어제는 용두산공원에 올라가
떠나는 배 바라보았다
들어오는 배 바라보았다
오륙도는 보이지 않았다 풍년 든 바다안개 밀려왔다

그 아기

전주 노송동 고즈넉한 동네
시금치나물
파나물
콩나물 나물 잘 무치는 집들이 있는 동네
죽은 남편의 중절모자를
남편인 듯 받들어
아랫목 벽에 걸어둔 과부네 집이 있는
증조할아버지가 살아 있는
할아버지가
증조할아버지한테
이놈
이놈 하고 혼나는 집이 있는
장닭 한 마리에
암탉 다섯 마리가 있는 집이 있는 동네

중학교 6년제가
중학교 3년
고등학교 3년으로 나뉘어
중학교 4학년이
고등학교 1학년이 된 여드름꾼이 있는 동네
새로운 고등학교
수학교사 김창환 선생이 사는 동네

아기 우는 소리

널대문 열고 나가자
거기 아이 놓여 있다
눈앞이 아찔
수학교사 마누라
2년 전 죽은 아기 생각이 났다

우는 아이를 안고 들어왔다

출근 직전 남편이
썼던 안경을
벗었다가 다시 썼다

어쩌려고?
키울까봐요
안돼 파출소에 갖다주어요
키울까봐요
파출소에 갖다줘요
고아원이나
미국이나
스웨덴에 입양시키게 갖다줘요

파출소로 가는 길과
파출소로 가지 않는 길이 있다

먼 곳의 인생과
이곳의 인생의 길이 있다

아이가 힘껏 울었다
수학교사 김선생
문을 탁 닫고 학교로 갔다

수학문제 둘 중의 하나

임진표

1962년 3월 16일

국가재건최고회의 군바리 배짱
기성 정치인을 박제로 만들어놓아야
군바리 세상을 만들 수 있음

정치활동정화법이 공포되었다

모든 정당 사회단체 활동
향후 6년간 금지한다

정치활동정화법 대상자
민주당 7백34명
신민당 6백5명
이 두 당은 민주당 신구파로 갈라진 놈들
자유당 1천2백59명
이 당은 이승만 이기붕을 머리에 이고
장기독재한 놈들
그밖의 오사리잡놈들
함께 4천1백78명

네놈들은 이로부터 백수건달
아기 낳아
아기나 봐

바둑이나 두어
라디오 연속극이나 들어

민족자주통일협의회 회장 임진표
중부서 사찰과에 출두
각서 쓰고
백수건달이 되었다

뭐 네가 통일?
네가 자주통일?
이 빨갱이새끼
각서 쓰고
지장 찍고 나가
이 빨갱이새끼
대한민국이 관대한 줄 알아
너 같은 놈은
쥐도 새도 모르게
인천 앞바다에 던져버리면 되지만
이번 한번 살려둔다
이 빨갱이새끼

집에 가봐
네 마누라는 도망갔어
빨갱이 여편네 되기 싫다고

금비녀 가지고
금가락지 가지고 떠나버렸어

너 혼자 돌아가
냄비에 똥 담아 끓여먹어
이 빨갱이새끼
꺼져

이후락

남산 중앙정보부장 취임식
김종필
김형욱 패거리 다 정리한 뒤
오직 이후락교도만으로 포진한 뒤
태극기와
박정희 사진 걸어놓고
박정희교를 창설하는 취임식

오늘부터 여러분은 박정희교도입니다
박정희교 순교가
곧 대한민국의 애국이고 순국입니다

이렇게 이후락 부장의 시대가 시작되었다
일본에서
미국에서 민주화운동 꾀하려는
김대중 따위 납치
현해탄 파도 밑으로 가라앉히면 되는
그런 시대가 시작되었다

서울의 다방
대전의 다방
정읍이나
제주도 서귀포의 다방 어디에도
중앙정보부의 눈과 귀

그리고 즉각 체포해갈 검은 차가 대기하고 있는
그런 공포의 시대가 시작되었다

이후락은 부장실 책상 의자도
박정희의 청와대 쪽으로 향하고 있다
전화가 없어도
머릿속의 전화로
각하의 뜻을 헤아렸다
굳이 독대하지 않아도
굳이 몇몇 여당이나
국무위원 따위들과 만나지 않아도
각하의 영감과
부장의 영감은 공중을 어금지금 오고 갔다

정보업무로 도를 통한 사람
공작업무로
따를 자 없는 사람
누런 웃음
해골 속에서 튀어나온 눈빛

생애의 대부분을 공작으로 채운 사람

저 1959년 이승만 정권 말기
이승만의 중앙정보부가 처음 탄생한 뒤

국방부장관 직속기구
그 중앙정보부 부대장으로 취임한 뒤
이후락 준장의
79부대
이후락 준장 군번의 끝수를 딴
79부대
정예대원 22명
거기에 미국 CIA 파견요원도 동거

매주 두 번
이후락 부대장은
국무회의에 국제정세 보고를 했다
이승만이 물러난 뒤
과도정부에서도
아니
4월혁명의 제2공화국
장면 정부에서도
육군 중앙정보부대장

이어서 총리 직속 중앙정보위원회
이후락 소장 예편
이어서 정보연구실장

박정희 쿠데타 이후

그런 이후락은
부정부패 대상자로 구속
미국의 요청으로 풀려나왔다

박정희가 그를 불러들여 최고회의에 등용했다
그 이래
공보실장
비서실장
그리하여 박정희 군사정권 중앙정보부장으로 등장했다

박정희교 교세는 날로 깊어갔다 넓혀갔다
박정희교는 날로 사나워져갔다

무시무시한 고문과 공작
나라 안에서 나라 밖에서 진행되었다
김일성에게까지
일본 타나까에게까지
그의 공작은 진행되었다 오호라 살기담성!

석정선

이봐 석정선!
그대의 조상은 석탈해가 아냐
그대의 조상은 이승만이야
돌아다보아
대한민국 초대 대통령 이승만이야
그 미국 박사는
그저 나라 없는 민간인이 아니었어
그저 외교독립노선이 아니었어
태평양전쟁 기간
미 육군 정보부대 대령 월급을 받았어
사실상 정보부대 고급장교였어

이봐 석정선!
그대의 선배 이승만을 돌아다보아
대한민국 초대 대통령에 취임하자마자
일제 앞잡이 정보장교로
방첩대 만들어
정적 암살도 마다하지 않았어
일제 앞잡이 악질 고등계형사로
경찰 사찰과 채워
보랏빛도 분홍빛도 주황빛도
빨갱이라고 조져댔어

미국은 한술 더 떠 그런 대통령에게

미국 정보기관 같은 것을 자꾸 권했어
그 끝에 박정희 중앙정보부가 태어났어 그대의 시대가 달려왔어

1964년 서울 정동 하남호텔 2층 객실
그대가
중앙정보부 그림을 그려냈어
육군 정보국 출신
김종필과
그대 석정선이 위스키 술잔을 부딪쳤어
중앙정보부 탄생을 자축했어

그리하여 표어가 만들어졌어
우리는 음지에서 일하고 양지를 지향한다
좋아
좋아
그대가 손뼉쳤어
음지에서 일하면서 양지를 지향하자구

중앙정보부 인원 3만 3천명
8개 사단 예산의 거액
마음껏 주무르며
그대가 안에서 지휘했어
김종필을 보좌하며
그대가 안에서 톡탁쳐 군림했어

일부 직원들의 호적을 파내
이름도 바꿨어

법원 영장 따위 필요없이 갑을병정 얼마든지 구속했어

저 1941년 미국 정보군정국
전략사무국
전시정보국으로 분리
전략사무국은
전시정보부대로 활동
그대의 조상 이승만이 바로 이 부대에 속했어
자신만이 아니라
한국인 여러 명을 입대시켰어
한국어 잘하는 윔스 대위와
도노번이 있고
한국인 안우생 안원생 형제
박영만 안병무 진춘호 들이 들어갔어

그 정보부대가 미국 중앙정보국의 전신
그 미국 중앙정보부가
한국 중앙정보부의 대부 대모

김종필은
밖을 장악하고

그대 석정선
안을 장악했어

북악의 청와대
남산의 정보부
그 공포의 시대가 여차여차 왔어

그로부터 한밤중 쥐들도
중앙정보부였어
우물 속의 하늘도
중앙정보부였어

서울 요정 특실
밤의 석정선 그대
음지의 권력에 취했어
술이 달고 여체가 달고 권력이 벌꿀보다 더 달았어
다디달았어

차성원

본관 연안이라
연안이 어딘 줄 몰랐지
연안 차씨
차부길의 아들
우리 성원이

사직공원
사직단
10월 상달
개천절
으레 도포 입은 어른들
한배검님 신위

큰절 드리는 제렛날
우리 성원이
해마다 오줌 싼 뒤 달려가 참석했지
참석해
떡도 사이다도 먹고 왔지

우리 성원이
아버지 닮아
일찌감치 굵은 목청으로
친구들 불러들였지

우리 성원이
홍국상고 3학년
지리시간이 제일 좋았지
그린란드에
꼭 가고 싶었지
그린란드가
덴마크 땅인 것이 이상했지

우리 성원이
공부보다
교과서보다
만화를 좋아했지
그놈의 『얄개전』을 좋아했지

4월 19일 아침
학교 가지 않고
태평로로 갔지
데모 속 불뚱이로
힘차게 구호 외쳤지
가방 속 필통이 숨가빴지

오후 네시 반
경무대 앞까지 나아갔지
배가 고팠지

총탄
후두부 관통
쓰러졌지
가방 나뒹굴었지
수도육군병원 호송
4월 25일 재수술
4월 27일 새벽 맥박 끊어졌지
우리 성원이

정임석

울산농고 졸업하고 서울 왔다
한양공대 기계과
재학생

어제의 농고학생
오늘의 공과학생

그리고 내일의 지하학생

그가 살았다면
대학 졸업 뒤
인천 베어링회사에 들어갔으리라
그가 살았다면
벌써 1남 1녀의 아빠가 되었으리라
연애결혼한 아내와
하나씩 안고 업고
어린이 유원지 가는 날이 있었으리라
자전거 한 대가 마당에 세워져 있으리라
저금통장 예금이 드문드문 불어나리라
내후년쯤 세 번 이사 다닌 끝
셋집 끝내고 국민주택 내 집에 들어가리라
그가 살았다면
50년 뒤쯤
잇병 나

밤에는 틀니를 빼놓으리라
늙은 합죽이로 잠들리라
아침에 버름해진 틀니를 끼워넣으리라
늙은 마누라 무릎관절염 무쩍 걱정하리라
쯧쯧

권장근

가난하면
변두리 중학교 가고
아주 가난하면
변두리 야간중학교 가고
아주아주 가난하면
고등공민학교 가고
아주아주아주 가난하면
고등공민학교도 갈 수 없지

화광고등공민학교 1학년
권장근
동대문 시위 도중
총 맞았다
실려갔다
죽었다
그 죽음이 죽음인 것
오직 장근이 어머니에게만
그밖에는
그 죽음은 죽음도 무엇도 아닌 것

이 세상은 권장근 하나 있으나마나

이 세상은
한일협정 이후

신진자동차 사장 김씨 형제가
일본 왔다 갔다 하며 날리고 있다

권장근의 어머니
병석에서 일어나
오랜만에 빨래를 널고 있었다
아들의 죽음은
없던 바람이 일어날 때
그녀의 가슴팍
갈빗대 속에 거기 대질러 있다

이성룡

혁명은
위의 사람보다
아래의 사람을 많이 먹었다
아래의 사람들 주검을
너무 많이 먹었다

아래로 아래로 내려가라고 말한다
아래로 내려가 낮은 영광 드러내라고 말한다
아래로 내려가
낮은 영혼이 되라고 노래한다
책은 엉터리
얼마나 용서할 수 없는 모순인 줄 모르는 엉터리

하왕십리
비 오면
물바닥 되는 마을

나이 마흔여섯 이성룡
그는 넝마주이 고물장수
푼푼
몇푼씩 벌고
마누라는 안 나오는 젖으로
2남 1녀를 낳아 길렀다

그런 아래에도
마른 둠벙 밑바닥
마른 행복이 있던가
2남 1녀 자라나
콧물 줄줄 흘리며
이웃집 아이들 먹는 떡 먹고 싶었다

4월 26일
시청 앞 데모에 밀렸다
총알이 날아왔다
한집의 가장 이성룡
거기 있었다
그의 앞에서
풀썩풀썩 쓰러졌다

느닷없이
차 한 대가 달려왔다
이성룡 다리 하나 부러졌다
긴 세월
4·19혁명 부상자로 누워 있었다

6년 뒤 치료부위 다시 악화
한걸음 걸어보지 못하고 눈감았다

4·19혁명유가족회 있으나마나
제2공화국에서
제3공화국으로 바뀌었다

산 자는 살아야 한다
가족들 다 일터를 찾았다
아내는 식모
딸은 니나놋집 어린 작부
두 아들은
아버지의 직업이었다
넝마주이

김창무

눈썹 진한 녀석
입술 두꺼운 녀석
부잣집 아이 되어본 적 없어도
딱한 아이에게
후원회비 낼 돈을 몽땅 주어버린 녀석

야 인마 칠수야
졸업하고 나서 갚아라
하고 주어버린 녀석

홀어머니께서 자주 꾸짖는다

너는 우리집 장손 아니냐
네 아래로
두 동생
두 누이동생 있지 않느냐
어쩌자고
돈 보면 다 써버리느냐

결국
다니던 학교
동북고 2학년 중퇴로
끝맺은 녀석

어언 스물셋

데모가
벌렁 누워 있는 녀석
벌떡 일어나게 했다
시근벌떡
데모대열에 달려갔다

종로 4가 지나
총알이 기다렸다가
그의 몸을 뚫었다

돈뿐 아니라
몸도 몽땅 주어버린 녀석

그날밤 눈감았다
피 실컷 흘리고 눈감았다
서울대병원에는
그의 주검 이외에도
여러 주검이 구메구메 뻗어 있었다

장형

호 범은(梵隱)
또는 범정(梵亭)
장형

빼앗긴 나라 도탄의 겨레 앞에서
오로지 독립운동이 나의 신앙이라 깨쳐 부르짖었다
부르짖고
벌떡 일어섰다

일어나
만주
중국 오지
연해주를 신들린 듯 달렸다

독립운동은 밥이 있어야 한다
총이 있어야 한다
건달들도 많은 곳
뜻이 있어야 한다

만주 남선북마군 소속
국내 자금총책

해방 뒤
형 백범과 아우 범은으로

건국실천원양성소를 세웠고
그뒤
신시(神市) 홍익인간의 나라
단군의 대학을 세웠다

저 강화 마니산 올라
단정(單政) 분단을 울고
개천(開天)을 깨쳐 빌었다
형 백범의 한과 자신의 한을 산 가슴속에 묻었다

사사로운 지갑 없었다

옥여 자매

고구려 총각들 벙어리 되고 말았다
집안 땅 마가마을
쌍둥이 자매
옥여 옥보
여섯살 때부터 활솜씨 뛰어났다 고라니 잡았다

열여덟살 때
압록강 저쪽
옥여의 화살과
압록강 이쪽
옥보의 화살이
하늘 속에서 만나
함께 강심에 떨어졌다

과연 신궁!

강 저쪽에서
옥보야
하고 부른다
강 이쪽에서
언니
하고 대답한다

세상 쥐 죽은 듯하다 물안개가 건드려져 일어난다

기숙이

아 불가능의 가능
꽃병같이 고요하다
초록저고리
검정치마
곱게 빗어내린
검은 댕기 머릿단
붉은 댕기

여러 총각 따라다녀도 모르쇠
조널이 중매가 들어와도 모르쇠

장독대 항아리같이 고요하다

자주 사람이란 무엇인가
그 생각에 잠겨
자주 나란 무엇인가
이 생각에 빠져

어제의 나
오늘의 나
그때그때의 나
도대체 나란 무엇인가

그네 옷 속의 풍염한 살 가득히

오직
사람이란 무엇인가
나란 무엇인가
너와 나란 무엇인가
이 생각들 이 열기들 내달려

꿈속에서도
기숙이는
또 하나의 기숙이와
너는 누구냐
너는 누구냐고
대답 없는 질문을 주고받는다

여기 감히 어떤 놈 기웃거려

선비의 길

이이의 『격몽요결(擊蒙要訣)』을 펼친다

제3장 몸가짐〔持身〕의 장
아홉 가지 수련의 항목
하나 발모양을 무겁게 하라 경솔과 거만 다 피하라
둘 손모양을 공손히 하라
셋 눈모양을 단정히 하라 훔쳐보지 마라
넷 입모양을 움직이지 마라
다섯 소리를 조용히 내라 트림도 삼가라
여섯 머리모양을 곧게 하라
일곱 숨쉬는 모양을 숙연케 하라
여덟 서 있는 모양을 덕스럽게 하라
아홉 얼굴모양을 장엄하게 하라

아홉 가지 지혜 수련을 위한 항목

하나 바르게 보라 바르게 생각하라
둘 밝게 들어라
셋 안색 온화하게 하라
넷 언제나 공손함을 생각하라
다섯 말을 충실하게 하도록 하라
여섯 일마다 공경스럽게 정성스럽게 할 것을 생각하라
일곱 의심나는 것은 바로 물어라
여덟 분할 때는 어려움을 먼저 생각하라

아홉 옳은 것을 얻었을 때 그것이 옳은가를 생각하라

이런 수련 지나서야 한 사람의 조선 성리학 선비가 만들어진다
그 조선 선비 사흘 굶어도 의젓이 앉아
그 조선 선비 바른말 하고 사약 앞에
의젓이 앉아

그 조선 선비
나라가 기울어질 때
분연히 일어섰다
그중 일어서지 않은 선비 있다
도포 입고
『중용』『대학』만 읽고 있는 제천 선비
육만손 영감 있다

그의 아들 육관섭이
아버지의 제자들
다 내쫓았다

강기학

생도 사도 무정

다니다 말다
다니다 말다 하다가
또 다니지
영등포 보림중학교 다니다가
그만두었지
배영중학교 다니다가
아까운 수업료 낼 길 없어
또 그만두었지
이번에는
누구 소개로
멀리 동대문중학교 1학년에 편입
영등포에서
동대문까지
시내버스 두 번 갈아탔지
다음날
데모로 버스가 끊겼지
영등포시장에서
종로 4가까지
터벅터벅 걷다가
종로 4가 동대문경찰서 앞
그만 데모 속에 잠겨버렸지
그 소요 속

교모도 벗겨졌지
오도 가도 못하고
가방을
겨드랑에 꼭 끼었지
어쩌다 총탄이 그에게 날아와버렸지

병원에 실려간 이래
긴긴 날
5년 이상을 병원에 있었지
숨졌지

어머니와 형들 눈물도 다 말라버렸지
서해 남해 바다도 개펄등짝 썰물져버렸지

최동섭

소방차가 나타났다
물대포 쏘아댔다

시위군중 흩어졌다

한 사람이 달려가
소방차를 빼앗았다

최동섭

그가 소방차를 운전
시위군중 환호

내무부 앞 일제사격
시위군중 흩어졌다

소방차가 움직이지 않았다
최동섭 운전석에 앉은 채 죽어 있다

최봉섭

금호동 산동네
보름달 환한 밤
남루한 산동네
달빛으로 떡치는 밤

거기 금호동 산 76번지
한 집의 두 세대
두 세대 중
최명순의 4남 2녀 중
차남 최동섭

그 환한 밤
돌아오지 않았다

장남 최봉섭이
금호동 종점에 나가 투덜투덜 기다렸다
통금시간
다음날 아우의 직장
제일화물에 가보았다
출근하지 않았다
아우 담당의 트럭을
다른 운전사가 타고 나갔다

누군가가 내무부 발포에 죽었다는 소문 전했다

을지로 2가 가는 버스 탔다
내무부 앞
남대문 가는 버스 탔다
세브란스병원
혜화동 가는 버스 탔다
수도의대병원
삼청동 가는 버스 탔다
수도육군병원

어디에도 없다

형 최봉섭의 몸속
동섭아 동섭아
그 이름밖에
아무것도 없었다

어릴 때
배고파
강둑 뱀구멍 파
뱀 잡아 함께 구워먹던
그 아우
동섭아
동섭아
그 이름밖에 없었다

나영주

비 오는 날
진흙탕길 가면
거기
와우산 홍익대학 일대
뻐꾸기가 종일 울었다

와우산 꼭대기 올라가면
한강이 있다
밤섬이 있다
밤섬의 납작집들 저녁연기 부얼부얼 피어오른다

오늘
홍익대학 학생 나영주
세상 떠났다

수도의대병원 임시 안치소에 시신 있다
혁명은
시체에서 태어난다

뻐꾸기가 종일 울었다

정규철

전국 214군 지방도로 자동차 뒤꽁무니 먼지 피워올리며 달리리라
스물네살 정규철
이제까지 영화 여섯 번인가
일곱 번인가 본 것밖에 없다
「삼손과 데릴라」
국산영화 「별아 내 가슴에」

제일자동차학원에서 운전을 배우고 있었다
삼천리강산을 달리고 달리리라

혁명의 날 후진운전 배우다 뛰쳐나왔다

총 맞았다

이 세상은 산 자들의 욕망 그것

최태식

홍은동 산동네
무허가집 판잣집
다닥다닥

거기 태식이네 집 있다

오랜 해소병
어머니
아우 중식이와
아무도 모르게 헌 처녀가 되어버린
누나 태숙이와
누나 복숙이와
하루살이같이 한해살이같이
이렇게 살아가는 집 있다

겨울밤은 추워서
서로 껴안고 잔다
여름밤은 더워서
서로 발길로 차며 잔다

저 아래 공동수도에서
물지게 지고
올라가면
어머니가 개떡 하나 두었다 주었다

그 집 대들보
태식이
화광고등공민학교 다니다 말다 하다가
밤에는 돈꿈을 자주 꾸었다
배우던 책과 공책
방구석에 그대로 있다

문화촌 종점에서 버스 타고
시내에 나갔다
시청 앞 시위군중 속
태식이도 구호를 외쳤다
올 것이 왔다
왼쪽 가슴 탄환 관통

즉사

정태성

금호동에는 산이 있었다
그 산의 나무들 베어내고
산기슭
산마루턱에
새 대신
토끼 대신 다람쥐 대신
사람이 살았다
무지막지한 삶의 교체

옥수동에도 산이 있었다
그 산의 나무들 풀들 베어내고
산기슭마다
사람이 두더지로 도마뱀으로
하루하루를 살아갔다
그 옥수동 이쪽

금호동 마루턱
금호국민학교 3학년
4학년
5학년
6학년 아이들도 사람 노릇 하려고 시위에 나섰다

버스 타고
걷고

문화동 지나
약수동 지나
장충동 지나
을지로에 이르렀다

변두리에서 와서 중심을 차지했다

금호국민학교 6학년 정태성
내무부 앞에서
부정선거 취소하라
부정선거 다시 하라
함께 외치다가
픽 쓰러졌다

총 맞았다

이런 아이들이
늙은 이승만보다 먼저 죽었다

소매치기 전일중

세상에!
세상에!

1960년 4월 25일 서울 태평로
국회의사당 거리
독재 마지막 거리
혁명의 거리
그 삼엄한 학생과 시민
25만 시위군중 속

거기 소매치기 끼여 있었다

자유당 물러가라
독재자 물러가라

구호 외치면서
팔뚝시계 셋
돈 20만 7천환
만년필 한 자루
가죽지갑 둘을 낚았다

세상에!
세상에!

눈썹 없는 놈
입술 붉은 놈
전차와 버스 전문 소매치기
그 이름 여기 남겨둔다 전일중

안창원

제주 산지부두
황영호 타면
마른 절간고구마 냄새 멀어지고
한라산도 가만가만 멀어져간다

멀어져가는 고향
저녁바다는
곧 밤바다가 된다

제주 목포 사이 일곱 시간
삼등실
가로세로 누운 사람들
무사
무사경
누군가가 뱃멀미로 구역질해도
가로세로 잠든 사투리들

그렇게 목포부두에 닿자마자
정거장으로 잔걸음쳐 가면
거기 야간 준급행 타고
열두 시간 지나서
서울역

코 베어간단다

눈뜬 채
코 베어간단다
서울역

그렇게 온 서울살이
재경제주향우회 찾아가서
어디라도 좋다고 일터 부탁하고
떡 두 개
사먹었다

걸어가다 수도꼭지에 입을 대고
물
꿀꺽꿀꺽 넘기고 갔다

나 창창한 열여덟살
고향에는
홀어머니와 동생들

나 창창한 열여덟살
돈 벌어
늙은 어머니
물질 그만 끝내야 했다

4월 26일

동대문 한바퀴
거기서 경찰 유탄에 맞아
이틀 뒤 어이없이 세상 끝났다

제주시 광양
셋집 삼간
문 없는 집 식구들
아무도 모르는 죽음이었다

무사
무사경

박쥐

군정청 사령관 하지는
이승만의 독선에 화가 났다
군정청은 이승만 대신
김규식을 장차
남한정부 대통령으로 앉히려 했다

이런 하지의 속성을 누가 먼저 알았을까

놀라워라
놀라워라
삼청동 김규식 집
벌써 문전성시

군정청 경무부장 조병옥
군정청 수도청장 장택상
함께 이승만을 지지했으나
어느새 하지의 속 들여다본 장택상
김규식을 지지한다는 소문이 돌았다

장택상이 돈암동 이승만의 거처에 갔다
자네 요즘 우사(尤史) 쪽이라면서
하고 꾸짖자
아니 어떤 놈이 그런 모략을 합니까
하고 펄쩍 뛰었다

제가 선생님밖에
누구를 지지한단 말씀입니까
그러자 이승만이 손을 잡았다
안심이 되는군

그날밤 장택상
삼청동으로 갔다

누군가가
그런 장택상을 박쥐라 했다
장택상은
이승만에게 조병옥을 모함
조병옥이 군정 연장을
획책하고 있다고

장은 조를
조는 장을
서로 감시
조의 부하 암호
을지로에 박쥐가 떴다
종로에 박쥐가 떴다

그뒤 구레나룻 단정한 장은
임시수도 부산에서

이승만의 국무총리
백골단 땃벌떼
백주의 테러로 나아갔다

그때 이승만에게 진작 버림받은 이범석 가로되
박쥐란
퀴퀴한 곳이 제집이라고
매가리 없는 한마디

대저 이런 작자로 하여금
내 현대사가 이루어진 유치찬란한 모독이시여

강명석

백제 근초고왕 이후
한동안 도읍이던 그곳
공주 금강물 느릿느릿 간다
공주 사투리
느릿느릿 간다

그런 공주사람
고향 떠난 20년도
느릿느릿 흘러간다

서울 낙산 밑
마누라 밥 짓는 연기 느릿느릿 피어오른다

재촉하지도 않았는데
느릿느릿 낳아놓은 것들
강명석 씨 자녀

준명이
준성이
준옥이
준심이
준숙이
2남 3녀

아이들의 말씨가 밖에서는 재빠른 서울말인데
집에서는 아버지 따라 느릿느릿 나온다

남대문시장에서
동대문시장으로 옮겨왔다

4월 26일 낮
동대문경찰서 옥상
일제사격으로
데모 속에 있던
강명석 씨 거꾸러졌다
4월 28일 밤
끝내 숨 놓았다

저승길도 느릿느릿 가는지 몰라
마누라와 세 딸
울음 따라
행여나 느릿느릿 돌아올지 몰라

다정도 할사

조선 4대 임금 세종 연간
청백리에 녹선(錄選)된 세 정승
영의정 황희
좌의정 맹사성
우의정 유관
그 가운데 유관 대감 거동 보아라

여름 한달 넘게 장맛비 왔다
유관 대감과
그의 부인
지붕이 줄줄 새니
종이우산 하나 펴들고 앉았다

다정도 할사

유관 대감께서 말했다
우산도 없는 집은 어떻겠소 그나마 우리는 낫소그려
부인이 그 걱정 달랬다
우산 없는 집은 그 집대로 다른 마련이 있을 것이오

다정도 할사

방 안의 그릇마다 빗물 떨어지는 소리
궁상각치우

차대공

서울 당주동 점집 옆집에 사는
대공이
차대공이
큰 공 세우라는 이름
대공이

균명중학 1학년 신입생

장차
큰 공 세우라는 이름
대공이

점집 딸 지희와
에스 오빠
에스 동생

아직 이것밖에는
세상에 아무런 공 없다

중학교 교복 입은
신입생 열하루
광화문 네거리 시위 도중
복부 관통

친구 유달수처럼
아파서 병원에 입원하고 싶었다
아파서 천사 간호부를
누나라고 부르고 싶었다
누나의 주사를 맞고 싶었다
그 꿈 이루어져
세브란스병원 응급치료 받았다

주사 맞았다
사망

전한승

이녀석아
열두살 이 녀석아
한승이 이 녀석아

수송국민학교 6학년 3반
전한승
이 녀석아

1960년 4월 19일 오후 네시 반
수송동 학교에서
충정로 집으로 가는 길
국회의사당 앞 데모대를 만났다

아카데미극장 부근
가방 놓고 데모대에 박수쳤다

경찰이 욕을 퍼부었다
그래도 박수쳤다
경찰이 쏘아버렸다

사람들이 수도의대병원으로 실어갔다
오후 다섯시 사망

이 녀석아 이 녀석아 이 녀석아

김호남

바람 치는 밤
울어댈 문풍지도 없는 가난이었다
헌 가마니로 거적으로 보자기로
너덜너덜한 문을 가리고 자는 가난이었다

솜 있으면 살겠구나
솜이불
솜옷 있으면 살겠구나

1920년 경북 선산군 도개면
두메마을 가난한 집에서 태어나서
야학당에서 언문을 익혔다
맏딸 호남
아버지 김세호 어머니 이말렬
할아버지 김재수

할아버지 김재수께서
재 너머 박성빈과 호형호제하다가
주막에서 막걸리 먹고
사돈 맺기로 약조

박성빈의 막내 박정희와
김재수의 손녀인
김세호의 맏딸 김호남이

가시버시가 되었다

박정희는 얼굴도 모르던
열일곱 처녀를 아내로 맞았고
김호남은 낯짝도 모르는 사내를 남편으로 삼았다

대구사범 졸업한 뒤
남편은 밖으로 밖으로 떠돌았다
만주로 갔다
일본으로 갔다
첫딸 재옥이 하나 낳고
돌아오지 않았다

어이없이 전란중 이혼당했다
어이없이 누구네 첩이 되었다
작파하고
아주아주 머리 깎고
어이없이 절에 들어가버렸다
나무관세음보살

박재옥

기구한 삶
이혼당한 어머니가 버리고 간 아이 재옥이
할머니가 길렀다
큰아버지 박동희네 집에서 자라났다
큰아버지 박무희의 아들
사촌 재석이 오빠가 돌보았다
사촌형부 김종필이
여학교 수업료를 대주었다

뒷날 아버지 박정희 부하의 아내가 되었다

박정희의 두번째 부인 육영수가 이따금 슬쩍 보살펴주었다

어디까지나
앞에 나타나지 못하는 삶
어디까지나
밖에 알려지지 못하는 삶

총 맞아 죽은 아버지 장례식장에서도
유족 근혜 근영 지만과 함께 앉을 수 없어
뒷자리 사복 입은 보안사령부 과장 옆에 앉아야 하는 삶

어머니의 사랑 모르고
아버지의 사랑 모르고

누구의 아내가 되어
누구의 어머니가 되는 삶 거시시한 삶

이런 삶에서도
단풍 같은 사랑이 있다 암 있고말고

장도영

이승만 정권 말기
이승만의 계승자 이기붕의 양자
박마리아를
어머니
어머니 하고 불렀다

육군중장 장도영

정작 이기붕 박마리아의 장남 이강석은
늙은 이승만의 양자

주한 유엔군사령관 매그루더의 친구
주말에는
유엔군
아니 미8군 사령관과
8군 장군들과 조니워커 파티

자유당 부정선거 군투표를
그가 총지휘했다

제2공화국 장면 정권이 들어섰다
장면은 이한림에게
육군참모총장직을 맡기려 했다
매그루더의 추천으로

장도영에게 넘겼다
육군 장교들
3·15 부정선거 군투표의 원흉이라고 반대했으나
장도영에게 맡겨졌다

육군참모총장 장도영
매그루더와 영어로 대화하고
영어로 속삭였다

국무총리는 군 문제는
국방부장관에게 맡겼다
국방부장관은
참모총장에게 맡겼다
참모총장 장도영은
방첩대장에게 맡겼다

장면 총리에게 외쳤다
생명을 바쳐 충성을 다하겠습니다
그러나 그는
매그루더만 만났다
그러다가
박정희 쿠데타에 편승
허울 좋은 국가재건최고회의 의장이 되었다

그가 한 일

가야산 해인사에 나타나서

중들이 이렇게 놀아서 쓰나

가만히 앉아

하루를 보내서야 쓰나

하고 핀잔 퍼부은 것

참선을 몰랐던 것

조용수

혁명의 시대 열려다
반동의 시대에 막혔다
터무니없었다

살아온 것 갑절 더 살아야
그 자신의 포부의 절반
이루었을까
말았을까

조용수

4월혁명을 너무 믿었다

1961년 5월 20일
박정희 쿠데타 이후
정치인 6백6명
사회단체 관계자 2백56명
대학생 70명
교사 5백46명 등
2천14명을 감옥에 넣어버렸다

5월 21일
사회 각계인사 2천여명 추가로 넣어버렸다
감옥 초만원

그로부터 대한민국 국시(國是)는 반공
서대문형무소 비둘기들이 우르르 날아올랐다
4월혁명의 신문 민족일보
젊은 발행인 조용수와
간부 12명도 넣어버렸다

사형선고

터무니없었다
사형을 가까스로 면한 자는
무기형
터무니없었다

조용수

그는 살아온 길보다
살아갈 길 아득히 남겨두고
흙으로 돌아갔다
터무니없었다

김철곤

1961년 5월
1년 전 시작한 제2공화국이 없어졌다
1961년 7월
군사혁명의 얼굴로 내세운
군사혁명위원회 의장
국가재건최고회의 의장 겸
내각수상 겸
국방부장관 장도영
이제 더이상 내세울 까닭이 없다

미국에의 방패로 실컷 써버린 얼굴이었다
반공법을 선포
바로 그 반공법으로
장도영을 죄수로 만들었다
장도영과
군간부 44명을 죄수로 만들었다

한해가 그렇게 갔다

그해 그런 별들이 감옥에 들어와
뒤숭숭할 때
이 방 저 방에서
갇힌 별들이
웅성거릴 때

한 사형수가 처형되었다
김철곤
그의 시체를 찾아갈 가족이 없었다
고양군 감악산 밑
형무소 무연고자 묘지에 묻혔다

월색(月色) 교교(皎皎)

사형집행이 있던 날
감방의 별들
모두 입 다물었다
감방이란 죽음의 옆방이므로

임순자

1960년 12월 24일 크리스마스이브
혁명의 해가 저물어갔다
그러나 징글벨 소리
온데간데없는 부산

부산 국제시장이 잿더미가 되었다

임시수도 피난민들과
임시수도 원주민들이 함께 만든
생존의 축제
국제시장

그 국제시장 2백34개 점포가 다 불타버렸다

이렇게 한해가 갔다

혁명의 해
제2공화국의 해
경무대가
청와대로 바뀐 해

데모로 날이 새고
데모로 날이 갔다
그래서

데모가 지긋지긋하다
데모를 그만두라는 데모가 있었다
국민학교 2학년 아이들의 데모가 있었다

한 달 전에는
비구승이 대법원에 쳐들어갔다
대법원이 아수라장
배 가른 비구승 6명

그러자 박태선 장로교 신도
몇천명이
신문사에 쳐들어갔다
책상 엎고
유리창을 깨어버렸다

박태선 장로를 하나님의 화신으로
믿는 임순자

집도
논도 밭도 다 바친
임순자

박장로의 성화(聖火)야말로
하나님의 불이 내려온 것이라고

외치고 외치는
임순자

박장로교도 아닌
한국인은
전부 죽여 지옥에 보내야 한다고
외치고 외치는 임순자

남편도 버린 여자
눈에
푸른 불꽃 튀는
임순자

박태선 장로교 신앙촌 제과공장
그 카스텔라가
하나님의 만나이고
신앙촌에서 만든 담요가
하나님의 이불이라고
외치고 외치는 임순자

아 광신만이 맹신만이 오직 천국이었다

장인모

아우 장창모와 함께
서울 미아리
가고파다방 주방에서 일했다

그곳에서 베토벤을 알았다 쇼팽을 알았다
슈베르트의 「겨울 나그네」를 알았다
알 필요 없는 것을 알았다

고향 여수 오동도 동백꽃이 보고 싶었다

기어이 그 비좁은 주방에서 뛰쳐나와

세상의 데모 속에서 신났다 총알이 신나게 달려왔다

형 장인모는 죽고 아우는 살아 엉엉 울부짖었다

이규복

석 달 전
상주 갑장사 밑
하루 내내
뻐꾸기만 우는 고향에서 왔다
밤새도록
귀뚜라미만 울어대는 고향에서 왔다

수건공장 직공이었다 수건이 잘 팔리는 서울에 왔다
맨밥에 간장 비벼먹었다
혁명의 날 공장을 뛰쳐나갔다 경무대 앞에서 죽었다

며칠 뒤에야 신분이 밝혀졌다
호외신문 본
그의 친구가 시체안치소에 왔다

맞습니다
규복이가 맞습니다
나하고 동갑입니다 스물넷입니다 이규복입니다

고운이시여 고운이시여

조선 서유구(徐有榘)의 『교인계원필경서(校印桂苑筆耕序)』는 말한다
최치원
공의 이름은 치원 자는 해부(海夫) 고운(孤雲)은 호이다
호남 옥구 사람이다

청나라 포송령의 소설 『요재지이(聊齋志異)』 강남오통지사(江南五通之事)는 말한다
신라 말기에 최승은 이 고을(桂州, 지금의 沃溝)의 태수가 되었는데
그의 처가 아들을 낳으니 치원이라 하였다 어려서부터 총명하기 보통이 아니었다
고군산도의 옛 이름은 문창군(文昌郡)이다 또 고기가 많이 잡히니
당나라 장삿배가 자주 왕래했다 장사꾼이 치원을 보고 좋아하여
드디어 싣고 당나라로 가서 과거에 통과하여 벼슬하게 되었다
뒤에 고국으로 돌아가 산수를 방랑했다
고군산도에 있는 월영대(月影臺)는 곧 선생이 거문고를 타던 곳이다

당에 들어가 18세 소년으로 급제하니
과연 도교의 별 문창성(文昌星)을 과거를 비는 신으로 삼아온바
고려 때 최공을 문창후로 추존하기에 이르렀다
지금도 문창초등학교가 군산 교외 바닷가에 있다

고운이시여
고운이시여
문창후 고운이시여

동쪽 나라 시의 아비시여

돌 한 덩이에게도 물 한 굽이에게도 떳떳한 시 아니거든
시를 말하지 말라 하신 아비시여
천년 전 가야산에 들어가
다시는 나오지 않으신 아비시여
삼가 당신의 후인 어쭙잖은 몇다발 시편 불태우지 못하고 세상이나 희롱하며 떠돌고 있나이다

고운이시여
고운이시여
다시 한번 태어나소서 태어나 밤하늘에 시의 미친 밤 이루소서

이판갑

전등제작소 직공 다그치다
텅스텐 전구
1백 볼트짜리
하루에
3백개를 만들어내라
사장은 밤마다 춤추러 가다

박봉
점심은 풀빵으로 때우다

4월 19일 오후 슬그머니 나가
동대문경찰서 점거데모에 가담하다
동대문경찰서 정문 앞
하필 총에 맞다

번쩍 전등불이 켜지려다 꺼져버리다
스물세살의 생애 이판갑

최현석

1960년 4월 19일
서울 한복판에서 즉사
흉부 관통

그를 뚫고 간 M1총탄
다른 사람의 허벅지에 박혀 있었다

최현석
열일곱 무직
아무도 그의 죽음 아랑곳하지 않았다

저녁 하늘아
저녁 구름아
네가 울어주어라

김두호

큰형 장호 전사했다
작은형 달호 전사했다

대구시 대봉동 납작집
어머니의 슬픔은 벌써 9년째였다 8년째였다
두호
기술학교 어찌어찌 졸업한 뒤
날마다
대구 데모에
가슴 뜨거웠다

서울 가는 밤차를 아홉 시간 탔다 꿀꿀이죽을 사먹었다

바야흐로
서울살이가 시작되었다
결혼식도 없이 사는 아내
돌잔치도 못 차린
아이가 있다

그런 애옥살이 서울살이 한해가 지나갔다

4월 26일 오전
동대문경찰서 습격 도중 심장 관통 즉사

두 아들 잃은 어머니
그리고
남은 아들마저 잃은 어머니
아직 아무것도 모르고 있다
아내도 모르고 있다
시간의 어느 부분 무사안일

이학수

바람에 중절모자가 홀링 벗겨졌다
키가 컸다
서울 종로구 견지동
조계사 입구 광명인쇄소가 있다
인쇄소 사장
이학수의 키가 컸다

이따금 일본 포르노영화도 돌리며 킬킬거렸다
어느날 오랜만의 친척 이주일이 찾아왔다
옛 만주군관학교 출신
이장군이 왔다

이학수와 이주일이 만났다
둘 다 마흔고개
마시지 않은 차가 식었다

목숨 바칠 일이 있어 혁명을 일으키고자 해
혁명공약
혁명 삐라 인쇄 부탁이었다

이마에 힘줄 돋우며 이사장이 하겠다고 다짐했다

오늘부터 자네도 혁명세력이네
문 잠그고

밤새 문선공 인쇄공 시켜
공약 벽보
삐라
그리고 담화문을 찍었다

혁명이 성공한 뒤
그는 허리가 뒤로 휘어졌다
누구와 만나도
악수를 쉽게 하지 않았다

모두 걸어다니던 시절 지프차를 타고 다녔다

만리동에 큰 인쇄소를 지었다
원양어선 선주
원양어업 경영주가 되었다
박정희와 찍은 사진으로
자서전을 냈다가
중앙정보부 철퇴

그뒤 집채 기울어졌다
앉은 허리도 해묵은 활대로 팍 굽었다
입안에는 어떤 말도 들어 있지 않았다
가는 시대
오는 시대가 멀리멀리 그의 손에 닿지 않았다

봉원집

어둠속 희끗희끗 눈발이 날렸다 1만 귀신들도 무척이나 춥겠다

1961년 1월 중순
서울 다동 골목
술집 '봉원'

그 집 구석방은 비장했다

장군과 대령 사이 말없이
오직 술잔만이 오고 갔다 너부데데한 접시 안주 그냥 남아 있다
웬일로 장군이 마담을 불러
술을 퉁명스레 권했다

대령의 외상장부 가져오라 했다
훑어본 뒤
돈 50만원 뭉치
방바닥에 던졌다

장군이 말했다
우리는 언제 어떻게 될지 모르는데
뒤가 깨끗해야겠지
이 돈 나머지는
김대령 술값으로 맡겨두오

장군은 먼저 일어나며 말했다
오늘은 마담을 마담이라고 부르지 않겠소
신여사라고 부르겠소
나 먼저 일어나니
두 분은 한잔 더 하시오

나가는 장군은 박정희 소장 남은 사람은 6관구 참모 김재춘 대령
쿠데타는
두 달 뒤
다섯 달 뒤로 다가오고 있었다

봉원집 마담 신희순은 알고 있었다
두 사람이
무엇을 할 것인지 알고 있었다

신고할까 하지 말까
그녀는 혼자서 떨고 있었다
떨다가
떨다가
이불을 뒤집어썼다

빈 죽음

고려 때에는 백성들로부터 받아들이는 것에 한도가 있었고 자연의 이익을 백성들과 함께 누렸다 장사꾼에게는 그 길을 열어주고 장인들에게도 혜택을 주었다 또 수입을 헤아려서 지출을 하였기에 나라에 쌓아놓은 것이 있었다 갑자기 큰 전쟁이나 국상이 있어도 따로 백성들로부터 거두는 적이 없었다 다만 말기에 와서는 삼공(三空)을 염려하였다

우리 조선은 그렇지 못하였다 얼마 안되는 백성을 거느리고도 신을 섬기는 일이나 윗사람을 받드는 예절은 중국과 같다 백성들이 세금을 다섯 몫쯤 내면 관청에 돌아가는 것은 겨우 한 몫이고 그 나머지는 간사한 자들에게 어지럽게 흩어진다 또한 나누어 쌓아놓은 것이 없어서 무슨 일이라도 일어나면 한해에 두 번이라도 세금을 거둬들인다 고을의 사또들도 이를 빙자하여 뒤로 물건을 가려내면서 가혹하게 거둬들이기에 또한 끝이 없다 그러므로 백성들의 시름과 원망이 고려 때보다도 더 심하다

여기서 삼공이란 무엇일꼬?

흉년이 들어 비는 것 세 가지라 한다 사당에는 제사가 비고 서당에는 학생이 비고 뜰에는 개가 없어지는 것

그러고 보니 그뒤의 긴 세월 이쪽의 1950년대 전란 속에서는
개가 씨도 없었다
전북 임실 오수에는 개가 불난 데서 주인을 살려내고 불에 타죽은 전설이 있음에도
그 오수에도 개 한 마리 없었다

두메 작은 지붕 아래 마당은
풀 우거졌고 풀벌레 소리뿐이었다
한갓 거친 들짐승이 몇천년 사람과
함께 살아오며 주인을 따르는 개가 되었는데
이 개가 없으니 또한 사람도 없게 되었다

아 사내 모진 사상에 혹하여 눈에 핏발 서서 떠나 죽어갔고 계집은 부황나 몸 팔러 가고 개울 건너 열한 가호 집집마다 텅 비었으니 삼공이 아니라 백공(百空)이었다
다만 그 집 중의 하나에 방금 칠십 노파 하나가
가쁜 숨 끝 이름 하나 부르고 숨졌다
광철아!

김도연

40분 담화중
33번이나
그런데 말씀이야
그런데 말씀이야
그런데 말씀이야

36번이나
그런데 말씀이야

둥근 구리달〔銅月〕 머리통
구리낯
구리 입술

민주당 구파 윤보선과 공연스레 배 맞은
김도연
일본 케이오오대
미국 컬럼비아대 다닌
경제학도
경제인

그러다가 조선어학회사건 2년간 감옥살이
해방 뒤 지주들의 정당 한국민주당 입당
제헌국회
초대 재무부장관

다시 국회
야당 민주당 구파

제2공화국 내각책임제
국무총리로 지명
국회인준 부결

신파 장면에게
정권을 넘겨주었다

자동차에 타면
차가
기우뚱

더이상 세상에 격조 없이 나타나지 않았다
뒤끝 정숙
후박잎새 낙엽이 벙어리로 지고 있었다

그런데 말씀이야
그런데 말씀이야
그런데 말씀이야

지복수

좌판 펴놓고
갈치
꽁치 수북이 쌓아놓고
쭈그리고 앉은 아낙
마흔두살

목 하나 쇠 박힌 듯 끄떡없었다
큼지막한 다라이에
생선 담아 이고
이 골목
저 골목 다니는 아낙
지복수
목 하나 돌 박혀 끄떡없다

집에 가면 3남 4녀 우르르 몰려들었다
이것들 앞
슬퍼한 적 없다
이것들 뒤
노점상 철거반 와도
두려워한 적 없다
비바람 치는 날 공쳐도
투덜댄 적 없었다

그냥 큰 바다 한가운데

거기
텅 빈 마음 하나
탁한 울음소리 갈매기도 없었다

4월 19일
큼지막한 다라이에
돌멩이 담고
부지런히 날랐다
데모대 투석전
돌멩이를 대고 있었다

저녁 무렵
부산진경찰서 옥상에서
날아온 총알
다라이를 맞혔다
방금 다라이 이고 일어난
아낙을 맞혔다
돌멩이들 와르르 쏟아졌다
아낙의 몸
길게 뻗었다

어떤 청년

태평로 국회의사당 거리
시청 앞
서울역 앞
종로
세종로 거리

수백개 횃불들 춤추며 소리치며 티올랐다
횃불데모는 흉흉했다
장면 정권 타도하자
횃불데모는 섬뜩했다
4월혁명 배신했다 그놈이 그놈이다
횃불데모는 공포였고 또 공포였고 그다음의 불안이었다
북으로 가자
남으로 오라

횃불데모 이틀째 참가한 청년 현중구
이제 그는 제기동 목수의 아들이 아니라
고교 중퇴 실업자가 아니라
태평로의 혁명가였다
횃불데모 맨 앞에서
우렁우렁한 구호 외쳐댔다

지정구호 말고
즉흥구호 마구 외쳤다

장면 정권 타도하자
그놈이 그놈이다
중앙청은 우리 것이다
중앙청으로 가자
중앙청으로 가자

한 혁신정당은 그를 설득했다
현동지 우리와 함께
나라와 민족을 구해냅시다
한 혁신정당은 그를 반대했다
안되오
저런 맹목적인 자
저런 난폭한 자는
반드시 우리에게 해가 될 것이오

그러나
그는 밤이면 나타나 외치고 외쳤다 장면 정권 타도하자

종로 3가의 소리

이 쌍놈으 새끼
씹값 떼어먹고 튀는 새끼
이 쌍놈으 새끼
지 에미 씹구멍으로
도로 기어들어가 숨막혀 뒈질 새끼

치사한 새끼
떼어먹을 게 없어
씹값 떼어먹고 사라진 새끼
이 쌍놈으 새끼

뭐 오줌 싸고 와서
한 번 더 하자고
이대로 꼼짝 말고
누워 있어 어쩌고저쩌고

더러운 새끼
속여먹을 게 없어
나를 속여먹어
이 쌍놈으 새끼

제 애비 좆
썩어문드러진
그 좆으로 낳은 새끼

이 쌍놈으 새끼

네놈의 새끼
네놈의 여편네
네놈의 자식들 다 뒈져라
이 쌍놈으 새끼

종로 3가 단성사 골목
이렇게 욕 퍼붓는 한밤중이 숙연하다
창녀 우옥자
그네 얼굴 뻬어난 미모
나이 25세
어디서 이런 짙푸른 욕이 나오나 숙연하고 숙연하다

최봉옥

삯바느질로
아들 하나
딸 둘
닭벼슬처럼 길렀다
맨드라미벼슬처럼 길러냈다

홀어머니 최봉옥

네 식구 둘러앉아
밥 먹을 때 힘이 났다
벽에 건 사진틀
내려다보고 있는
사진 속 남편을
잠시 올려다본다

딸 시집가는 날
딱 한번 울었다

4월 19일
삯바느질 일손 놓았다
이승만
이기붕 찍은 것 후회했다
북부산경찰서 앞거리로 나갔다
다른 아낙들과 함께

외치고 외치고 외쳤다

부정선거 무효다 부정선거 다시 하라

경찰의 총탄 그네 몸을 뚫었다 즉사
그네 옆
다른 아낙의 몸 뚫었다 즉사

저무는 충무로

전쟁이 나면
가장 먼저 튀는 놈들은 지식인이다
혁명이 나면
가장 먼저 사라지는 놈들은 지식인이다

그뒤 혁명의 거리에
가장 먼저 나타나는 놈들은 지식인이다
무지렁이들
일자무식 머저리들의 주검 널린 그 거리

놈들은 혁명을 찬양하고 혁명의 논리를 만들어낸다
할렐루야
놈들은 혁명을 벌써 제것으로 만든다

결국 놈들은 혁명을 모독한다 혁명을 배반한다

1961년 3월
벌써 1년 미만으로
혁명은 없어져가고 있다
서울 충무로 입구 주점 오스카
그 술집 한구석 벽에 기대어 음독자살한
계영제 군
신흥대 아니 막 이름 고친 경희대 야간부 학생
종잇조각 낙서가 유서였다

두 번의 데모 속에서
나는 도망쳤다
네 번의 데모 속에서
내가 밀려났을 때
앞으로 나아갔던
내 친구 안진호 군
이제라도
그대의 뒤 따르겠다

만 인 보

23

萬人譜

장영옥

자동차 운전사였다
그날
거리에 있었다
그날
거리에서 쓰러졌다

차주는 다른 운전사를 구했다

누군가가 이 반생의 생이야말로 허무가 아니라 한다

어느날 밤

조선 태종 말년 해마다 왕가뭄이었다
속수무책
궐 안 교태전 뜨락
배롱나무가 죽어
영영 꽃피지 않았다
열두 길 우물이 말라 하늘이 내려오지 않았다

궐 밖 공중의 솔개 휑하니 굶었다
땅의 백성 휑하니 굶었다
혹은 죽고
혹은 솥단지 지고 허기져 어디로 갔다

경상도에서 쌀 한 됫박 싸움으로
아우가 형을 죽였다
전라도에서 제삿날
남의 뒤주 열다가 옥방에 갇혀 목맸다

온 나라가 더욱 흉흉했다 새들도 어디로 갔다

왕은 잠 못 이루어
쌀 미(米)자 7백자 썼다
중전이 울었다
상선이 울었다 숙직 궁녀가 울었다

지난날 피로 얻은 과인의 왕위
선양하리라

먼동 텄다 여봐라 동궁 들라 하라

몇해 만이냐
비가 왔다
허나 비가 오다 말았다

여봐라 동궁 어서 들라 하라

조상매

아직도 전라도 옥구 들녘
이런 가풍 진득이 남아 있구나 오늘이 소스라져 어제로구나
아들 엄익수가
다른 집 논물 빼돌린 죄로
아버지 엄태우가 나서서 벌받았다

갓 쓴 집안 어른
엄창길
엄명길
엄홍섭 세 분께서
번갈아
망건 쓴 엄태우의 궁둥이를 쳤다

조상께 무슨 면목이뇨
영월 엄씨 문충공파
이 무슨 면목이뇨
태형 30대

아버지 엄태우의 궁둥이 고약 붙여 싸맸다

밤 이슥도록 소쩍새 울음소리 그칠 줄 모르고
밤 이슥도록 엄익수 피울음 그칠 줄 몰랐다
엄익수의 아내도
머리 풀고 울었다 강울음 울었다

아버니임
아버니임
아버니임
아버니임

최봉옥

살 만큼 살았네그려
고생할 만큼
고생했네그려
내가 흘린 눈물만은
어느 부자 곳간 부럽지 않았네그려

내 나이 마흔아홉
바늘귀에 실 저절로
들어갈 만큼
삯바느질
반평생을 살았네그려

부산 좌천동 최보살 바느질 내 바느질 세상에 좀 알려졌네그려

뱁새가 학이 되나 날개 편 솔개가 되나
해마다 초파일 밤
선암사 일주문 밖
연꽃등 하나 달았네그려

4월 19일
북부산경찰서 앞
나도 나섰네그려
아무리 밤으로 낮으로
바느질 앉은뱅이 노릇이지만

이날만은 벌떡 일어나
거리로 나갔네그려
학이 되었네그려
솔개가 되었네그려

거기서 여봐란듯이 쓰러졌네그려
시집간 딸
사위
어린것들이 달려와
울부짖는 소리도 들을 수 없네그려

지복수

어디 학생들만 데모꾼인가요
마흔둘
3남 4녀 어머니
나 지복수도 한번 나서야지요

나야
순찰원에게 쫓기는
노점상 아낙이지만
한번쯤 옳다는 일에 나서야지요

4월 19일
학생들이
경찰의 최루탄과 실탄 맞서
돌을 던질 때
큰 다라이에 돌을 담고 이고 날라야지요

부산진경찰서 옥상에서
마구 총을 쏘아댔지요
나 지복수도 죽어야지요
스무살 딸
네가
동생들 잘 길러라

나 지복수도 죽어야지요

이 세상 봄날
개나리꽃
목련꽃 볼 만큼
보았으니

나
장일남
장이남
장삼남
장필숙
장인숙
장현숙
장미숙의 이 서푼어치 에미도
한번 죽어보아야지요

어느 방

저 서대문거리 작은 경무대 부근 불길이 솟고 있다
영천 종점에는 전차가 올 수 없다

영천 비탈 창녀생활 8년째

세상이 뒤바뀌고 있다
큰 경무대 이승만
서대문 작은 경무대 이기붕의 시대가 가고 있다

그 집 여자
창녀생활 8년째

여자 대꾸하되
이름? 이름은 알아 뭣하게

고향? 고향을 왜 물어? 내 고향은 위대한 대한민국이여

여자 명령하되

어서 벗어

빨랑 싸라구 피스톤질해봐야 나 불 안 나

여자 알몸 사내 알몸 얹혀놓고

큰대자로 벌렁 누웠다
사내는 진지하다
진지하다
여자는 심심파적 오른손 손가락 폈다 꼽았다 한다
한참 뒤 숨찬 사내가 물었다

지금 뭐 해

여자가 대꾸하되

나 곗돈 계산해 말시키지 마 어서 싸

사내는 몸 빼내어 방바닥에 백수 몇방울 쏟아버렸다
일어나버렸다

이홍수

아버지가 야당 민주당원이었다

서울대 문리대 3학년 중퇴
육사 8기
국방부 정보과
김종필 동기

그러나 그는 육군소위로 제대한 뒤
을지로
종이가게에 다니고 있다

평범밖에 아무것도 없었다
평범한 낮
평범한 밤

아내
두 아들

4월혁명의 거리에 평범하게 몸 바쳤다
어디에나 평범하게 아니 평범하지 않게 생과 사 있다

국가보안법 위반 제1호

1958년
무술경위 3백명이
국회 본회의장에 들이닥쳤다
단단한 몸뚱이들
단단한 손아귀들 단단한 이두박근들이다

국가보안법 결사반대 농성
그 야당의원들을 병아리처럼 낚아채
밖으로 내던졌다
그런 뒤 국가보안법
한희석 부의장이 의사봉 땅땅땅 쳐 통과시켰다
모든 신문들도 반대했다
모든 지식인들도 반대했다 개탄했다
다음날 아침 경무대 식당에 앉아
이승만은 빙그레 웃었다

1959년 4월 3일자 경향신문 사회면
1단 기사가 났다
'간첩 하모(河某) 체포'
아무런 논평도 없는 짤막한 기사가 났다

이 기사
이제 막 통과된 국가보안법 이적행위 조항 적용
이 기사로

체포된 간첩과 접선할
다른 간첩을 놓쳤다는 이유
그 이유로
경향신문 사회부 기자 어임영 정달선이
편집국에서 잡혀갔다
다음날 사회부장 오소백이 잡혀갔다
주필 이관구가 끌려갔다
4명 구속송치
경향신문사는 난장판
아니 경향신문은 아예 사라져버렸다
소공동 사옥 정문이 닫혀버렸다

4월혁명 이후에야
그 경향신문은 다시 살아났다

명동 칠성옥
석방된 어기자 정기자가 목을 축였다
그동안 자네 모친 세상을 떠나셨더군
말 말게 나와보니 집안이 쑥대밭 되었더군
자 이제 간첩기사 말고 특종 하나 터뜨리세나

에잇 그놈의 천년만년 국가보안법 언제나 없어지려나

쉿

황규직

서울 문리고등공민학교 3학년
졸업하면
군납 건빵공장 다닐지 몰라
그 공장 영선계 수리반장에게
이력서 보냈어

어머니는
4남 3녀 다 길러내시느라
뼈도 삭고
핏줄도 다 녹아내렸어

4월 19일 오후 다섯시 반
그 어머니의 둘째
황규직이 가슴팍 뚫렸어
백병원으로 실려갔지만
헛수고였어

형이 달려와서
규직아 규직아
죽은 아우
이름을 불러댔어

백병원 일대는
가로수가 거의 없어 나무그늘 없어 왜 죽었어

윤삼이 아버지

어찌 지네가 많은지
아이고 무서워라
어찌 노래기가
썩은 지붕에서 툭툭 떨어지는지

아유아유 징그러워라

윤삼이 어머니는 지네가 무섭고
노래기가 징그러웠다
그러자
막걸리 먹고 비틀거리며 들어온
윤삼이 아버지가
꽥! 소리를 질렀다

불질러버려
불질러버려
이놈의 세상 살아 뭣해
지네도 죽고
우리도 다 불타 죽어버려

이까짓 세상
살아줄 것 없어 없고말고

다음날 윤삼이 아버지

간밤 술주정 뉘우쳤는지
찬물 한 사발 마신 뒤 슬슬
윗집에 가서
사정사정
통사정
그 집 수탉 한 마리를 빌려다놓았다

며칠 뒤 지네 없고 노래기 없어졌다
배고픈 수탉이 다 찍어먹어
없어졌다

윤삼이 아버지는 윗집 수탉을 돌려주었다

한마디 가라사대
수탉 보약 잡수었으니
비싼 값 부르시우

윤삼이 어머니도 한마디
아이고
저놈의 영감도 징그러워
누가 안 데려가나 어느 암탉이 안 데려가나

궁녀 길례

고려 만월대의 새벽이야
닭이 울어서 연다
고려 만월대 충렬왕의 새벽이야
닭이 울어서 연다

마마께서는
아직 눈을 뜨지 않으셨으나
간밤 부름받은
궁녀 길례는 성은 입은 몸으로 깨어나서
꿈인가
생시인가
제 옷 속의 몸 여기저기 손대어보았다

이로부터 길례의 시대 연다

고려 만월대 궐내에서는 때를 알리는
수탉 일곱 마리를 키우고 있었다
진한 운우지정 뒤
닭 우는 소리 시끄럽다고
그 닭들을 다 없애는 길례의 시대 연다

더이상 고려 만월대의 새벽은 없다 긴긴 밤 있다

매린(買隣)

고조할아버님께서는
3대 이은 사동집을 내놓으시고
새로 양천으로 이사를 서두르셨다지요
사동집의 운이 다하여
장차 자손들이 곤하다 하여
이사를 서두르셨다지요

사실인즉 사동집 이웃에
청주 한씨를 원수로 여기는
여흥 민씨가 살고 있으므로
그 이웃의 독을 피하시려는 것이었다지요

고조할아버님께서는
여덟 번이나
양천마을을 돌아보신 뒤
양천 아랫말 김해 김씨 댁을 사들이셨다지요
그 댁 이웃에
고조할아버님의 마음에 꼭 드신
인동 장씨 형제가 나란히 살고 있으므로

나는 내 집을 사는 것이 아니라
내 이웃을 사는 것이니라 하셨다지요
내 집이 천금이면
내 이웃은 만금이니라 하셨다지요

한 세상 살아가되
원수 없이
사는 일
얼마나 어려운 일인가

한 세상 살아가되
이웃 없이
사는 것
사는 것이 아니라 하셨다지요

내가 네 이웃
네가 내 이웃
그래야 뜬구름도 이웃이 된다 하셨다지요

지금은 어디나 이웃 없는 사막

재회

강이 없었다면
어쩔 뻔했는가

달이 없었다면
국자별 북두칠성이 없었다면
어쩔 뻔했는가

아 이 세상에 포옹이 없었다면
어쩔 뻔했는가

전란 때 헤어진 뒤
다시 만난
두 사람

눈 맞으며 오래오래 포옹을 풀지 않는다
눈 내리는 날 없다면
어쩔 뻔했는가

눈 뒤집어쓴 진오식과 현상희

횃불데모

1960년 8월 제2공화국이 태어났다
장차 1년도 넘기지 못할
민주당 신파의 정권
9개월짜리
내각책임제 장면 정권이 태어났다
기뻐해야 하나
슬퍼해야 하나
혜화동
총리의 부인은 웃었다
혜화동
총리의 집 개는 웃지 않았다
국무총리 숙소는 반도호텔 특실로 옮겼다
축하해야 하나
탄식해야 하나
밤 열시 반도호텔 스카이라운지
미국대사관 영사가 드라이마티니를 마시고 있었다
다음날부터 국무총리 비서실에는
취직 부탁
감투 부탁
각종 청탁이 쏟아져들어왔다

세종로
태평로 거리는
날마다 데모로 넘치고 넘쳐흘렀다

무슨 대표
무슨 대표
머리띠 두른 대표들
날마다 총리 면담 공갈협박으로 요구했다
총리 부인은 웃음이 없어졌다

몇달이 이렇게 갔다
드디어
시위규제법
반공특별법 제정
국무회의 각의를 통과했다
그러자마자 그날밤 일곱시부터 횃불데모가 시작되었다

태평로 소방서 5층 망루
숙직소방관 염길우

마누라 천식 걱정
시집가서
소박맞고 돌아온 딸 걱정
외아들 야간대학 입학금 걱정
그러다가
시청 쪽에서 오고 있는
태평로 횃불데모 횃불을 보고
소스라친다

나라가 망하는구나

집안 걱정 어디로 날아가고
오로지 나라 걱정 하나
나라가 망하는구나 횃불로 망하는구나
불이야 불이야

김태석이

1919년 8월 30일
총독 하세가와가
조선의 3·1운동을 진압하고 본국으로 떠났다
새로 온 총독 사이또
이른바 문화정치를 내세웠다
아쭈
문화라
아쭈
문화정치라

종로경찰서는 고문경찰서

순사부장 미와(三輪)
형사 김태석
하나는 일본인
하나는 조선인
둘은 경쟁하고 둘은 협동하고 둘은 각각 따로 놀아난다

사이또를 죽여야 한다고
저 극동 블라지보스또끄
항일애국단체 노인단에서
수류탄 휴대한
강우규를 서울에 보냈다
이 사실을 탐지한 김태석이 속으로 부르짖었다

야! 이 새끼 미와 부장
너는 안돼
내가 해치워야 돼
조선인의 피는 조선인의 손으로 씻어줄 터
내가 잡아다가
내가 처치해야 돼

김태석이 강우규 일행 사전 검거
총독부 경무국의 표창장을 받았다
신났다
신났다
이로부터 김태석
독사 미와의 맞수
독사보다 더
독사가 되어갔다

6·10만세사건
105인사건
화요회사건 등
그의 고문은 쉬는 날이 없었다

고문 없는 날
물고문

전기고문 없는 날
김태석은 지옥이었다 동대문 밖 생간 먹으러 간다

그날밤 종로 2가 빠 야자수 여급 나오꼬의 밤
발기가 안되었다
낮의 고문기술은 펄펄 살아 있는데
밤의 성능은 죽어갔다
김태석의 고문은 더 잔인했다 초다듬이 고문 다음 바로 성기 고문으로 이어간다

금홍

이상의 소설 「날개」 속의 금홍
그 금홍 말고
버들의 도읍
풍류의 도읍 평양의 권번
그 화류계에서 이름 떨치는 금홍
명기 금홍

1923년 서울로 와
장안의 사내들
침을 꿀꺽꿀꺽 삼키며 모여들이나

숱한 신사들
숱한 부자들
숱한 사각모의 유학생들 모여들이나

어느날 청년 장택상의 차지가 되어버렸다

장택상은 누구더냐
조선 말
할아버지는 형조판서
아버지는 관찰사
그뒤 나라 없어지자
칠곡갑부 장승원으로 떵떵거렸다

독립군자금 준다고
만주에서 파견된 두 젊은이
집으로 불러다가
대기시킨 대구 고등계에 넘겨주고 떵떵거렸다

그 장승원의 아드님 장택상
13세에 결혼
15세에 상처
다시 재혼했다가 이혼
나이 서른 넘어
금홍을 만났다

상하이로 건너갔다가
영국 에든버러대 유학에서 돌아와
천정배필 금홍을 만났다

술상머리에서
안방으로 들어온 금홍

해방 뒤
수도청장 부인
외무장관 부인
국회부의장 부인
국무총리 부인

국회의원 부인

한때 미국은
반공포로 석방의 이승만 대신
영어 능통
사교 능통
장택상을 대통령으로 내세우려 했다

그러나 금홍
대통령 영부인까지는 이르지 못했다
1960년대
금홍 할머니 아직껏 우아했다
본명 김연식

임기택

하숙집 주인 신명균 씨는
하숙생 넷 중
임기택 군이 좋았다
마누라더러
임군 밥상에는
꽁치 한 마리만 놓지 말고
두 마리 놓으라고 일러놓는다
퇴근하면
임군하고 장기를 둔다

말은 느려터지면서
졸 찌르기는
쌕쌕이 제트기 모양이로구나
이런 빈정대기에도 정이 수북 담긴다

4월 25일 저녁 그 임군이
하숙집 아들 현식이한테 말했다

나 서대문 가서
이기붕 없애버리겠다
이기붕 없애버리고 나서
경무대로 가서
이승만 노인 없애버리겠다
너도 서대문으로 오너라

임기택 군
마침 찾아온 친구들과
하숙집을 나섰다
세상은 살벌하였다

4월 26일
하숙생 임기택 군 돌아오지 않았다

하숙집 주인 신명균 씨가
병원을 찾아다녔다
수도의대병원
서울대병원
진내과의원
세브란스병원

세브란스병원에 그의 시신 누워 있었다

충남 서천 출생 본적 예산
24세
충남 서산농고 졸
1960년 3월 육군 제대
아직 직장 없음
임기택

지영헌

영헌형
나 박우성이야
형의 동생 우성이야
형이랑
흑석동 시장 목포집에서
막걸리 한 말 들여다놓고
결의형제의 밤
한잔
한잔
또 한잔 주고받았지

그 다음날부터
지영헌과
박우성은 형제였지

그런데 하필이면
4월 19일 그날
나는 다리를 삐어 병원에 가고
형은 학우들과
정문을 뛰쳐나갔지
한강 건너
삼각지
서울역 앞
경찰 저지선을 뚫고 나갔지

오후 두시 반
경무대 바리케이드로 달려갔지
밀려나
중앙청
자유당 당사 지나
밀리고 밀려나
을지로 2가
내무부 앞 연좌시위였지

그 거리에서
날아온 총탄 맞았지
두부 중상
대학병원 후송중 숨졌지
중앙대 법정대
신문학과 2학년
지영헌

그날 오후
나는 형 없는
제2공화국을 살았지
형 없는
군사정권
제3공화국을 살았지

형의 고향
단양에 갔지
단양 도담삼봉
바라보며
형 없는 막걸리
다섯 되를 마셨지
목청 찢어지게 노래 불렀지
씨팔
동해물과 백두산이 마르고 닳도록

김태년

고향의 밤 무심천 풀벌레 소리를 녹음했다
녹음이란 소리를 가두는 것이 아니라
녹음이란
녹음이란 소리를 담아
오래오래 그 소리를 섬기는 것
민요 전공 국어선생님의 이런 말씀이 귀 안에 있다

귀뚜라미 소리도
봄밤
소쩍새 소리도 녹음했다
늦봄 개구리 울음소리
그 웅장하고
치열한 울음소리도 녹음했다

청주고등학교 시절
그 이래로
태년은 녹음기가 그의 짝꿍

중앙대 약학대학 약학과 학생 김태년
약리실보다
제약회사 견학보다
흑석동 한강 뱃사공
사공의 늘어지는 노랫가락 녹음으로
해가 졌다

갓난아기 우는 소리도 녹음했고
당숙의 욕설도 녹음했다

4월 19일
학우들 따라
데모 속
데모실황을 녹음했다

경찰 무기고 근처
녹음기는 쉬지 않고 돌아가고
그는 M1 직격탄 맞았다

시인이 되는 것이 꿈
세상의 모든 소리들 하나하나
시인의 영혼 안에
녹음하는 것이 꿈

스물한살
누구의 장손
누구의 장자

이수돌의 낙서

흙벽집 방 한칸
짚 두른
부엌 반칸
그 오두막에서 억새같이 갈대같이 자랐어
이수돌

열네살 때
중뜸 전진사 댁
아버지 따라
안사랑채 화초담 쌓으러 갔을 때

주인댁 아들
야
너 인마
너는 네 이름이나 쓸 줄 아니?
너나 저 꿀꿀이돼지나
뭐가 다르니?
하고 비웃었다

그뒤로
서당 다니는 아이
어깨너머
천
지

현
황 배웠다

학교 다니는 아이
공책 보고
일본글 배웠다

해방 뒤
국문 배웠다

바깥벽에도
판자에도
굴뚝에도
방 안 벽에도
천장에도
부엌 조왕신 언저리에도

온통 글자로 채웠다
마누라는
그런 낙서 지우는 일 도맡았다
귀신 나오겠다
귀신 나오겠다
지우고 또 지웠다

남편 수돌 영감은
쓰고 또 썼다
저녁 냉갈에도
글자 쓰고 또 썼다
보름달에도
대낮 소나기에도 썼다
지긋지긋하게시리 글자의 종노릇이었다

민병록

어머니의 꿈속 산신령이 나타나시다 큰절을 올리다

그 태몽으로 충북 중원에서 태어나다
경기 오산중학생
서울 동북고 3년 민병록
그날 동북고 전교생 데모에 나서다
트럭 한 대 잡아탔다

트럭 짐칸에 우뚝 서서 외치다
부정선거 취소하라
자유당 물러가라

총탄이 날아오다 트럭 짐칸에 민병록 쓰러지다
그 트럭이
병원으로 달려가다
이미 죽어 있다

트럭이 다시 돌아오다 다른 녀석이 타고 외치다
이승만 심판하라
이기붕 체포하라

이상하다 여기저기서 죽어가는데
이상하다 여기저기서 죽음이 두렵지 않다
외치고 외치다

김영기

안병무 교수의 강의에 사로잡혔다
중앙신학교
허술한 단층 강의실
삐거덕삐거덕 밟히는 강의실 마룻바닥
그러나
키르케고르 실존철학
고독이
코스모스 소녀들의 것이 아니라
그의 깊은 고뇌의 핵이 되었다

안병무 교수의 향기에 취했다
미국 구호물자에만 눈독 오른 목사가 아니었다
입만 살아 있는 장로가 아니었다
진실
순결
박식의 자유 넘쳤다
그러나 그 안교수는 곧 독일로 갔다

김영기
저 금강 기슭 들녘에서 태어난
신학생
안병무 교수의 강의 다시 듣고 싶은 신학생
고교생 향토학생반 조직
농촌운동의 소년

이제 그는 4월혁명에 나선 청년이었다

서울시청과
서울신문사 사이
4월 19일 오후 네시
경찰 카빈총탄이
그의 심장 뚫었다

피 폭발
피투성이
김영기의 주검 짓밟혔다
피투성이
김영기의 주검 실려갔다

한 이름 없는
신학의 시작이 끝
교회신학이 아닌 거리신학
이름 없는 4월신학

101세 광대

길어올려 숨을 쉬었다
숨 하나가
두레박에 매달려 아득히 길어올려야 한다
그 숨 놓으면 저승이고
그 숨 길어올리면
아직 이승

백한살의 광대 할멈 기춘녀 할멈

조선팔도 방방곡곡 다니며
줄타기
줄 타고 춤추기
그 얼마더뇨

내 발바닥
내 손끝 그대로 이어져

내 아들
내 딸
내 손녀손자로 이어져
줄타기
그 얼마나 든든하더뇨

역병 돌아

이런 내 아들딸
내 손녀손자
역병으로 다 죽은 뒤
그 얼마나 가슴 쥐어뜯었더뇨
그 얼마나 푸른 산들 미워했더뇨

세월이 무덤이었다 다 묻었다
원한도
한도
떠도는 날들의 외로움도
세월이 하나하나 묻어주었다

이제 몸 제대로 가누지 못하며
죽기만을
어서
어서
눈감고 숨 놓기만을 기다리는데
죽어
아들딸
손녀손자 만나기만 기다리는데

이 무슨 난데없는 기러기새끼들인고 왜가리새끼들인고
어린아이들이
할머니

광대할머니더러
춤 가르쳐달라 졸라댄다

끄응

백한살의 몸 일으켜서

덩실!
하고 두 팔 뻗어보니
어깨뼈 속
춤사위 들어
덩실덩실
춤이 되었다가 만다

이 녀석들아 안되겠다
그러고는 누워버렸다
숨가쁘다
아직 이승
곧 저승

김영준

열아홉살
내 인생의 끝
내가 한 일이란
마산에서 태어난 것
마산고등학교 다닌 것

서울로 갈까
부산으로 갈까
어느 대학으로 갈까 망설이다가

1960년 3월 15일
마산시청 앞
시민궐기에 참가한 것

그 거리에서
경찰의 무차별 총격으로
쓰러진 것
쓰러진 채
실려가 씨멘트 바닥에 팽개쳐진 것

사흘 뒤
그곳에서 죽은 것

4대 대통령

5대 부통령 선거
그 불의
그 부정
거부한 것
내가 한 일이란 모래 한줌 미만 그것뿐

한정기

저녁바다는 찬란하였다
부안 곰소 바닷가
밀물진 밤
마당까지 밀물 끝 출렁거렸다
마당에서
잔챙이 밴댕이 잡아 금방 술안주가 되었다

곰소 바닷가
거기서 온 촌놈
정기란 놈

서울로 올라와
서울역 광장에 서서 울었다

울음 참고

낮에는 사환 노릇
밤에는 공부
화광고등공민학교 다녔다

얼렁뚱땅 곤로에 밥 짓는 것
얼렁뚱땅
배추겉절이 무치는 것
두 손에 익어버렸다

4월 19일
친구 윤상이
친구 칠룡이
친구 신호 들과
동대문경찰서 습격 데모에 나섰다

야
우리도
독재 무찌르자
우리도
부정부패 몰아내자

흉부 관통 즉사

친구들이
죽은 정기를 어깨에 들어올렸다

야
우리도
세상에 앞장서자

남재섭과 심혜옥

제주도 산지포

밤 뱃고동소리 들으면서
잠든 너를 바라본다

멀리 도망쳐와서 너는 이제 어엿이 내 아내이구나

돌아가지 않으리
돌아가지 않으리

구름 쓴 한라산 밑 귤꽃 피어 있구나 돈벌이 나서야겠구나
두 몸 꽁꽁 묶어 두 마음 누벼 여기 살리 곧 아기 낳으리

동굴대궐

1961년 겨울
국가재건최고회의가
공산당 때려잡는다고
제2공화국
혁신계 다 잡아들일 때
김철문이도
잡혀가
콩밥 1년 반 먹고 나왔다

그 김철문
세상에 대고
욕 퍼부어댄 뒤

서해 망해사 근처를 은둔처로 삼았다

꿈속
공중에서 대궐 한 채 내려왔다
다음날
바닷가 돌다가
문득 동굴 하나
아무도 모르는 동굴 하나
그 동굴 앞에 초가삼간을 지었다
뒷문 열면
동굴이 앞문 연다

여름은 우렁우렁 시원하고
겨울은 다사로웠다
동굴방에 건너가
『금강경』을 읽고
동굴 앞
초가삼간에서는
뱅어회에
소주를 마셨다 팔자 좋구나

박정희는
최고회의 의장에서
대통령이 되었다
윤보선이
그를 면장이라 했다

웅얼웅얼
동굴 안
이윽고 『금강경』 만독(萬讀)을 넘었다 끄떡없이 박정희가 대통령이었다

조선관

불혹이라 했다
허나 이 세상에
불혹 없다
허나 불혹의 나이
마흔한살 조선관
지난날 중학교 교사 노릇 하다가
교실이 싫어졌다
교실 칠판이 무서워졌다

꿈에도 칠판이 나타나서 도망치다가
꿈 깼다

교사 노릇 작파하고
누구의 권유로
주사기 제작소를 차렸다
더이상 칠판이 나타나지 않았다
새로 생기는 병원마다 주사기를 공급했다

4월 19일 낮 열두시경
종로거리 지나다가
경찰의 발포로 하필 총알을 맞았다
복부 관통
피범벅으로
무교동 김성진의원으로 실려갔다

응급조치
다시 서울대병원으로 실려갔다 가다가 숨졌다

무슨 죽음인가 무슨 삶인가 이 무슨 지구 위 소꿉장난인가

이승만의 개

이승만에게는
미국에서 건너온 개들이 있었다
그 중의 한 마리
짐 루카스

이승만이 중절모자를 쓰면
다음날 그도 중절모자
여름날
이승만이 파나마모자를 쓰면
다음날 그도 파나마모자
이승만이 미8군 사령관과 함께
중부전선 시찰할 때
야전 방한모를 쓰면 그도 방한모

1960년 3월
미국 워싱턴데일리뉴스 기자
루카스는
오직 이승만만이 주인이었다

3·15 부정선거 반대운동을
공산당이 주도한 것이라는 기사 보냈다
소년들을 데모에 내세운 것이
그 배후조종자의 증거라는 기사 보냈다
조직적 반란이라고

화염병이 경찰서 건물을 태우고
무기를 탈취하고
여당 국회의원 집에 불지르고
투표함을 파괴하고
모든 교통통신 시설을 절단한 폭동은
결코 자발적인 시위가 아니라고 기사 써 보냈다

어째서 아이젠하워는
이승만 4선 당선 축하를 하지 않는지 모르겠다고 써 보냈다

이승만은
오직 필리핀 독재자
대만 독재자
베트남 독재자 고 딘 디엠의 위로만을 받고
짐 루카스의 찬양만 받았다

이승만의 개 하나둘 더 있다
이승만이 떠나자
그들도 얼다가 녹다가 사라졌다

루카스도 사라졌다
한국에서의 비천하디비천한 영화가 끝났다

김영달의 막걸리

4월 18일 종로 4가 천일극장 거리에서
돌아가던 대학생들을 패댔다
반공청년단 깡패 쇠갈고리로 몽둥이로 삽으로 벽돌로 패댔다
세상의 분노가 터졌다
4월 19일 전국의 대학생들이 일어났다
세종로와 경무대 앞거리
대학생
고등학생들이 총 맞아 죽었다
세상의 분노가 터져나왔다

그때까지 한숨만 쉬던 대학교수들이 하나둘 일어났다
서로 오고 갔다
연세대 정석해 권오돈
서울대 이희승
고려대 이종우
성균관대 조윤제
임창순 등이 모였다

4월 25일 대학교수 2백58명이
서울대 교수회관에 모였다
선언문 기초
14개항 발포

이 시국선언문이 채택되고 쭈뼛쭈뼛 흩어지려 할 때

동국대 김영달이 벌떡 일어났다
긴급동의

선언문이나 내는 것으로는 안됩니다
우리 모두 폐회하는 대로 거리에 나섭시다

그러자 박수가 쏟아졌다 참을 수 없는 박수였다
곧장 플래카드를 만들었다
학생들의 피에 보답하라
그 플래카드를 폈다

거리에 나섰다
종로 4가
벌써 학생과 시민 8천명이 뒤따랐다
종로 화신백화점
1만명을 넘었다

계엄군도
경찰도 눈뜨고 서 있었을 뿐

저녁 여섯시 반
국회의사당 앞에 이르렀다
시국선언문을 낭독하고
만세 삼창

애국가를 불렀다

이로써 혁명은 국민의 것이 되어갔다

그날밤 교수 김영달은
막걸리를 마셨다

낭신도 한 사발 마시구려
하고
걱정하는 아내에게 권했다
목덜미 흉터도 뿌듯했다

박종표

꼭 다문 보랏빛 입술 살쾡이눈 그리고 빼갈 네 도꾸리
1미터 60의 낮은 키
일본 헌병 오장(伍長) 아라이(新井) 앞잡이 박종표
일제 말 동포 고문 및 고문치사 수십 건
해방 이후
마산경찰서 경비주임 박종표

1960년 3월 15일 부정선거 마산시위

학생 김주열이 얼굴에 최루탄 박혀 즉사
경찰서장 손석래의 지시로
그가 나서서
그 시체에
돌 여섯 개 매달아
마산 신포동 중앙부두 앞바다에 던져넣었다 가래침 탁 뱉었다

그 시체가 떠오를 줄이야
바다 밑 물속에 깊이깊이 가라앉았다가
매단 돌덩이들 빠져나가
시체가 떠오를 줄이야
하필이면
홍합을 잡던 노인의 눈에 발견될 줄이야
소스라쳤다
소스라쳤다

쇠갈퀴 끌어올렸다
낚배에 실었다
부둣가에 내려놓았다

죽은 고기가 아니라 죽은 사람이었다
김주열이었다
김주열이었다

김주열 시체가 떠올라 4월혁명으로 내달렸다

박종표
그는 이승만의 끝
그 자신의 끝이었다

대구교도소 사형수였다가 무기수가
일제시대 이승만의 끝이 그의 끝

이강희

어머니 어서 오세요
아버지 어서 오세요

내 동생
불쌍한 내 동생 강욱아 너도 어서 와

어머니 박마리아
아버지 이기붕
동생 이강석 이강욱의 피붙이 강희의 무덤이 입을 열었다

한밤중 망우리 위쪽
영화(榮華)는 가버리고
이슬같이
이슬같이
비로소 온 가족이 모였다

저 일제시대
콩나물장수였던 어머니
수판알 셈하던
저 국일관 회계였던 아버지
그 가난이 아름다웠다

해방 뒤
이승만의 비서로 시작해서

영화의 길이 시작되었다 허나 고명딸 강희를 잃었다
그뒤로 영화의 절정
그뒤로 영화의 파국

불쌍한 내 동생 강욱아 너도 왔구나

박찬원

장차 수판왕이 될 것이다
전국 수판왕
암산왕이 될 것이다

조흥은행이나
상업은행에 들어갈 것이다

장차 은행총재가 될 것이다

장차 재무부장관이 될 것이다
아니면 상공부장관이 될 것이다

장차 아버지 세계일주여행 보내드릴 것이다
어머니는 멀미가 심하시니
좋아하는 활동사진 많이 보여드릴 것이다
더이상 남의 집 빨래하는 일
남의 집 바느질하시는 일 없을 것이다
홀어머니 된
이모도
더이상 남의집살이시키지 않을 것이다
두 동생 S대학까지 보낼 것이다
재수 삼수를 하더라도 꼭 보내고 말 것이다

이런 미래 앞에서

경기상고 2학년
박찬원이 죽었다

혁명의 밤

송규석

경무대 앞
북쪽은 경찰 기동타격대
총구멍을
남쪽으로 고정시켰다
남쪽은 경찰저지선 바리케이드
시위대열이
그 가시철망 두른
장애물을 제거하였다

때가 왔다
자동차 위에 올라선
우람한 몸
송규석
중앙대 정외과 신입생
송규석
그가 태극기를
두 손으로 들어올리며
시위대열에 열변을 토하기 시작했다

들어라
짐승이 아니거든
귀머거리가 아니거든
내 말을 들어라

기동타격대에 열변을 토했다

왜 우리 국민이
이승만 대통령을 부정하게 되었는가
왜 우리 학생들이
이기붕 부통령 당선을
인정하지 않게 되었는가
그 대답은
독재정권에 있다
부정선거에 있다
왜……

이때 총탄이 송규석의 열변을 영영 중단시켰다

전한승

수송국민학교 6학년 전한승
4월 19일 광화문거리
경찰 발포
네가 쓰러졌다
수송국민학교 6학년 전한승

네 글씨는 늘 컸다
다 쓰지 않은 공책
국어공책
지리공책에도
빈 곳이 컹컹 소리내며 남아 있다

4월 26일
10만명의 데모에
수송국민학교 어린이들도 참가했다

국군아저씨들 오빠 언니에게 총을 쏘지 마세요

이런 플래카드를 든 어린이 데모가 나타났다

어른들의 데모
대학생들
고교생들의 데모가 그 어린 데모에게 길 비켜주었다

네가 쓰러졌다
네가 쓰러졌다

전한승의 어머니는 오직 전한승만을 기억하고
모든 기억이 없어졌다
오직 전한승의 책과 공책
전한승의 밥그릇
전한승의 옷만 기억하고
다른 기억은 없다

네가 입었던 옷
아직도 장롱 속에 차곡차곡 개어두었다
백일 때때옷
네살 때 옷
미운 일곱살 때 옷 열살 때 옷
네 까까모자 귀마개도 두었다
어림없다 다 태워버리라 하지만 어림없다

노희두

서울역에서 느릿느릿 가는 열차를 탔다
천안삼거리에서
빠른 열차는
대전으로 가고
느릿느릿 가는 열차는
온양
홍성
대천
장항에 이르러
허위단심
군산 앞바다 갯바람에 코 박는다

장항농고 졸업하고
동국대 법정대학 법학과 3학년
조금도 달라지지 않은
그 느릿느릿한 사투리
담 넘어가는 호박넝쿨 빼다박는다

웬일이여
웬일이여
속 깊은 노여움 끓어올라
그날 대낮 경무대 앞 바리케이드에 다가섰다
단 한번 그때는
느릿느릿하지 않았다

가슴에 구멍 펑 뚫렸다
독재를 끝내려고
생명을 끝냈다

노희두

어느 여중생

4월 19일 피의 화요일이 지났는데 그 화요일이 지나갔는데
대학생들이 죽었는데
고교생들이
국민학교 어린이가 죽어갔는데
아직 혁명은 오지 않았다

4월 26일 낮 동대문경찰서가 불타고 있었다
다시 학생들과 시민들
구두닦이 소년
동대문 장사꾼
경찰서를 향해 달려갔다
경찰서 옥상에서
무차별 사격의 불을 뿜었다
쓰러지고
쓰러졌다
피의 거리였다

그때였다 부근의 병원에서 한 여중생이 죽었다
임신 6개월
병원에서 낙태수술 뒤
자궁수축이 안되었다
출혈 극심
숨졌다

이 여중생의 부모 보시압
담당 여의사 매수
사망진단서 조작
4월 19일 시위 도중
경찰의 총 맞아 죽은 것으로 신고했다 혁명의 여중생 탄생했다

동대문경찰서 부근 전선이 합선되었다 찌지직 불꽃 튀었다

마누라의 일

1930년대부터 1960년에 이르기까지
그 긴 세월
한결같이 명주 바지저고리
가지색 공단 마고자
그 위에 명주 두루마기
명주 목도리
그 위에 웬 검정 모직 망또를 걸치면
과연 장안 풍류계의 표준 아니던가
누가 세어보니
술 백여덟 잔
아무리 대취해도
비 오는 밤길
어디 하나 흙탕물 묻히지 않고
집에 이르러
대문 여봐라 설렁줄을 무르춤 흔들었다

이런 풍류 영감 평생 시중드는 유대우의 마누라
밤 지새우는 바느질 정성
잿물 빨래 정성
숯불다리미 정성
갖은 정성으로 날저물었다

아침나절 간밤의 숙취 가라앉힐
술국 정성으로 하루를 시작

저녁나절 구김살 하나 주름 하나 없는
명주 두루마기
망또 차림으로 하늘 같은 영감께오서 집을 나가시었다

그렇게 화려한 풍모로
나가신 뒤
좀 한가한 그늘인가 했더니
아니었다
이번에는 시아버님 방에서
황급히
며느리를 찾는다

아가 나 또 일을 냈구나

요 위에 그만
똥 한 무더기 싸놓았다

이한광

1900년 경기도 화성 향남에서 태어나
서울에 붙박였다
무르익은 한시 풍류
절구 몇수 지어 불렀고
평시조 한 수 지어 불렀다
조선일보 교열부 내근기자
다음은
아예 술이 좋아
술도가를 차렸다
술도가를 닫았다

일제시기 사상가 이강익 이강국 형제와 서로 오고 가더니
해방 뒤 여운형의 건준에 드나들었다

서울 혜화동거리에서 여운형이 총 맞았다

오호 통재라 조선민족의 태양이 떨어졌도다
장차 이 민족 어디로 갈꼬
이 나라 어디로 갈꼬
서산을 바라보며 눈물 뿌리노라

그 잘 다듬은 카이젤수염 떨며 방바닥 치며
만장 하나 써들고
장례식장에 갔다

그날밤은
술 없는 날것
그날밤은 일체의 술과 색 넘어선
날것

아들 상면 육사 11기
북으로 갔다
딸 상환
북으로 갔다

전쟁 뒤
이강국 계열 숙청
북으로 간 아들딸 아오지탄광

이한광이야
그런 아픔 파묻고
겉으로는
언제나 돈 생기면
그 늠름한 풍채
기녀들이 뼁 둘렀다

허허 너는 새로 왔구나 옥향이 빼다박았구나 허허 내가 네 머리 얹어야겠구나

쎄단

1960년 5월
그 총탄 퍼붓던 거리
그 곤봉 날뛰던 거리
그 피의 거리에 신록이 왔다

신록의 가로수들도 살아남아
그 잿빛 거리 푸릇푸릇 물들였다

그 시위의 거리
이제는 아무나 걸어가는 거리로 돌아왔다
언제 이 거리가
계엄령의 거리였던가
죽음의 거리였던가
혁명의 거리였던가

아무나 오가는 일상이야말로 최고의 삶

그 태평로와 세종로
택시 몇대
관청 지프 몇대가 지나가고 있다
그 가운데
으리번쩍 쎄단차가 지나가고 있다

4월 18일 태평로 국회의사당 앞에서

고려대 반독재선언문 읽던 학생
그가 타고 있었다
옆자리에 어여쁜 여비서가 타고 있었다
신촌의 여자대학생

학생혁명은 혁명 직후
이렇게 망가지기 시작했다

거리의 학생들
더이상 강의실은 시시했다
더이상 지식은 시시했다
어느새 시대의 주역
뺑튀겨진 정치의 주역이 되었다

현실은 과장되고
현실은 저 밑창의 진실로부터 멀어져갔다

반독재선언문 낭독한 학생
행정학과 이긍철
그는 쎄단차에 타고 지나가고 있다
자유당 간부가 지나갔듯이
과도정부 장관이 지나가듯이
그가 지나가고 있다
어여쁜 여비서의 다리 사이 바름바름 거미손 얹고

자매봉

전북 옥구 영병산 밑
들녘이더라
천년 들녘이더라
들녘 끝이 만년 바다이더라

그런데 영병산 밑
나지막이
봉우리라 할까
언덕이라 할까

아흔 자쯤 여든 자쯤 되는
두 언덕이
마치 아가씨 젖무덤인 듯
봉긋
봉긋

하나는 좀 낮고
하나는 좀 높으니
석양머리 낙조 무렵
그 두 봉우리 불타는 노을에 물들어 눈부시더라

전쟁 뒤
그 두 봉우리를
자매봉이라 부르기 시작하더라

언니
동생 봉우리라 하더라

옥구 하제마을
의좋은 자매가
하루에 나무 한짐 해오면
할아버지께서 글을 가르쳐주었다
그 글재주로
어느덧 자매는 시도 지어
서로 주고받게 되었더라

그러다가
1950년 여름 폭격으로
언니 동생 죽었더라
다리 하나
팔뚝 하나 모아다
언덕에 묻은 이래
그 두 봉우리가
자매봉이 되었더라

무덤 속에서
자매는 서로 시를 지어
주고받고
주고받고 한다더라

옥구 시인 전옥배가
그 자매봉에 가서
저녁 낙조 속
군산비행장 비행기
착륙하는 것 바라보더라
내년쯤
자매봉을 깔아뭉개어
염전을 넓힌다 하더라
이로부터 벽지 개발 국력이 날로 신장된다 하더라

자매봉 따위
자매봉 전설 따위 아무 쓸모 없다 하더라

천인복

너 포항 영일만
가슴 넓은 바다를 두고 온
너

서울 을지로 그 궤짝 같은 방
서울프린트사 등사원

너 가슴 뜨거운
4월의 거리로 나선
너

처음으로 경무대 앞 당당히 앞서가다
거꾸러진
너

네 어머니의 통곡 속의
천인복 너

양대춘

서대문 교문동 한성이발관
이발사 대춘이
동료 창구와 함께
자취생활이었다

시인 양명문의 올백머리를 조심스레 다듬은 적 있다

1960년 4월 26일 저녁
동료 창구와 함께 퇴근

그날밤 서대문 네거리에 뻗어 있었다
세브란스병원으로 실려갔으나
죽어 있었다

동료 창구는 데모대열 속에서 살아 있었다
창경원에서 찍은
둘의 사진이 남아 있었다
그 사진 속
양대춘은 한쪽 손을 허리에 받치고 웃고 있었다
그뒤에는 동물원 철책
그 철책 가녘에 원숭이가 있었다

자취가 따분해지면
하루에 한번 밥 지어

저녁에는
찬밥을 더운물에 말아먹었다

나애심의 노래
「과거를 묻지 마세요」를
무척이나 좋아했다
나애심의 사진을
벽에 붙여놓았다

그 양대춘이 흙으로 갔다

이연하

김천고교 2학년 이연하 군
4월 26일
3·15 부정선거 규탄데모에 나섰다
김천경찰서 앞
총 맞았다

남아 있는 국민학교 여름방학 일기 중의 어느날

외갓집에 갔다
다림질한 새옷이
곧 구겨졌다
외할머니 생일날이었다
외할머니 70세
다 모여
사진 찍었다
펑! 소리에
사람들이 놀랐다

외할아버지는 기침을 자주 하셨다
큰외삼촌은 술을 마셨다
작은외삼촌은 문밖에 나가
담배를 피웠다
담배연기로 동그라미를 만들었다
매미가 울었다

매미가 울음을 그쳤다가 다시 울었다
어머니는 몇번이나 고기산적을 갖다주셨다
아버지는 작은외삼촌하고 화투 치셨다

나는 어서 집에 가고 싶었다
옆집 심홍자가 보고 싶었다
심홍자 목에는 점이 박혔다

김영호

어쩌자고 진작 살림을 차렸지요
고구마 같은 아내와
감자 같은
두 어린것 있지요

충북 영동에서
대처 김천으로 가서
하루 벌어
하루 먹는 살림을 차렸지요

고구마 땅속
감자 땅속
모르지요
10년 뒤
20년 뒤
아무도 모르지요

4월 26일
휴전선 이남 전국에서 데모가 일어났지요
김천에서도 일어났지요
김천경찰서 정문 앞
그 데모 속 김영호가 쓰러졌지요
도립병원 그날밤 숨 멈췄지요
아직 누가 누군지 몰랐지요

함장호

경북 안동 산골
몇해 뒤 성묘하러 갔으나
아버지의 무덤을
찾지 못했다
어머니는
죽었는지
살았는지 모른다
하늘 구름이 다 차지했다

고향 떠났다

영월읍내
일찍 해 지는 그곳
야간중학 다니다 떠났다

서울에 왔다
욕을 자주 먹었다
이 새끼
이 머저리새끼
이 병신머저리새끼 이 문둥이새끼

길에서
합숙소에서
자주 울었다

청량리
창신동 거쳐
청계천 판잣집 방 한 칸이
그곳이 함장호를 매친 듯이 받아들였다

이 머저리새끼 이 문둥이새끼

4월 26일
동대문경찰서 앞에서 총 맞았다
실려갔다
죽었다

이 병신머저리새끼의 생 끝났다

며칠 뒤 두 눈깔 뜬 동생 함영호가 왔다

임성희

영등포구 문래동 셋방살이 세대주 임성희 씨

남의 빨래 해주는
말더듬이 마누라와
한해 보내면
또 생기는 아이들
어쩌자고 아이는 자꾸 생기누

오직 밤만이
그들의 차지 아닌가
오직 깜깜한 밤만이
그들의 기쁨 아닌가
그렇게 생겨난 2남 1녀

두레소반 밥그릇이 늘 슬펐다
찌그러진 양재기밥
소금김치 몇가닥
간장이 슬펐다

고향 전주에서
공업학교 나오고
군대에 들어가
만기제대한
대한민국 남자 임성희 씨 잠바 하나 걸치고 살아왔다

빽도 없다
낮이고 밤이고 기차는 달린다
돈도 없다
하늘에는
처음부터 하느님 없다
일요일 교회의 종소리는 숨넘어가며 울려퍼진다

시청 앞 시위 참가
대한민국 남자 임성희 씨 거기 있었다
구호 복창
그리고 총알이 날아왔다 풀썩 짚다발 넘어졌다

손경호

서울역 광장 시위판
최루탄가스
자욱했다
펑펑 터져 퍼져가는
파란 연기 자욱했다
실탄 총성
무서웠다
차츰 무섭지 않았다

4월 19일 오후
서울역 광장 시위판
이제 흩어지지 않았다
물러나지 않았다
실탄 총성
이제 무섭지 않았다
누군가가 실려갔다
또 누군가가 실려갔다

열여섯 소년 손경호
홀어머니
명륜동 막다른 골목 삯바느질집 아들 죽어 실려갔다
서울은 분노의 도시였다 다가올 혼란의 도시였다

그러나 누구도 책임지지 않는 도시였다

뭣같이
뭣같이
스러진 무지개같이
삶과 죽음은
무책임이었다

소년 손경호의 주검 어디론가 실려간다

박춘봉

남산동 산동네 판잣집
스물일곱살
스물일곱살이면 뭘해
스물아홉살이면 뭘해
소금가마니
어깨에 져나르는 하루 저물면
어깨가
욱신욱신
스물일곱살이면 뭘해
스물아홉살이면 뭘해

4월 26일 낮 한시
영등포 연흥극장 앞 데모 속에 있었다
일 나가지 않고
데모 속에 있었다

영등포연합의원에 실려와 눈감았다
여기저기 몽둥이자국
가슴팍 칼자국

스물일곱살이면 뭘해
이제사 죽어 파리 들끓는 판잣집 지전(紙錢)도 없이 싹 벗어났다

이상관 과장

대한민국 외교부 통상국 통상과장
이상관 과장
아름다운 아내 윤지순 여사
아들 하나
딸 하나
그리고 사랑받는 개 해피
해피
해피 가족

드물게 공과대학 토목과 나와
드물게 미국 콜로라도 광산대 나와
덴버대 나와
돌아와
외교부에 들어갔다

대한민국 외교부 중견간부 34세

이런 사람이
4월혁명의 그날 하필 총에 맞아 죽었다
행복이란
얼마나 아슬아슬 이슬방울 풀 끝인가 먼 바다 까치놀인가

그 3천여명

1948년 8월 1일
박정희는 소령으로 승진했다 위스키를 마셨다
그해 가을
제주도의 도민 봉기가 있었다
그 봉기를 진압하기 위하여
여수 주둔 육군이
제주도에 건너가게 되었다
그때 육군 속의 남로당은
제주도 상륙명령 거부
여순봉기를 일으켰다
그 여수순천사태 진압을 위해서
박정희가
여수토벌사령부 작전장교로 차출되었다 위스키를 마셨다

우습도다
우습도다
그가 바로 육군 남로당 당책

그해 초겨울 그는 체포되었다

죽음을 앞두었다
그러나 그는 육군 속 남로당원 3천여명 명단을
방첩대장 김창룡에게 불었다
군내 남로당 조직망을 다 불었다

자신의 죽음 하나와
통째로 3천명의 죽음을 바꿨다

김창룡의 조건은 가혹했다
놈들을 잡으러 갈 때
박정희를 앞세워
그로 하여금
이놈이다
이놈이다라고 지적케 하라
이 치욕의 동지 배반 열 번 이상 시키라고
군 수사관들에게 지시

박정희는 열 번 이상
직접 동지를 하나하나
가려냈다

그런 뒤 그는 살아남았다 위스키를 마셨다
그뒤 3천여명의 명단 없애버렸다
그뒤 3천여명의 무덤도 파헤쳐 아예 없애버렸다 위스키를 마셨다

이현란

초가집 처마에는
고드름이 수세미새끼처럼 쪼르르 매달렸다
너도나도 포항 송도 과메기처럼 매달렸다
배고픈 아이들이
그 과메기를 따먹었다
동네 미친 총각이
장대 들고 다니며
집집의 고드름들
두들겨 떨어뜨렸다

제2공화국 겨울
박경원은 양구의 해골사단 사단장이었다
군장성 검소화 시책으로
난로 위 주전자 속
보리차로 손님을 대접했다
그러나 밤에는 조니워커 병나발을 불었다

그 박경원 소장이 대위이던 시절
1947년 가을 춘천
육군 8연대 경리장교이던 시절
그의 결혼식 신부 들러리에
이화여대 아동교육과 1학년생 이현란이 있었다
단신 소녀로
삼팔선을 넘어온 처녀

훤칠했다 청초했다 아니 화려했다
그 결혼식 하객으로 온 장교 박정희가 넋을 잃었다

매일 이현란을 찾아갔다
매일 이현란을 찾아가
사랑을 호소했다
마누라가 있고
열한살짜리 딸도 있는
박정희는
기어이 이현란과 살림을 차렸다
그녀가 달아날까봐
변소까지 따라가 지켰다

그러나 그녀는 지긋지긋한 밤 못견디고
박정희를 떠나버렸다
전쟁 직전
다른 남자를 만났다 아주 순하고 편한 안개 같은 남자였다

이장선 기자

4월혁명 뒤 날뛰는 자들 가운데
단연 신문기자
이승만 독재기간 내내
재갈 물거나
벙어리 꿀 먹거나 하다가

혁명 뒤의 무법천지
여기도 언론자유
저기도 언론자유

미군정 법령 제88호 폐지로
허가제가
등록제 되니

제2공화국 탄생 이후
전국 일간지 41개에서 389개
주간지 136개에서 476개
월간지 400개에서 470개
통신사는 14개에서 274개로 늘어났다

이놈도 사장이고
저놈도 편집국장이었다
이놈도 기자이고
저놈도 기자

수첩과 연필 가진 자는
모두 기자
일선부대에도 무상출입
전 사단장의
부정선거 파헤친다고
으름장 놓아
봉투를 받고
니나노 대접받고
슬그머니 돌아간다

경기공화신보사 기자 이장선
5사단 부정선거
전 사단장 비리 폭로하겠다고
현 연대장을 협박
금일봉을 받았다

기자 이장선 가로되
유대령 내 월급
준 것 고맙소

자유당 시절
부대 정문 밖 구멍가게 주인 이장선

그가 4월혁명 때
서울 갔다가
동대문경찰서 불타는 광경 보고
돌아와
동두천 의정부로 이사하고
4월혁명 투사라고 떠벌리더니
쌀 두 가마 바치고
경기공화신보사 기자증을 샀다
군부대와 양공주 포주 을러대어
자칭 월급도 타고 자칭 취재용 자전거까지 사들였다
잘나갔다

임용학

쉰살은 넘은 듯
막일꾼인 듯

4월 26일 밤
세브란스병원에 실려온 주검
다른 주검의 가족들 울음소리로
덩달아 외롭지 않았다
며칠 뒤
누가 와서 임용학이라는 이름을 불러주었다

아직 그 주검 누가 찾아가지 않았다
시시한 무관심
시시한 관심
시시껄렁한 타인들이 이 세상 태반

바람 왜 부노

국보 미륵반가상

사랑의 불로 타죽은
미친 사내
지귀(志鬼)
그가 죽어가며
바라본
여왕의 모습

미륵보살

오 천연(天然)!
유라시아 끝
7세기의 어느날 이루어진
천연!

국보 83호 금동미륵보살반가상
연꽃의 관 쓴
아니 부끄러운 듯
부끄러운 듯
무슨 말을 하려는 듯
아니하려는 듯

아직 다 자라지 않은 듯
숫된 소녀인 듯
속으로는 다 자라나

유연한 가슴 허리 잇는
한 오라기 걸치지 않은 벗은 몸매

턱에 손가락 끝 닿고
팔꿈치 반가부좌 무릎에 닿은 몸매 천연!

허나 3세기 전 미륵보살상은 남자였느니
코밑의 수염도 넉넉하고
물병도 들고 있었느니
그러다가 3세기 후
코밑의 수염 없어지고
하나하나
여자로 바뀌었느니 본디 천연 아님!

인도는 석가여래
중국은 용화세계 미륵불이라

황제를 불상에 탁(托)하고
불상에 황제를 탁하였느니

6세기 이래
반가사유상의 미륵
그것은
황실의 문명태후(文明太后)

풍(馮)과
영태후(靈太后) 호(胡)씨가
바로 미륵보살로 탁하였느니
여황제가 곧 여미륵으로 바뀌었느니

이 여미륵이
고구려 백제 거쳐
미륵하생(彌勒下生)으로
신라에 내려왔느니
선덕여왕이 곧
신라 미륵의 화신이었느니

신라는 장차 미륵불의 세계
용화세계일 터

이렇듯이 정치가 만든 싸가지없는 수작이
천년을 지나
천오백년을 지나 정치를 벗어나 오래오래 천연으로 남아 있느니

이 세상의 천연들이시여
그대들
무척이나 고단한 세월이었으니 불쌍하였느니

장경근

이승만의 사람
부산시대
사사오입을 고안한 사람
내무부장관
자유당 핵심세력
3·15선거 지휘자 장경근

각하께서는
대한민국의 원수(元首)
아니
한반도의 원수이시니
자신은
경기도의 원수라
자처하며
경기도 땅
여기
저기
생으로 빼앗고
헐값으로
사들이던
장경근

타고난 청동 머리
타고난 적동 솜씨

4월혁명 뒤
그가 3·15 부정선거 주범으로 구속되었다
사형 언도 대기

병보석으로
서울대부속병원 입원

처 강만순과 함께
그해 11월 13일 감쪽같이 사라졌다
일본으로 건너갔다
일본 동경제국대 동창들의 지원으로
일본 체류

다시 신변이 불안하다
태평양 건너
남아메리카 브라질로 갔다
70년대 말에야 시시하게 타관살이 작파하고 고국으로 돌아왔다 곧 죽었다

박지수

피난지 대구에는 피난 시인들
출출한 뱃속에
한 사발의 막걸리를 담았다
대구역전 향촌동 안쪽
살구나무집
버드나무집
막걸리 한 주전자로 기고만장

그런 시인들 틈에 어쩌다 끼여 있어 눈에 띄지 않은 사람
오래된 안경 속
어진 짐승 눈
웃으면 관자놀이 주름살
부챗살

시인 박지수
눈에 띄지 않는 시 몇편
호주머니에서 나왔다 들어가 있다
키는 지난날의 백기만보다 크구나
오늘날의 박훈산보다 크구나 허수아비보다 크구나

그가 제2공화국 시대 대구교원노조에 참여
저 대구교원노조사건
경북교원노조 1천5백명
대구역전 단식농성에 앞장서 들어갔다

합류한 경북고 학생 1천8백명도
이불 가지고
단식농성에 들어갔다

이윽고 대구시내 중고생
1만 4천명
연좌농성에 들어갔다

순하디순한 시인
순한 교사 박지수가
그 단식농성 한복판에 섰다

다음해 5월
박정희 쿠데타로
그는 잡혀가
철창에서 고문당했다
앙다문 입 벌려 울었다
울다가 잠들었다
온몸 보랏빛 멍들었다 안경이 없어졌다 누가 누군지 몰랐다

유도 6단

1960년 8월 23일
제2공화국 각료 13명이 출범한다
민주당 신파 10명
구파 1명
무소속 1명
원외인사 1명

신파는 조용하다
구파는 외쳐댄다
구파 정헌주가 신파 총리의 교통부장관으로 임명된다

그날밤 구파 당원들이
정릉
정헌주의 집으로 몰려왔다
'배신자!'
'배신자!'
'더러운 배신자!'
'가롯 유다 정헌주!'
밖에서는 구호가 외쳐대고
방에서는 가족이 벌벌 떤다

다음날도 국회에 출석한
신임각료 중
정헌주가

구파 의원의 공격을 받는다
신상발언에 나선
정헌주
자신이 속한 구파에게
불만을 털어놓는다

그러자 유진산이 '후안무치한 자!'라고
욕설을 퍼붓는다
양일동이 '변절자'라고
욕설을 퍼붓는다
조영규가 '더러운 배신자'라고
고함을 친다

정헌주의 멱살이 잡혔다
그때 맹수처럼 뛰어든
구파의 이경 한술 더 뜬다

유도 6단 억대우 이경
전남유도회 회장 이경
대번에 정헌주를 들어올려
허리치기로 눕혔다

신파 김재순이 달려들었다
난투극 장관

방청석에서 박수소리가 난다

유도 6단 만세
이경 의원 만세
정헌주 장관 만세는 없다

이런 날들이 시도 때도 없이 이어지는 제2공화국의 대낮

이석제

군대는 부정부패의 소굴
콩나물대가리도
뜨는 둥 마는 둥
그런 콩나물국 급식에 이르기까지

군단장이 떼고
사단장이 떼고
연대장이 떼고
대대장이 떼고
중대장이 떼어먹고

중대의 3소대 졸병들이야
도레미파솔라시도
콩나물대가리
뜨는 둥 마는 둥

어디에 왕거니가 뜨나
돼지고기 비계 한 점
어디에 뜨나

군대는 부정부패의 체계
과연 군대는
준장 봉급으로도
세 식구

네 식구 살아가기 어렵도다

대령이
부대 보급품에서 퍼낸
쌀자루를
어깨에 메고
부대를 나오는 풍경
진급하려면
고향의 소 팔고 논 팔아야
대위 하나
소령 하나에
논 몇마지기 값이 먹여졌도다

이석제
1952년
해묵은 중령이
1962년에도 십년 내내
중령이었다
팔 집도
팔 논도 없었다

육군대학 교육받는 시절
아내와 자식들 굶었다
더이상 군인일 수 없다고

고시공부에 매달렸다
그러나 3·15 부정선거
4·19혁명 뒤
쿠데타에 뛰어들었다

중세 고려 무신란이 현대 무신란으로 이어졌다
굶주리고 버림받으면
총을 든다

이석제
쿠데타 이후
정부의 총무처장관이 되었다 식구들 배가 불렀다

김명시

그녀 칠흑의 눈동자 빛 뿜는다
늘씬하다
사나이들의 가슴속에서 불이 난다
사나이들의 입에서 한숨이 나온다
1925년 공산당원
모스끄바 동방노력자공산대학
1927년 상하이로 옮겨
중국 공산당원
동방피압박민족반제동맹에 참여
1932년 귀국
5·30투쟁 때 체포
7년간 복역
1939년 다시 중국으로 탈출
옌안 독립동맹에 입대

대장정 뒤의 옌안
그곳에서는
누구나 전투복을 입는다
남녀구별 없다

김명시
그녀에게는 찾아갈 영웅이 있다
찾아갈 신화가 있다
무정 장군

그 장군을 만나
그 장군의 명령으로
조국을 위해 몸을 바치겠다는 뜻 하나로
그녀는 옌안으로 갔다

그러나 누가 무정인지 알 수 없었다
무좀에 시달린다는 것만 알 뿐
누가 무정인지 알 수 없었다

그러던 어느날
화뻬이지방 토막
신발을 벗고
발싸개를 벗는 사람 있었다
무좀으로 발가락과 발바닥이
일그러져 있었다

무정 장군이시죠?

그 무좀이 조금 뒤
고개를 끄덕인다

드디어 그녀는 그를 찾았다
그리고 그의 뒤에
언제 어디서나

그녀가 있다

해방 뒤
평양이 아닌
서울에서
옌안 독립동맹 종군기자
김사량의 극본
「호접」이 상연될 때
무정이 서울에 왔다 갔다
동행한 부관 김명시는
YMCA 강당 환영회에서
청중을 사로잡았다
3백명의 남녀를
노동당에 입당시키고
2백명의 남녀를
북으로 데리고 갔다

그리고 전쟁 뒤
무정은 숙청되고
김명시는 미쳐버렸다

윤건중

1954년 봄
이승만은 편지 한 통을 받는다

두루마리 화선지의 편지
서툰 글씨이나
또박또박
단정한 새 발자국 같은 글씨의 편지
저 두메산골 농부 윤건중의 편지

건국의 아버지시며
새 나라 국민을 앞장서 이끌어가시는
각하의 건강을 기원하오며
이 난필로 사뢰옵니다…

긴 편지였다
농촌을 살려야 한다는 뜻 절절
비서가 불려갔다
윤건중 이 사람 데려와

그리하여 덜컥 농림부장관에 임명해버렸다
한 달 장관 의자에 앉았다가
다시 고향으로 돌아갔다

아이구 살겠다

백남의

오늘도
술이 궁하고
밥이 궁했다

지아비 박성빈은 빈털터리 영감
처가 백씨 문중의 선산지기로 살아갔다
자식 낳는 일이
자식 기르는 일이
아내 백남의의 일

장남 동희
차남 무희
장녀 귀희
삼남 상희
사남 한생
차녀 재희
오남 정희

백남의 어느새 굶다 먹다 마흔다섯살
그 시절 마흔다섯이면
노파
노파가 아이를 또 뱄으니
큰딸이 시집가서
아이를 뱄는데

친정어미도 따라 아이 뱄으니

얼굴 못 들어
아이를 떼기로 작정
간장 두 사발 마셨다
그래도 아이는 지워지지 않았다
밀기울 끓여
그 물 마셨다
그래도 아이 떨어지지 않았다
모진 놈

높은 토방 섬돌에서 뛰어내렸다
그래도 뱃속 아이
떨어지지 않았다
장작더미 위에서
곤두박질쳤다
떨어지지 않았다
모진 놈

수양버들 뿌리 달여먹었다
디딜방아에
배 대고
뒤로 자빠졌다
그래도 떨어지지 않았다

뒷동산 올라가
밑으로 굴렀다
뒹굴었다
그래도 뱃속의 아이 떨어지지 않았다 모질고 모진 놈

그놈이 기어이 태어났다
형들은 기골장대했으나
누나들은 훤칠했으나
그놈은
아주 작고
새까만 놈이었다
요때기에 싸서
뒷산에 버리려 했다

시집간 큰누나의 젖으로 자라났다

어머니 백남의는
금오산 꼭대기 지는 해 바라보며
아이들 밥그릇 채우는 일이 큰일이었다
막내는 밥그릇 없어
형이 먹은 뒤의 밥그릇에
밥을 먹었다

어린 박정희

박마리아의 어머니

홀어머니와 외동딸은
하늘 속에서 외로웠다
하늘 아래
이 세상에서 외로웠다

동해 강릉 목사집 식모살이로 들어갔다
그 집 구석방에서
예수 믿으며
어머니는 전도사가 되고
딸은 총명해서
개성 호수돈여학교에 보내졌다
서울 이화여전에 들어갔다
앨리스 아펜젤러의 추천으로
미국 대학으로 보내졌다

어머니의 꿈이 딸의 꿈이 되었다

돌아와
이화여전에서 영어를 가르치다가
미국에서 만난 이기붕과 결혼

언제나 홀어머니는 새벽마다 밤마다 기도했다
꿈속에서 예수를 만나 울었다

한정봉

1961년 5월
박정희 소장은
부산에서
자형에게 시를 지어 보냈다

황파에 시달리는 삼천만 우리 동포
언제나 구름 개이고 태양이 빛나리
천추에 한이 되는 조국질서 못 잡으면
내 민족 앞서 선혈 바쳐 충혈원혼 되겠노라

자형 한정봉은 술이 확 깼다 심상치 않았다
그러나 처남 박소장에게 함부로 전화할 수 없었다
시를 태워버렸다

1961년 5월
박정희 소장은
고향 선산의 선배에게 시를 지어 보냈다

영남에 솟은 영봉 금오산아 잘 있거라
삼차 걸쳐 성공 못한 홍국일념 박정희는
일편단심 굳은 결의 소원성취 못하오면
쾌도할복 맹세하고 일거귀향 못하리라

그 선배 잠이 확 깼다 벌떡 일어났다 심상치 않았다

그러나
후배에게 달려가 말릴 생각 포기했다
그저 무서웠다
그저 무서웠다

드디어 1961년 5월 16일 쿠데타가 일어났다
한정봉은 후회했다 태워버린 시를 누릿누릿 기억해냈다

신도환의 꿈

희한한 꿈으로 이어진 삶 있나니

건장한 가슴
웅장한 꿈
사내들이 줄줄 뒤따르고
계집들이 줄줄 꼬여들어 설레는 꿈속의 삶 있나니

현해탄 건너
메이지대 법과 졸
동경대 법학부 졸
태평양 건너
컬럼비아대 유학
여학생 에밀리 뿌리치고 돌아온 꿈

유도 6단의 꿈

이승만 정권 말 각하의 사랑 입어 기껏 반공청년단장
1960년 4월 18일
국회의사당 연좌시위 끝마치고
대학으로 돌아가는
고려대생을 때려눕힌 우두머리의 꿈

감옥에서 나온 뒤로
이번에는

몇번인가 국회의원 그리고 야당 최고위원의 꿈
더이상
없는 꿈
흐지부지 불꽃 사위어간
유도 무단(無段)의 꿈

최경자

맏딸은 살림밑천이라고 말해왔지
이렇게
맏딸은 값나갔지

최위탁 씨 맏딸 경자

진작 대원고무공장 서무과에 다녔지
도시락 반찬
늘 단무지뿐이어서
다꾸앙 아가씨라는 별명이 붙었지
박봉으로
집안살림 나수 보태어왔지

길고 긴 도시 부산
밤 뱃고동소리 못 듣고
곤한 잠 자야 하는 부산

서울의 4·19가 아니라
부산의 4·19
그날
부산진경찰서 쳐들어가던 선두데모
그 속에
경자가 있었지

피잉!
총알이
눈과 귀 사이 뚫었지

이듬해 겨울 동백꽃들 묵묵히 피어났지

송시환

고향으로 돌아가
남의 논뿐인
고향으로 돌아가
논 사서
가을 풍년 허수아비 세우고 싶었다
깡통 달린
새보기 설렁줄 잡아당겨
깡통소리 내고 싶었다

워이
워이
워이
새 쫓고 싶었다

아버지 송봉남 씨
오랜 해소병을 낫게 해드리고 싶었다

아직은 아니었다
코딱지 같은 월급이나마
소 배때기 눌어붙은
똥딱지 같은 월급이나마
차곡차곡 저금통장에 넣었다
동생 국환이와 함께
장국수 사먹으면

서로 즐거웠다

4월 19일
동생과 함께
신설동 일갓집 다녀오는 길
어영부영
데모대에 합류했다
동대문경찰서 앞에서 쓰러졌다

논 없이
밭 없이
총 맞은 10여일 지나
눈감았다

동생 국환이가
형의 뜬눈 감겨주었다

이기태

그대도 홀어머니 자식
그대도
독자

홀어머니 김정련 여사
오로지 그대 하나로
하루하루가 산인 듯 든든하시더군

그대 대전고 장학생
그대 경희대 법대 3학년

새벽부터
밤 이슥도록
그대 어머니
가슴속 기쁨 꺼질 줄 모르시더군

영동 두메산골
산까치
산비둘기
후투티
딱따구리 소리에도
아들 얼굴이 번쩍번쩍 떠오르시더군

그날 경무대 앞

그날 을지로 6가
최루탄 거리
거기
그대

다음날 새벽
그대 주검
아직 그대 어머니
그대 죽음 모르고 여름방학에 입을 아들 바지 다리미질하시더군

김종진

문리고등공민학교 1학년
고학생
자취방에는
담요 한 장
왜간장 두홉들이 절반
양재기 하나
밥그릇은 있고
국그릇은 없다

4월 26일
중학생
고등학생 데모

문리고등공민학교를 대표해서
스물한살
늙은 1학년 야간학교 학생 김종진도 나아갔다

머리 관통상

그날밤 아홉시경 병원 임시 안치실 시신번호가 붙었다
18번 김종진

안정수

소년은 열여덟살
소년은 부모가 없다
소년은 학생이 아니다
소년은 다니는 공장도 없다 처음부터 빈털터리였다

동대문경찰서 앞에서 즉사
M1소총 총탄이
소년의 빈털터리 생을 뚫었다

누가 찾아가지도 않는 주검

어쩌다 이 세상에 제 이름 하나 붙어 있었다
안정수

신경식

군산항 째보선창에서
황포돛 올려
중국 상하이까지
뤼쑨까지 가고 싶었던 신경식이 아버지는
풍 맞은 뒤
해망동공원 꼭대기 어렵사리 어렵사리 기어올라가
서해 수평선을 바라보았다
커다란 노을이 까치놀이 타고 있었다

너라도 떠나거라

신경식
군산남중 졸업하자
서울로 가 문리고등공민학교에 들어갔다
2학년
16세 신경식
이따금 외국배 들어오는 고향 항구가 그리웠다

그날 신경식 경무대 앞에 서 있었다
대학생들
고교생들 외칠 때
질세라 외쳤다

왼쪽 가슴 관통상

병원 호송중
목숨 끊겼다 흐르던 피 멈췄다

16세 신경식
멀리
멀리 떠나거라
아버지의 꿈속
그대의 꿈속
바다 건너 그곳에 가 있거라

김용실

자네 아버님께서는
유난히 턱수염 수북하셨지
가라말 갈기
가라말 마루턱 치는
힘찬 꼬리
다음날 고즈넉이 내리셨지
김기우 씨가 바로
자네 아버님이시지

자네
마산고 1학년 B반 급장이었지
모범생이었지
마산여중
마산여고 학생들한테
자네 이름
김용실이 다 알려졌지

그날 3월 15일 오후
시청 앞
쓰러진 사람 가운데
두부 관통상
자네였지

그날 저녁 아홉시

도립병원에서
눈감았지

마산 중학생들
마산 고등학생들
밀물같이 썰물같이
울음바다였지

자네 아버님께서는
차라리
울음도 모르셨지
슬픔도 모르셨지
집 안
집 밖
울음바다 속
그냥 턱수염 덜덜 떨고 계셨지 피 오르셨지

두 미루나무

황량하여라
청량리
삭막하여라
청량리
강쇠바람 불어 한때 먼지 웅장하여라

아니 싱그러워라
서울대 사범대

벽돌집 강의실
교수실
무급 조교
고운 여대생
이선희
싱그러워라

손중근
유재식
두 그루 미루나무
그리고 그 나무 밑
오긋오긋 걸어가는
이선희
싱그러워라

분노의 달
3월
행동의 달
4월

두 그루 미루나무
솟구쳐
세종로
경무대 앞
솟구쳤다
쓰러졌어라

유재식
손중근
두 그루 미루나무 쓰러진 뒤
혁명의 나무 쓰러진 뒤
교수연구동 복도
검은 옷 입은
이선희
맨얼굴로 은결들어 지나가더라

이한수

남대문 아래에 죽어 있더라
열아홉살
용산고 졸업하고
사범대 가려던
너
죽어 아무 말 없더라

쉬파리가
네 주검 알아보고 와 있더라

혁명이란 너의 죽음을 지나가는 저쪽 행렬이더라

이기태의 애인

오늘도 기태씨가 걸었던 길을 걸었어요
경희대 벚나무길
정문 앞
제일다방에 가서
기태씨가 마시던
모닝커피를 시켜서 마셨어요
지금 이승만 박사는
하와이로 떠났어요

기태씨가 숨 거둔
수도의대부속병원에는
이제 혁명 사망자와 부상자 하나도 누워 있지 않아요

오늘도 나는 기태씨가 달려가던 길
종로 5가
종로 3가를
시내버스로 지나왔어요
이제 나는 4·19묘지에 가지 않을 거예요
이제 나는 다른 사람의 아내가 될 거예요 사랑하던 당신이여 안녕

강수영

사과꽃 졌다
경남고 3학년으로
이 세상 끝

할 수 없구나
네 시작은
다음 세상

이 세상의 행로는 네 시작도 끝도 바로 지워버렸다
개가 짖는 밤 이슥하구나

임종

할아버지와 어린 손자 둘이 살고 있었다
그 오막살이
처마에는 참새 몇마리 살고 있었다
할아버지 오래 누워 있었다
어린 손자가
오릿길 약방에 가서 약 지어왔다
숨찬 손자

할아버지 전세중 손자 전대양

할아버지 약 지어갔어요
하고 말했다
할아버지는 눈떠
이놈 대양아 약 지어갔어요가 아니라
약 지어왔어요라고 다시 말해라

할아버지 약 지어왔어요
하고 말했다

할아버지는 빙그레 웃음 지은 모습 이미 숨졌다

어느 사상범의 주술

이 샤머니즘은 무엇인가
저 1만년 전 이후
오늘 아침의 나에게 이르기까지
백발 성성히 와 있는
이 샤머니즘은 무엇인가

그토록 배척받았건만
그토록 부정당했건만
그토록 능멸당했건만
땅 밑으로 잠겨
오늘 아침 나에게 이르기까지
이 샤머니즘은 무슨 피인가 무슨 피의 피인가

초사흘 저녁
나 어릴 적 연 날리고 돌아오면
어머니는
안주머니에 부적을 넣어주신다
꼭꼭 간수하라고
몇번이고 챙겨주신다

어머니는
보름달 뜨면
뒤란 장독대
물 한 그릇 놓고

밤이슬 숨쉬며
비난수하신다
두 손바닥 비벼 간절히 간절히 비난수하신다

이런 어머니의 힘으로
나는 한국현대사 험한 고비
죽을 고비
요리조리 넘겨 살아왔다
사형에서 무기
무기에서 20년
그러는 동안
나에게는 늘상 어머니의 부적이 따라다녔다
늘상 어머니의 기도가
세상 밖을 세상 안으로 바꾸어주었다

그 어머니 세상 떠난 지 오래
언제
어디서 떠나셨는지 모르는 세월 지나
가슴 후벼파는 뉘우침 뒤
나는 아내를 바라본다
아내가 어머니의 모습 그대로였다
8년 반 감옥에서 나온 지 며칠

지난날의 살찐 이데올로기 어디로 돌아가고

지난날의 눈물 아롱진 어머니의 모습
어디서 돌아오셨나

아 토대론 하부구조론 가물가물하구나

약광

기원 666년 보장왕 25년
고구려 왕실 젊은 약광(若光)이
연개소문의 친선사절단을 이끌고
일본에 건너왔다

서해 거친 바다
백제 수자리 먼 난바다
남해바다
신라 수자리 먼 난바다 지나
일본에 건너왔다

그동안 표류 몇번
배 11척 중 3척 가라앉았다
산 8척이
죽은 3척의 명복을 빌고
일본에 건너왔다

사절단 1천7백99명 그대로 일본에 머물렀다
고구려 고을을 개척했다

어느날 바다 건너온 소식
고구려가 나당에게 패망했다는 것
백제에 이어
고구려 땅이 온통 당나라 땅이 되었다는 것

약광과 그 고구려인들
사흘 밤 사흘 낮을 울었다 울부짖었다

그뒤 약광은
고구려 고을 수장으로
일본땅에
망명 고구려를 세웠다

그리하여 고구려는
코마가 되고
약광이 쟛꼬오가 되었다

한동안 무딘 시련
대대 자손으로 이어져
나라 이름 그대로
성씨가 되어
코마가 되었다
마을이 되어
코마촌이 되었다
코마천이 흘렀다
코마신사가 세워졌다
일본 사이따마에 가보면 거기 희끄무레한 옛 고구려가 있다 천년 약광이 있다

어느 인생역정

내 나이 오사리 늦사리 갈비뼈 몇개로 살아온 서른넷이로소이다
처음 폭격당한 조치원에서
무작정 밤기차를 타고
서울역에 떨어졌소이다 휘황캄캄 어찌할 바 몰랐소이다

서울역전 후암동 판잣집 방 한 칸에 들었소이다
비슷한 신세
아이 하나 달고 다니는
계집 만나
한솥밥 먹기 시작하였소이다
삶은 도처에서 새로 이어졌소이다 병 들었다 병 나았소이다

판잣집
판잣집
판잡짓 구석방 월세살이였소이다
서울역 지게벌이로는
후암동이 좋건만
판잣집 주인에게 너무 성마르게 시달렸소이다

오줌똥 변소에 가도
따로 돈 한푼 낼 때만
자물쇠가 열렸소이다
주인마누라가
제 마누라에게 두 끼 먹은 설거지를 시켰소이다

진실로 딱하디딱한 심보였소이다

만리동 쪽 판잣집으로 이사하였소이다
거기서는
주인영감이 술 취해
제 마누리를 담벼락에 몰아갔소이다
주인영감 패주고
파출소에 불려갔소이다
아예 만리동고개 넘어
마포로 이사하였소이다

서강으로 이사하였소이다
굴레방다리로 이사하였소이다
청량리역전 지게꾼이 되어
청량리역 구내 목재인부로
청량리 588 언저리 판잣집
홍릉 판잣집 전전하며 개골창 삶을 이어갔소이다

이러구러
판잣집 셋방
판잣집
적산가옥 셋방
열일곱 번 옮기는 동안
마누라는 기어이 눕고 말았소이다

아이 낳다
아이가 죽고 말았소이다
마누라는 실성실성하였소이다

제가 밥하고 제가 밥상 차렸소이다
밥상이래야
사과궤짝에
씨멘트 포장지 바른 밥상이었소이다

마누라가 제 이름을 마구 불러댔소이다
야 평모야
너 내 보지 때문에
나 안 죽이지?
하며 부엌 식칼을 요 밑에서 꺼내었소이다

너 이 칼로 나 죽일 작정이었지?
다 안다

이런 확 돌아버린 실성한 소리 들어도
저는 마누라가 밉지도 않았고 그렇다고 이쁘지도 않았소이다
이승만 대통령이 하와이에서 죽었다는 이야기 들었소이다

박기병

만주 동부
일본 관동군 초급장교 박기병
평양 산정리 예배당
일찍 개화된 집안의 아들
일본군 지원
만주 관동군 길림부대 소속

해방 뒤 만주에서 평양으로
평양에서
서울로 와
국방경비대 참위로 입대
서대문 감리교신학대학에
군정청 군사영어학교가 설립되었다
부교장 원용덕의 부관이 되었다

그가 서울역전을 지나가는데
거적을 쓰고 누워 있는 김창룡이
거적을 집어던지고
길을 막았다

군복은 박기병
거적은 김창룡

아니 이게 누군가

저 김창룡이오
자네 이 꼴이 뭔가

저는 소련군에게 잡혔다가 죽기 직전
탈출해왔습니다
그길로 박참위는 그 거적을
을지로 6가 하숙집으로 데려가
목욕시키고 옷을 입혔다
전북 이리 제3연대에 입대시켜
육군 이등병 김창룡이 되었다

그로부터 김창룡 특무의 공포는 시작되었다
그로부터 김구를 암살하고 누구를 제거하고
이승만의 반공 홀로 빛났다

박기병은 그런 김창룡 저쪽에서
중부전선의 밤을 보냈다

그 거지새끼 괜히 살려내 입대시켰어

김철규

그는 누구에게도 가톨릭에 귀의하라고 말하지 않는다
그러나 그는 철제 침대에서 눈뜨자마자
정치에는 지칠 줄 모르고 뛰어나온다
그는 불이고 불나비이다
신부 김철규보다
정치인 김철규

제2공화국이 시작되었다
1961년 1월 1일자 서울일일신문 1면
시사만화
김철규 신부가 실꾸러미를 들고 있다
장총리를 실로 매어
이리저리 조종

1918년 충남 아산
만석지주의 아들 한창우와 고종형제 사이
증조할아버지
합덕 천주교 입교 이래
4대 천주교 가문

1943년 일제 말 사제서품
해주교회
해방 직후
노기남 주교 비서

여기서부터 김철규는 정치신부의 길이 열린다
그는 물이고 물고기이다

하루 담배 서너 갑
하루 빼갈 대여섯 병
위스키 두어 병
말솜씨 청산유수
그는 바람이고 바람의 나뭇가지이다

가회동성당
중림동성당
그러나 그의 성당에는 교인보다 정치인들이 더 많이 드나든다
직접 민주당 창당을 거든다
여기는 상
여기는 마
여기는 포 여기는 차
민주당 신파회의 주재
장면에게는 언론에 한창우
종교에 김철규

5월 16일 쿠데타 이틀 전
일본 토오꾜오로 간다
제2공화국 장면 정권 선전용
TV방송 기자재를 도입하러 간다

일본에서 쿠데타 소식
이로부터
그의 정치는 끝난다
한국 가톨릭 괴승(怪僧) 김철규
그뒤로 자취 없다

오성원

1941년
경남 창원에서 첫울음 울다
1960년 3월 15일 그날
경남 마산에서 숨지다

살아 있을 때
국숫집 지나가면 국수가 먹고 싶었다 먹구름 보면 먹구름이 되고 싶었다

전무영

아버지 전문진 씨는
독자 무영이를
서울로 보내려고 논 팔았다

중앙대 신문학과에 들어갔다
흑석동 하숙집
하숙비
한번쯤 밀렸다

하늘색 양복 입고
봄날 남산에 올라가고 싶었다
양산 쓴 여대생의
양산 밑으로 들어가고 싶었다

4월 19일
학우들과 함께 대열을 지어 나왔다
책가방 든 채
한강을 건넜다
남대문 지나
을지로 원각사 앞에 이르렀다

독재자 물러가라고 외치고 외쳤다
가슴 왼쪽 관통
학우들이 업고 병원으로 달려갔다

이미 죽어 있었다

책가방 속
아버지의 사진
아버지는 입을 다물고 있다
그 옆의
어머니 사진 뒤에는
한꺼번에 피어난 벚꽃이 있었다

그 손녀

해 뜨자 이내 해 지는 곳
삼척 산골
어디로 나갈 데 없다
어디서 들어올 데 없다
첩첩산중

호적도 없다 이름도 없다
어쩌다가 산골 밖에서 굴러온 누더기이불 한 채
누더기옷 한 벌 있다

사냥꾼이 두고 간 가죽옷 있다

하늘에 비행기 지나갔다
쌕쌕이 비행기
은빛 날개
큰 비행기 지나가는 것밖에
전란이 끝났는지도 몰라

어렴풋이 일제시대 지나
해방이 되었다는 것밖에
아무것도 몰라

일제시대나 해방이나 대한민국이나 인공이나
다시 대한민국이나

4·19나 5·16이나
아무것도 몰라
삼척 산골
외딴 너와집 한 채
거기 할아버지와 손녀가 살고 있다

산더덕 먹고 곰취나물 뜯어 말리고
도토리 먹고
겨울 눈구덩이 굶어죽은 고라니
그놈을 영차영차 끌어다가
아궁이에 구워먹고

송이 따먹고
산삼도 캐먹고
어쩌고
저쩌고

그러는 동안 부리부리한 할아버지 눈이 멀어갔다
먼 산마루 올라앉은 짐승까지 바라보던 눈
산골짝 후미진 곳
여우 한 쌍 노는 것도
훤히 알아보던 눈
그 눈이 멀어갔다

그러는 동안 숨찬 병으로 벌렁 누워 있다가
눈감았다
눈감기 전 한마디
너 떠나라
저 해 지는 산 너머로
너 떠나라

그러나 그 손녀 떠나지 않았다
벌써 출무성한 처녀
간 크고
담 큰 처녀 할아버지의 무덤 떠나지 않았다

보아라
앞산 산마루 앞발 세운 수호랑이
어홍
온 달밤을 뒤흔든다
그 처녀
이로부터 산신령 호랑이 마누라가 될 터
아무렴 떠나지 않았다

천막 대폿집

1960년 8월 14일
8·15 15주년 경축대회
평양

이 대회에서 김일성
남북연방제통일안 공표

이와 비슷한 통일안
1949년
1954년 휴전 직후에도 공포한 바 있다

그러나 연방제라는 이름에 이어
연방제통일안은 처음

남쪽은 즉각 반박
괴뢰정권을 계속 유지하면서
국제적 승인을 획득하려는 비굴한 행동인 동시에
대한민국의 정치적 경제적 사회적 교란을 기도하고
공공연한 정부 전복과 민심의 교란 및
간첩행위를 자행하려는 의도를 갖고 있다

그해 11월 11일
북쪽은 남북연방제 각서 유엔에 제출

그해 11월 하순
서울 용산구 원효로 한강 기슭
천막 대폿집 술상머리

제기럴
연방제밖에
다른 뾰족한 통일
없을 것이여

너 그런 소리 지껄이다가
네 모가지
한강 물고기밥 된다
아구창 다물어라

중립이 제일이여
영세중립 말이여

너 돌았구나
돌아도 확 돌아버렸구나
나 일어난다
그래 나도 곧 갈 것이여

대폿집 주인은
다행히 가는귀먹어

두 사람의 말 알아듣지 못했다
알아들었다면
간첩신고
거액을 탈 터

두 사람 이름
고철수
하일복이
선거유세 때마다
연설 듣고 다니는 두 사람
하나는 원효로 전차종점 부근에 살고
하나는 마포 전차종점 부근에 살고
부디 천만다행하여라 무사하여라

어린 고물장수의 꿈

구멍난 냄비도 횡재
헌 썰매 굵은 철사도
개밥그릇 찌그러진 것도 횡재
철근 도막이면
큰 횡재
버린 쟁기 보습이면
그 또한 횡재

그러나 장터 드럼통은 건드릴 생각 없다
파장 쓰레기 뒤지지만
쓰레기 담긴
드럼통은 그대로 둔다
누군가가 굴려갈 생각이면
한사코 말렸다
안돼 많은 사람이 쓰는 물건이여

녀석 경위가 바른 녀석

장터 터줏대감
천일상회 주인 오씨가 말을 건다

장차 무엇이 되고 싶으냐
사장이냐 장관이냐
그런 것 말고요

아저씨처럼 가게 하나가 꿈이어요

녀석 경위가 바른 녀석

너 내일부터 우리 가게 일 보아라 네 이름이 무어냐

허달수여요
양천 허씨여요

인걸이 어머니께서는

돈암동 화강암 벼랑 밑
일제시대
남포 터뜨려
발파한 벼랑 밑
거기 인걸이 어머니께서는
한량 영감 세상 떠나신 뒤
동도극장 앞 좌판 장사로
인걸이
인창이
인성이
인순이
네 남매를 길러내시어
대학생
고교생
중학생 길러내시어
얼음 든 손등 발등에도
그 웃음소리
환한 꽃밭이시더라
그 웃음소리
지우다 잇다 하시며
집에 와
쟁반 빈대떡
스무 장이고
서른 장이고 부쳐

이웃집
건넛집
그 건너
건넛집들
다 돌리시고
집에는
다섯 장 남겨
통영소반 위
네 남매
빈대떡 잔치 차리시더라
부엌 살강 가지런히 정돈하고
방에 들어와
그 잔치에 동참하시더라
그 웃음소리
환한 꽃밭이시더라
8·15
6·25
4·19
5·16 지나
무엇무엇 지나
돈암동 골목 환한 꽃밭이시더라

김홍한

아직 미혼이었다 청렴결백의 공무원이었다
법조계 김익진의 아들
법과대 김증한의 아우
법률가문
변호사 김홍한

그가 아는 바 없이
덜컥 장면 총리 비서실장이 되었다

9개월간의 장정권
그는 누구의 냉면 한 그릇 얻어먹은 적이 없다

밤 열한시쯤에나
총리 면담요청 끝나고
결재를 받는다
각 부에서 온 서류 수습
그때에 한 건 한 건 설명한다
한 시간이 넘는다
자정

비서실 명함도
두 가지였다
하나는 공식으로 쓰는 총리 비서실 명함
하나는 이름 명함

사사롭게 쓰도록 했다

장면 내각 총리실은
그렇게 깨끗했다
총리실 여비 96프로가 그냥 남아 있었다
늦은 결혼 정일형 이태영의 따님을 아내로 맞았다
비서실을 떠났다

제2공화국 장정권은 봄꿈이었다

복취루 배달원

광화문 복취루
길 건너
광화문우체국 직원 단골
동아일보 기자 단골

점심 짜장면에도
반드시 빼갈 서너 병 비워야
점심 먹은 듯
펑펑 퍼붓는 함박눈 호연지기 일어나느니

그러나 복취루 십년 단골 진짜 단골은
피맛골 골목 안 앉은뱅이 연진수 영감
으레
점심으로는
짬뽕 한 그릇 부르고
빼갈 다섯 병 불러 마신다
이따금 이잣돈 들어오는 날이면
팔보채 한 접시 더 부른다

그 연진수 영감 집
드나드는
배달원 김칠성이놈

빈 그릇 찾으러 갔다가

그 영감
빼갈에 취해
녹작지근 잠든 것 보고

방구석 책상서랍
열어
눈이 번쩍
현찰 한 뭉치를
꺼내자

잠든 영감 돌아누우며
아서 아서 그 손버릇 고쳐야 너 쇠고랑 안 찬다

막내 오줌

수원 팔달산 밑
팔달암 부근
새벽마다 암자의 종소리에 목탁소리에 깨고
저녁마다 암자의 종소리 들으며
마당의 닭 세 마리
홰에 오른다

닭 세 마리하고
딸 셋
막내아들 하나 일국이하고
오순도순
한방에 자는 내외
일국이 부모의 곤한 잠
그 여섯 식구의 잠
암자의 종소리가 깨운다

한밤중 막내 일국이는
미국 파인애플 깡통 빈 것에
마려운 오줌 누어 담아두면
엄마도 한 모금 마시고
아빠도 한 모금 마신다

세 딸은
아이 찌린내!

아이 찌린내!
하고 질겁이지만

일국이 부모는
일국이 오줌을
숭늉인 듯
식혜인 듯 마시고 나서

어이구
보약 먹었다
우리 일국이가 지어준
보약 먹었다

김진호 당수

군사쿠데타
제2공화국의 모든 정당 사회단체 해체
정치정화법 선포
어제의 백수가 외치다가
오늘의 백수로 입을 다물었다
벙어리가 되었다

정치정화법이 풀렸다
그러자 당장 3백여 정당 사회단체가 생겨났다
그중의 1인 1당
민족갱생당 당수 김진호
당원 2명 김진호와 그의 마누라
버젓이 대문 기둥에
'민족갱생당'이라는 정당 간판
태극문양을
당의 마크로 썼다

그 김진호 당수의 아버지
김찬일도
해방 후
자유봉화당을 창립
가족 6명과
사촌형제 가족 13명이 당원이 되고
그 자신이 당수가 되었다

창당선언문은
기미년 만세운동 33인 독립선언서의 일부를
그대로 베꼈다

아 신천지가 안전에 개(開)하였도다…

과연 해방 이후
1947년에는 남에 4백25개
북에 36개
남북 함께 정당 사회단체가 4백61개
아니 미소공동위 참관 미신청 단체까지 포함하면
5백여개가 넘었다

정당 사회단체
전체 단원
펑 펑 튀겨져
도합 7천만명 이상
총인구
3천만의
갑절이 넘었다

1인이
2개 이상의 단체에

가입하거나
1개 단체가
2개 이상의 명의로 등록되었다

좌
중좌
중중좌
중
중중우
중우
우
노장청남녀 동서남북상하 6방
가지각색이었다

1920년 3·1운동 직후
조선 총독정치가
헌병경찰의 무단정치에서
문화정치로 바뀌자

1922년 정당 사회단체
3천2백개 등록
과연 조선은
단체들의 전생
단체들의 내생

이 역대 단체정신 면면
김진호에 이르러
1당수 2당원의
'민족갱생당'으로 태어났다

아버지의 사진과
아들 김진호의 사진
중앙당사인
남산 밑 해방촌 자택 안방에
걸려 있다

허어

도둑 내외

또 서대문형무소에
남편 인재묵이 들어갔다
절도 1년 2개월
특수절도 3년
절도 2년

또 절도 4범 인재묵이
남대문시장 도깨비시장
미8군 피엑스물자 암거래상 털다가
잠복 수사관의 수갑 받았다

나이 지긋
어느덧
콩밥 먹은 세월
절도 세월 마흔살을 넘겼다

아직 미결수라
한달에 서너번 면회 가능

마누라 엄학자가
열흘에 한번
일주일에 한번 면회

그런데 영치금 넣을 돈이 없었다

문득 떠오른 생각
옳지!
하고 형무소 면회신청소로 갔다

면회하러 온 사람들
언제나 시끌덤벙
뭐
도둑놈이면 어때
사기꾼이면 어때
주먹이면 어때
영천시장의 얼굴들과 똑같은 얼굴들
시끌덤벙

그 가운데
화장깨나 변변한 아낙
입은 옷깨나 변변한 아낙에게 다가가
슬쩍 핸드백 열어
지갑을 꺼내니
돈 몇천원이 거뜬히 생겼다

밖에 나가
30분쯤 있다가 다시 오니

도둑맞았다

쓰리맞았다
아이고
아이고
도둑맞은 아낙들 소란 가라앉았다

엄학자 태연자약
훔친 돈으로
남편 영치금 차입

계란 한 줄
박장로 신앙촌 빵
치약
건빵 열 봉지
찌질이 사과 열 개 차입

집으로 와서
아이들에게
돼지고기 사다가
돼지고기찌개 끓여주었다

잠들기 전
그녀의 감회
남편의 동업자가 된 것이 대견했다
잠이 스르르 왔다

김정보 영감

1962년 1월 1일부터
서기 연호
1945년 해방 이래의
단기 4295년
그 단기 폐지

만세운동 뒤
나라 잃은 슬픔을 역전시켜
묘향산 단군굴 암굴 속에 매장된
『한단고기』『규원사화』 등
고기록(古記錄)들이 나돌아

저 고조선 만주벌판 단군왕국을 주창했나니

그것이
나철의 대종교
고조선 단군신앙
신채호의 고조선
복벽론으로
만주 일대의 동포사회
일으켰나니

단군기원 4천 몇백년
일러

5천년 사직
일러
반만년 단일혈통으로 굳어졌나니

그동안 수고 많았도다
단군기원 그대
단기 그대
이제 단기연호의 묵은 풍찬노숙
이제 단기의 해묵은 시련 마감하였나니

저 당나라 연호
고려 광종의 한때 말고
송나라 연호 원나라 연호
명나라 청나라 연호에 종속되다가

조선 땅
이놈
저놈이 에워싼 시절
고종 말기
건양 연호 1년
광무 연호 11년
융희 연호 4년
그러고는
일본의 명치 대정 소화 연호에 이어

해방 이래
삼팔선 이남의 세월 함께해온
단기의 시대였나니

1962년 음력 정월 초하룻날
계룡산 갑사에서는
흰 두루마기 입은 사람들
마흔한 명이 있어
하루 내내
단군이시여
환인
환웅
한배검 왕검이시여
하고 슬피 호곡하였나니

그중의
김정보 영감
『주역』
김일부 『정역(正易)』에 통한 영감
손 떨며
한마디 말씀

피의 때가 가더니
다시 피의 때가 오도다

닭

고려
그 시절
먼 길 떠나는 사람
그의 등에 진 짐 말고
그의 손에 닭장이 들려 있었지요

작은 당닭은
눈뜨고
낯선 바람 속에서
엉덩이 속털을 쭈뼛쭈뼛 세웠지요 닭 똥구멍 구슬펐지요

나그네길 머무는 곳
하룻밤 자고
먼동 앞서 길 떠나야 할 때
지친 주인 곤한 잠
잠 깨우는
닭 우는 소리

그래 네가 먼저 깨어났구나
나도 깨어나겠다
나도 깨어나
남은 길 어서어서 가야겠구나

이렇게 일어날 때 알려주고

이렇게 먼 길 함께 가는 동무 되어

가다가 소나무 밑 쉴 때
이 고개 넘으면 주막이 있겠구나
가서
너도 밥 먹고
나도 밥 먹자꾸나
나도 막걸리 한잔 먹자꾸나

이런 말 들은 당닭
꾸구
꾸구
꾸구
하고 주인에게 대꾸하는 허물없는 사이가 되었지요

이제는 낯설지도 않아요
이제는 두렵지도 않아요
함께 가는 길
그 밤 지새워
먼동에는
아주 드높은 소리로
아주 드높은 하늘까지 들리는 소리로
울면
그 소리

가장 먼저 듣는 주인 잠 깨어
하루의 첫걸음을 시작하지요
좋은 시절이었지요
꾸구
꾸구

김택수

정치깡패 1만 3천3백87명
소년원 송치 9천6백96명
국토건설 취업 4백78명

학생폭력단
이빨단 단원 2백8명

4월혁명은
학생들을 시대의 개척자로
세계만방에 떨쳤다

그 혁명 뒤
아예 일부 학생들은 깡패집단이 되어버렸다
고교생 깡패가
서울 을지로파
서울 동대문파 종로파
인천 자유공원파
충남 계룡파 들로 되어버렸다

이빨단 단장
김택수는
나이 18세인데
본디 우편봉투 접는
어머니와 함께

우편봉투 접는
모범학생
혁명 뒤
집을 뛰쳐나왔다

종로 우미관 골목
화신백화점 6층 화신극장 일대를 주름잡았다

그의 조직이 점점 커졌다
제재공장에다
긴 목검을 맞춰
그것을 들고
밤 뒷골목 제압
하루 수입 16만환일 때도 있다

우미관 여관 특실에 있다가
자하문 밖
자두나무숲 속
초가에 밀실을 차려
그곳에서
여학생을 정부로 삼았다

이빨단 단장
김택수

그 골방

천안삼거리
능수버들은 매양 멍멍한 벙어리로
드리워져 있는데
왁자지껄한 거리
지친 달구지
건달 야바위꾼들
이 장 저 장 장돌뱅이들
시끌벅적한 거리

한놈은 죽어라 도망가고
한놈은 쫓아가고
저놈 잡아라
저 도둑놈 잡아라

그런 소리 다 끝나는 뒷골목
거기
문득 둠벙 물속 같은 고요

오두막 메밀묵집

손님 서넛
주린 배 빈 밥통
방금 쑤어낸 김 모락모락 나는 묵사발 안긴다

그러나 그 집 골방
거기
소경이 있어
메밀 맷돌을 끈들끈들 돌리고 있다

하루 내내
뒤보는 일 말고
꽁보리밥 찬밥 한 그릇
다 늦은 점심때 먹는 일 말고
내내
컴컴한 골방 메밀 맷돌 돌리고 있다

잔인무도의
침묵
침묵
오직 그것

어느 석녀

1960년대
인구증가율 30프로 육박
1965년 남한 인구 3천만

한말 민영익
오호 2천만 동포들아 사실인즉 2천만 미만
그로부터 어느덧 3천만

세계 2위 3위의 인구밀도

그래서
여자는 삼뽕 사용
스펀지도 사용
남자는 벙어리 콘돔을 사용
아무것도 없으면
고려 태조 왕건인 양
질외사정 시도

허나 배란기 잘못 알고 임신하는 일이 잦아
옥돗물로 씻어내고
아예 자궁을 지져버려 석녀가 되는 여자도 있어

석녀가 되어버린
공덕동 정진복이 마누라

해반주그레 엉덩이 흔들어대며
장 보러 가는 길
오늘은 이놈
내일은 저놈
눈맞아 붙었다

걱정 마 나 당신 자식 두지 않을 테니 아무 걱정 마

거지 필남이

군사혁명 일어난 뒤
거지 일제단속
거지 가운데 쓸 만한 자는
새로운 시대 역군으로
국토건설사업 노동자로 실어보내고
신체장애 거지는
아동보호소에 가둬버리니
한쪽은 강제노역
한쪽은 감옥

군사혁명 일어난 뒤
대바구니 지고 다니는 넝마주이도
등록해야 넝마주이
서울역전 지게꾼도
등록해야 지게꾼

서울 중구 스카라극장 언저리
거기 필남이
21세 나이 17세로 속였더니
강원도 홍천 북한강 자갈밭
강제노역 대신
수색 아동집단수용소행

철망 울타리 안

하루 내내 잡초 뽑기
책상 만드는 공장에서
책상다리 만들기

어느날 새벽 꿈
어머니 모르고 자란 필남이에게
처음으로 어머니가 보였다

우리 필남이
우리 필남이
두 팔로 안으려 할 때

기상나팔 불어대어
그 어머니 놓쳐버렸다

오늘도 새벽 다섯시 기상 점검
애국가 봉창으로 하루가 시작되었다

동해물과 백두산이
마르고 닳도록
하느님이 보우하사
우리나라 만세

씨팔 어머니 놓쳐버렸다

가짜

자유당 말기
이기붕의 아들
이승만의 양자 이강석
가짜 이강석이
대구 일대 나타나
도지사
경찰국장
그밖의 유지들이 너도나도
그 귀하신 몸을 모셨나니

벌써 잊었나

1963년
박정희 최고의장의 가짜 동생이 나타나
두번째로
귀하신 몸으로 모셔졌나니

TV가 없던 시절
신문 동판사진
흐리멍덩하던 시절

가짜 황순원이 전라선 열차에서 나타나고
가짜 한운사가 버젓이 서울에 나타나고
그리고

가짜 고은이
대전 김천 경주
여주 그리고 제주도에 나타나

술과 금품 그리고
숙박비를 외국여비를 거둬들였나니

아무튼
박의장의 가짜 동생
체포 구속되었나니

그 이름 여기에 밝히나마나

남대문경찰서 유치장에서
서대문형무소로 송치되는 날

귀하신 몸 납신다!
하고 누가
그의 늠름하고 의젓하고 뻔뻔스러운 얼굴에 대고 큰절을 했다

세상이란 어차피 한바탕 꿈인지라
무엇이 진짜이고 무엇이 가짜인고

그의 늠름하고 의젓하고 뻔뻔스러운 대답이었다

조용수의 마지막

1961년 12월 21일
서대문형무소
사형집행장
속칭 넥타이공장
덜커덩 목매달려 죽어가는
시체공장

1920년에 낙성한 일본식 목조건물
지상 1층
지하 1층
지하 1층에서 내려진 시신 수습

아직 지상 1층
혁명재판소
검사
형무소장
목사 입실

사형수 조용수의 유언을 듣고 있다

민족을 위해서 할 일을 못하고 가는 게
억울하다 정규근 동지에게 돈 꾸어다
신문 만드는 데 썼는데 갚지 못하고
가게 되어 미안하다

덜커덕
밑바닥이 내려앉았다
사형수의 몸이 대롱대롱 매달렸다
5분이 지나갔다
사형수의 목이 축 늘어졌다

서른두살 조용수의 삶 끝났다

일본 조총련 공작금
1억환 불법도입
북한괴뢰집단을 위한
언론 활약을 했다는 죄목
억지 조작

이제 막 정권을 장악한
박정희의 좌익 전력에 물 타려고
미국에 보인
반공 조작

그다음 박정희는
정일권 김현철 이후락
박종규 등
친미공작반을 내세우고

김종필 김용태 박희범
유원식 등 국내파를 슬쩍 제꼈다

김종필의 외유도 미국 작품
반공법도
미국 독립기념일 앞두고
7월 3일 공포

그리하여 서른두살 조용수의 삶 끝났다

4월혁명과 함께
민족일보 창간
그의 주장은
남한이 반공에 성공하려면
스웨덴과 같은
민주사회주의 채택하여
북한보다 더
대중을 위하는 것이 첩경이다
이승만 자유당식
반공으로는 안된다
그의 논설은
북한체제 신랄하게 비판했다

그리하여 서른두살 조용수의 삶 끝났다

남한산성 밑
거기 풀덤불
집과 재산 몰수
원통한 가족 원통해할 겨를 없이 거리에 내몰렸다
유난히 눈보라 영각의 겨울

한 노인의 나라 운수풀이

1965년 2월
여기 충남 논산군 강경읍
명리(命理) 대덕(大德) 유대영 옹께서
오랜 자리보전에서 몸 일으켜
음력 정월 초하루 아침
육효점으로 나라 운세를 풀어놓고자 하는 바이니
강호제군은
두루 과거 현재 미래의 경륜 성찰하시압

한국 니나놋집
한국 대폿집 왕대폿집
젓가락 두들기며
목청껏
노래하며 노래 질러대며
죽어라고 신나는 밤

다음날
미군정 옹호 인물이 교체되었다
김규식
그대 단정 반대 안했다면
평양 연석회의에 가지 않았다면
틀림없이
대한민국 초대 대통령이 되었을 터
그대 대신 이승만을 그 자리에 앉혔나니

한때는 장택상을 앉히려다가
슬쩍 그만두었나니
과연 한국현대사는 미국 배후의 역사였나니

제2공화국은
장면의 가톨릭과
케네디의 가톨릭에 안주하였나니
어찌 미국이
장면의 한계 몰랐을까
어찌 육군 소장의
뱃속을 몰랐을까
다 알았다
다 알고도 남았나니

그러다가 겉으로는
박정희의 좌익 경력
으름장 놓자
박정희는 미국에 충성하기로
빨갱이를 만들어
진짜 빨갱이
가짜 빨갱이 때려잡았나니

김종필의 자의반 타의반 외유도
제주도 서귀포 바닷가 일요화가 노릇도

다 미국의 뜻에 따랐나니
감히 네놈이
내 말을 거스르는고
카터 돌아간 뒤
박정희를 쏜 김재규도
미국을 믿고 총 쏘지 않았더뇨

전두환은
체육관 취임식으로
체육관 대통령이 된 뒤
레이건의 첫 손님이 되지 않았더뇨

노태우의 소련외교 중국외교
다 미국의 북한 포위공작 아니더뇨

김영삼의 IMF로
한국을 몽땅 길들이지 않았더뇨
김대중의 햇볕정책
남북화해자금
미국이 슬슬 폭로하지 않았더뇨

아 대한민국의 미국귀신이여

장차 이 역사

어디로 가느냐 하면

자 육효를 흔들어 쏟아본즉
무책(無策)이라
무책이 상책(上策)이라

과연 1965년 이후 25년 운수를 훤히 내다보시는군
허나 무책이 상책이라
에끼 순 엉터리 영감 같으니라구 퉤

돈 사람 윤청일

어느날 부안읍내 중졸(中卒) 윤청일이는
지붕 위 박 따러 올라갔다가
굴러떨어진 뒤
약간 머리가 돌아
20여년 전 세상 떠난 증조할아버님
아까 만나고 왔다고 헛소리를 해댔다

그 헛소리 더 나아가
시시한 증조할아버님 따위
집안일 따위 거들떠보지 않고
자못 큰일만을 말하기 시작
그의 돈 머릿속에는
온통 국가와 민족 그리고 동서양 따위가 가득해댔다

1963년 7월
서울에서는 윤보선이 대통령후보로 나서기 위해
후보 되었다가
사퇴했다가 하고
박정희가 군복 벗고
대통령후보로 나서기 위해
발언했다가
발언 번복 절대 없다고 강조하다가
다시
발언 번복하다가 하고

그럴 때
서울 종로에서는
미국 박사
일본 박사
그리고 국내 박사들이 모여
'박사의 모임' 한림회(翰林會)를 발족하고

부안 변산 월명암에서는
함북 피난민 2세 홍진상
함남 피난민 1세 정철욱
평북 1세 함희방
평양 2세 김강춘
황해도 1세 이태진
강원도 김화 박원호
경북 청년 박전문
경남 진주 청년 설명도
충북 영동 장호병
충남 서천 이산준
전남 광주 기형수
그리고 그들 모두가
돈 사람인지 아닌지 전혀 모르는
전북 부안 윤청일

이렇게 모여
소주와 사이다 놓고
배달겨레 팔도 동지회 발족
남북통일의 밑거름이 되자 했것다

부안경찰서 사찰계 형사가 맴돌다가
그러나 윤청일이 가담한 사실을 알게 되자
히히 웃고 돌아갔것다

어쨌거나 팔도 동지회는 이에 그치지 않고

다음해 가을
서울로 올라와
용산역전에 팔도식당을 차렸으니
오늘은 전주비빔밥
내일은 함흥냉면
모레는 팔공산 따로국밥
글피는 서산 어리굴젓백반이었다

이 남북통일의 밑거름
팔도식당 개업하고 나서

국가와 민족
아세아와

구라파
미합중국을 말하던 윤청일
타관을 탔던지
시름시름 앓다가
팔도식당 뒷방에서 죽었다
그의 장례
팔도장으로 치렀다

저승에 가서
남북통일 및 동서양 육대주 화합의 밑거름 되었다 억!

여숙희

1963년 한국에 관광객이 왔다
식민지시대
해방시대
전쟁시대 지나
한국에도 관광객이 왔다

이제 사람이 찾아오는 나라가 되었다 옛날 비숍 말고 나쯔메 말고

우선 여호와의증인 국제대회
그 대회 참가 겸
한국 관광하러 온 사람 4백56명이 왔다

그들이 한국을 구경하는지
한국사람이
그들을 구경하는지
경복궁과 덕수궁 밖
서울사람들 몰려와
세계 각국 여호와의증인들을 구경했다

경주 불국사에서는
경주사람들이
여호와의증인들을 구경했다

여호와의증인 영국 청년 제프리 오웰

여호와의증인 한국 처녀 여숙희에게 홀딱 반해서
국제결혼 청혼
여호와의증인 국제대회 끝 무렵
참가자 전원의 공식 축복

처녀 여숙희의 어머니는
머리 질끈 동여매고
서양사위 보기 싫다고 누워버렸다

여호와시여 여호와시여
여호와시여 하느님이시여
어찌 이런 시험을
저희 집에 내리시나이까
여호와시여

영옥이

젖 먹고 난 아기 옹알이
섣달 함박눈같이 하얀 아기 영옥이
젖 먹다 만
아기의 눈과
어머니의 눈 서로 마주칠 때

그 사랑으로
이 세상 다 덮고
싶어라 다 열고 싶어라

1963년 8월 강원도 철원
박정희 대장 전역식
그는 마지막으로 군복 입고
다음날부터 양복

공화당 전당대회 총재
공화당 대통령후보가 되었다

이어서 윤보선이 신민당 대통령후보가 되었다
선거유세 시작
현 정부 안에 여순반란사건 관계자가 있다고
박정희를 겨냥했다

경기도 양주 두메마을에

호랑이가 나타나
네살 난 젖먹이 영옥이를 물어갔다
밭에 갔다 온 엄마
산으로 달려갔다

세상은
윤보선 박정희로 가득했다

청계천 판잣집

제가 무슨
금강산 내금강산
보덕암이라고
받침대 하나에
아스라이 걸터앉은
보덕암이라고

판잣집 받치고 있는 기둥
기둥이기보다 막대기

그 막대기 행여 삭아버리면
판잣집 두어 채 와르르 내려앉아
청계천 썩은 물에
폭삭 잠길 터

그 판잣집 끝집
낮이나
밤이나 욕밖에 없으니

이 씨팔년아
이 벼락맞아 뒈질 년아
이 오사육시헐 년아
이 갈보년아
이 똥갈보년아

이 능구렁이년 좀 봐
이 칵 뒈질 년 좀 봐
뒈져 까마귀밥 될 년 좀 봐

그런 욕 퍼부어대는
서방인데도

밤중에
아이들 잠든 사이
올라타면

속삭이기를
이 씨팔년아
한마디하고 나서
염치코치 없는
물건을
제 마누라 물건에 쑤셔넣으니

그때에야 욕 나오는 주둥아리에서
흐음흐음
숨찬 신음소리
보덕암 염불소리 나오는구나

전순의

조선 중궁 내의원 전순의의
『산가요록(山家要錄)』이
이름만 전해오다가

누군가가 폐지더미 속에서
찾아낸 책
내의원 전순의의 책 여기 있어라

68가지 술 담그는 법
275가지 음식 만드는 법
식품저장법
온실을 지어
한겨울에도 채소를 기르는 법이 적혀 있으니

저 경기만 섬 어부의 자식이라
천속 중의 천속이지만
세종
문종
단종
세조
네 임금을 섬기며
당상관에 오르기까지 하였으니

허나

문종 임금
종기 앓는데
종기에 해로운 꿩고기
먹여
세조의 뜻대로
문종을 죽인 혐의
어찌 벗어나리오

문종 승하 뒤
어린 단종이야
독살이 아니더라도
두메산골에 두었다가
목졸라버리면 될 것을

허허 『의방유취(醫方類聚)』를 지은 명의에게
천추의 죄업일 터

전해오는 바로는
그 전순의가
죽을 때
흑혈(黑血) 한 말
토하고
죽었다 하더라 아니 백혈이라 하더라

깡패 참회행진

해방정국
우익 경찰의 전위 이정재
이승만의 전위 이정재
깡패두목이 되어버린 이정재
그가 맨 앞에서 걸어간다
그 뒤로
서울과 그밖의 도시 깡패간부
2백30여명이 걸어간다

나는 깡패입니다 국민의 심판을 받겠습니다
깡패생활 청산하고 바른 생활을 하겠습니다
우리는 젊은 몸과 마음을 국가에 헌신하겠습니다

세 가지 플래카드를 들고
'용가리파'
'개고기'
'까게'
'돼지' 이런 이름표도 달고 걸어갔다

맨 앞의 이정재
4월혁명 뒤
8개월 징역을 살고 나왔다가
5월 쿠데타로 다시 붙잡혀
덕수궁 앞에서

세종로 종로 을지로를 돌고 있다

전국 깡패 4천2백여명
그 대표들
강제 참회행렬

깡패 '까마귀'라는 자
뿌드득 이 갈아
한마디 씹어뱉는다

어디 두고 보자
이 군바리 총잽이들
풀려나면 당장
네놈들의 계집들
요절낼 거다
어디 두고 보자

깡패 '오소리'라는 자도
한마디

어머니
몇년만 기다리시오
내가 장군 세 놈만
처치할 것이오 어머니

갈치장수

하루 내내 갈치 쉰 마리 예순 마리 받아다
팔러 다니는 아낙
갈치 다라이 이고
이 마을 저 마을 팔러 다니는 아낙

날 저물어 돌아가면

하루 내내 누웠다 앉았다 하던 사내
아이들 잠자기를 기다렸다가
지친 마누라 벌렁 눕혀
천상의 낙을 베푸누나

어흐
어흐
어흐

끝난 뒤
진땀 비지땀 알몸뚱이 이대로
사내 담배 빼앗아 연기 한 모금 뿜어내는 마누라

아이고 당신 없으면 나 못 살아

우는 남자

눈물샘이 크다 눈물이 늘 차 있다
총장실에서도 울었다
감옥에서도
접견실에서도
구멍 뚫린
쎌룰로이드 창
저쪽의
아내를 보고
엉엉 울었다
8군 사령관의 총애만을 믿었다
매그루더의 부하들을 찾아갔고
매그루더의 부하들을 초대했다

1960년 5월
육군참모총장 장도영은 오직 무능

장면의 편이다가
박정희의 편이다가

그 어느 편도 아니다가 하며

무능

1961년 5월 18일 이래

박정희의 방벽이 되었다
박정희의 방벽이다가
허수아비가 되었다
허수아비이다가
아주 발길에 치여 나뒹굴었다

쿠데타 뒤
반혁명 미수로 감옥에 가
1962년
1월 사형
3월 무기징역
5월 석방
8월 미국으로 영영 떠났다

비행기 타고 엉엉 울었다

강영훈의 아내

식민지 시기
일제의 조선침략
일제의 만주침략 그리고 괴뢰정부 만주제국
그 만주제국 한복판
만선대학에서
최남선의 제자이던 사람
그 강영훈이 육군장성 전역 뒤
미국으로 떠나야 했다
그곳 백악관 앞
5·16 반대시위를 감행했다

함께 미국에 머무는
송요찬은
쿠데타 성공 직전
박정희는 빨갱이라 외치다가
쿠데타가 성공하자마자
박정희를 지지

강영훈의 생활은
점점 궁색

아내는 미국에서 미장원 임시 미용사였다
파마액의 독에
손가락이 헐었다

어마지두 그 고생에 그예 손들고
강영훈은 중앙정보부 자금으로
한국문제연구소 설립
미국에 박정희를 선전하는 일을 맡았다
그 이후로는 순풍에 돛
장차는 재상
장차는 국가원로

그러므로 그의 아내 손가락 헐지 않는
재상 영부인
원로 영부인

끄나풀 우만철

중앙정보부는 남산이나 이문동에 있지 않았다

한국의 모든 곳에 있었다
한국 위와 아래
한국 안과 밖에 있다

조사
체포
테러
검열
이간
첩보
폭력 무한
음모 무한
자금 무한

오직 박정희만 조사하지 않을 뿐이다
중앙정보부 요원조차도
자체 감찰

행정부도
입법부도
기업체의 지원과 강요도
대학의 감시 조종

어용노조의 조종도

심지어
극단 무용단
관현악단도 운영
워커힐쇼도 운영 식당도 요정도 운영

1964년
중앙정보부 요원 37만명
한국인 10프로가
끄나풀 끄나풀

다방과 술집에도
끄나풀

심지어 감옥 안 기결수도 끄나풀

한국의 어디서나
한국 밖의 어디서나

중앙정보부 2국 요원 임상태가
일주일에 한번 만나는 끄나풀
김상오
3일 만에

2일 만에 만나는 끄나풀
우만철

우만철은 청진동 나주집 단골
그곳에 드나드는
신문기자들
문인들
잡지사 기자들
대학교수들 동태
머릿속에
수첩 안에 빼곡하게 적혀 있다
술 취해서 내뱉는 소리

박정희라는 이름이 몇번 나온 것
5·16이라는 말이 몇번 나온 것
육영수가
박정희보다 키가 크다는 것까지 적혀 있다

다음날 낮
요원 임상태 앞에서
우만철은
미주알고주알
그의 실적을 튀긴다
돈 3천원을 받는다

요원이 한마디 남기고 간다
보고 중
허위보고 있으면
당신은 끝장이야

우만철은 자하문 밖
자두나무골
골짜기 물소리 들리는 납작집에 돌아가
소주 한 병과
고추장 한 접시로
성급히 빈속을 채우며 소리지른다

이년아
어서 돼지고기찌개 가져와
제미 씨팔
제미 씨팔
제미 씨팔

마누라는 집을 나갈 결심
속으로 속으로 욱대기기

너 같은 놈하고 너무 오래 살았다
내일모레면
너는 홀아비다 너 혼자 끄나풀이나 실컷 해처먹어라

노점상 임태길 영감 썅영감

무허가 노점상
단속반이 납시는 날
오늘도 썅
아까부터 주전자에 담아온 막걸리
오로지 그것만이
이 세상의 벗
썅

재작년에
마누라
망우리 무덤으로 가고
오로지 막걸리 한 주전자
그것만이
이 세상의 벗
썅

내일은 국군의 날이라 한다
아들은 빽 없어
강원도 화천 일선부대에 있다
썅

황금찬의 구천 미터

세월이 쌓일수록
나이를 먹을수록
얼굴 잉잉거리는 사람
무던히도
푸짐한 정이라
차 한잔도
막걸리 한 말 같은 사람
이런 시인에게 60년대의 시 한 편 있다

보릿고개

에베레스트는 아시아의 산이다
몽블랑은 유럽
와스카란은 아메리카의 것
아프리카엔 킬리만자로가 있다
이 산들은 거리가 멀다
우리는 누구도 뼈를 묻지 않았다
그런데 코리아의 보릿고개는 높다
한없이 높아서 많은 사람이 울며 갔다
굶으며 넘었다
얼마나한 사람은 죽어서 못 넘었다
코리아의 보릿고개
안 넘을 수 없는 운명의 해발 구천 미터

코리아 보릿고개는 9천 미터
세계 최고봉
1961년
세계 국민소득
1위 미국 2천250불
3위 스웨덴 1천387불
4위 스위스 1천299불
8위 영국 1천23불
25위 일본 299불
35위 한국 78불
이 나라
보릿고개는
세계 최고봉

시인 황금찬 오늘도 그 보릿고개 넘어 발 헛디디는 낮은 골짝 간다

전남편

빚더미 남편 행방불명
12년 지나
재혼

재혼은 그녀를 기다렸던 신혼이었다
열 살 위 남편
자상하였다
어느날은 발도 씻어주었다
어느날은 이쁘다 이쁘다 발톱도 깎아주었다

밤에는 운우지정 또한 그윽

그토록 실한 부부 집 안에만 있다가
눈 녹자
월악산에 가보았다
산기슭에 무덤 하나

여보 여기서 쉬어요

바로 그 무덤이
전남편 무덤일 줄이야

여보 오늘은 여기 있다가
그냥 돌아가요

전남편 무덤인 줄
알 까닭 없이
괜히 그 무덤 언저리
할미꽃들 어여쁘시다

엄진달 면장

검정옷 정복 입은 경찰이 잡아다 방공호에 밀어넣어 죽였다
붉은 완장 두른 인공 동무들이 잡아다
물 나오지 않는 우물에
밀어넣어 산 채로 쌓아 죽였다
다시 우익 유가족이
좌익을 싹쓸이로 잡아다 죽였다
죽창 몽둥이
지겟작대기 부러졌다
낫으로 찍었다
유엔군 누락병사의 M1소총으로 쏴죽였다

이런 마을에도 시간이 왔다
시간이 와서
시간이 갔다
하나둘 살아남은 자들이 돌아왔다
갈 데 없던 빨갱이 오촌 육촌들도
쭈뼛쭈뼛 자수하고 네발 기어 돌아왔다

봄에 얼음이 풀렸다 제비가 왔다

얼마 전
이웃마을에서 이사 온 엄면장
겉늙어 영감이지
마흔한살

어떻게 난리 속에서
대한민국 때에도 면장
인공 때에도 면위원장
다시
대한민국 때에도 면장이었다 기구하고 희귀하다

그 이웃마을 누구 하나
강아지 하나
다치지 않게 한 그 덕망으로
그도 살아남고
한 마을
한 고을이 곧이곧대로 살아남았다

그 엄진달 영감께서
사람과 산야 두루
황폐한 이 마을로
이사해온즉

아직껏 이 마을은 온통
학살과 피살의 저주 그대로인
흉흉한 마을

어느날 아침 나들이할 때
마음 닫힌 집 하나하나

찾아가 서로 인사를 나눴다
못자리하는 일
두벌 김매는 일
들일 따위
하나하나 얘기하며
몇마디씩 인사를 나눴다
다른 고장 이야기도 해주었다
그렇게 한 마을 뼁 돌아
위뜸 아래뜸 중뜸
다 돌자
벌써 한나절이 넘었다
너무 늦었다
그러나 잔걸음 서두르는 일 없이
훠이훠이 동구 밖 고개 소나무 밑
넘어가고 있었다

그 영감의 하루하루로
그 저주의 마을 하나둘 마음이 열리기 시작하였다
서로 사립문을 열기 시작하였다
그 어느 구석 처박았던
옛정 묻어나는 뻐꾸기소리
늦여름 끝물 참외 나눠먹었다
지난날 두레마을 그곳으로 차츰차츰 돌아갔다 돌아왔다

1965년 11월 19일 저녁

1965년 11월 19일 저녁
한 중학생 단테 한 군데 읽고 나서
뚝섬 협궤전차 철로에 뛰어들었다

누더기 주검

그날 저녁 영안실 안 냉동실에 누워 있었다

쇠톱이 쇠를 써는 아픔 두 개
그 어머니와
그 아버지에게 남긴 말 한마디 없다

오직 그의 공책 한구석에
단테
단테의 『신곡』을 말했다
그러고 나서
나를 온전히 파괴한 뒤 새로 시작하고 싶다
라고 썼다

그의 호주머니에 쪽지 하나가 더 있었다
지금 여섯시 기차가 들어온다 나는 간다

15세 중학생이었다
교내신문 편집국장

단편소설을 썼다
그 단편 속 주인공이 자살
자신이 쓴 소설 속으로 자신이 들어갔다
아버지 친구와의 놀랍게 조숙한 대화 빼어난 논리였다

정효민 키 웃자란 아이

남대문시장 입구

서울 남대문시장 야시장
촛불 켜놓고
촛불 춤추며 제사 지내듯 장사를 한다
시장 입구 가방 노점상부터
안쪽 도깨비시장까지
그 반코트
그 란제리
그 열쇠 자물쇠 장수
그 노리개장수
그 갖가지 방물장수에 이르기까지
일렁이는 남폿불 등불시장이 된다 제삿날밤이 된다

통금시간 임박
남폿불 하나씩 꺼지고 있다
노점상 하나씩
가게문짝 닫는다 생은 사이다

오직 시장 건너 길 건너
한국은행 본점 건물 야간전등이 환했다
전찻길도 텅 비었다
이윽고
은행 야간전등도 꺼졌다
비로소 밤하늘의 별이 있다 사는 생이다

남한 전력 19만킬로와트
그 전력을
쪼개고 쪼개어 썼다

모두 다 가난한 남폿불 호롱불
시장이 아니면
그런 불도 어림없다
집집마다
일찍 누워버리면 되었다

남대문시장 입구
나일론 평상복
엑스란 내복
방금 바람에 불 꺼진 어둠속에서
하루를 끝냈다

오늘 엑스란 내의
빨간색 내의 두 벌 팔고
나일론 허드레치마
여섯 개 팔았다

또순이 아가씨
그녀 몸뻬바지춤
구겨넣은 돈 꺼내어 세어보니

한 다발 되어갔다

이만하면 오늘도 무난했다
저녁 걸렀으니
국수 사먹어야겠다
세상은 크고
사람은 괜히 클 까닭이 없다 생은 생이다

밤참으로 국수 먹어야겠다 사는 사이다

옥채금

마산 재래시장 부림시장
늘 왁자지껄
늘 시끌덤벙
늘 떠들썩 들썩

메리야스 좌판가게 주인 김평도
지나가는 손님 불러대어
보소
보소
불러대어
날계란 먹고도 쉰 목청

그런 시장에도
3·15 부정선거의 탄식과 욕설
늘 떠들썩 들썩
순찰 지나갈 때
쉬쉬하다가
늘 떠들썩

1960년 4월 하순
메리야스 좌판가게 닫고
김평도가 나섰다
부산 원정데모대 휩쓸려
이승만은 물러가라

부정선거 다시 하라
외치고 외쳤다

헉

김평도가 쓰러졌다
학생들과 함께 쓰러졌다
서른여덟살 장사꾼이
처음으로 거리에 나섰다가
쓰러졌다

그해 5월
그의 가족들은 혁명가의 가족이 되었다
장례식도 시민장이었다

남편 김평도가 시장 좌판 차리고
메리야스를 팔던 시절 그리웠다
보소
보소
지나가는 사람 불러대며
메리야스 팔던 남편이 그리웠다
남편과 외동딸 그리고 그녀 자신이면
더 바랄 것 없었다
김평도 마누라 옥채금

해월의 따님

동학

수운의 도를 잇는
얼뿐인
넋뿐인
뜻뿐인
앙가슴뿐인

글자 한 자 모르는 사람

허나 온몸으로
스승의 도를 먹은 사람
백성의 온몸을 안은 사람
첩첩산중
세 가호 두메마을로
관헌에 쫓겨가다가
관헌보다
한발 앞서 떠나다가
끝끝내 잡혀 목 잘렸다

아비를 잃은 딸 윤이
옥천관아 옥에 갇혔는데
군수가 불쌍히 여겨
아전 정주현에게 맡겼다

그 아전의 아내가 되었다
아들을 낳았다
정순철

이 해월의 외손자가
장차 한국 초창기
동요 작곡가였다
손병희의 사위 방정환과 더불어
어린이운동
동경 유학
색동회 윤극영과 더불어
어린이운동

빛나는 졸업장을 타신 언니께…
이 졸업식 노래도 작곡했다

시절이여 해월의 핏줄 상기 궁궁을을(弓弓乙乙) 이어감이여

야반도주

비가 오다 말다 했다
몽달귀신
처녀귀신 나오는
고개를 넘었다
그때에야 숨을 몰아쉬었다

다시 돌아올 수 없는
고향의 밤

형수와 나
아니
내 여자와 나

내 여자가 말했다 이제 나 어떡해
내가 말했다 나만 믿어 아무 일 없어

그렇게 서울 원효로 한강가 무허가집
방 한 칸에
두 사람의 단봇짐 풀었다
이불 없이 잤다

내가 말했다 돌아갈까보다 서울은 살 데가 아니다
내 여자가 말했다
왜 그렇게 약한 소리 나와

우리한테는 여기밖에 없어
궂은 삶 밑바닥에서
차츰 내 여자가 나보다 강했다

몇번쯤
형을 생각했다
나는 형의 아우가 아니라
형의 원수
아버지 어머니를 생각했다
나는
아버지 어머니의 아들이 아니라
아버지 어머니의 짐승

이제 나는 나
내 여자의 사내이다
벌써 야반도주 2년

추석이 지나
설날이 온다
모두 돌아갈 고향이 있다
서울역전 귀성차표 예매로
긴 줄을 이었다

나 임동희

내 여자 구정숙
서울 변두리가 억지로 고향
서울 변두리가 억지로 타향

아들을 낳았다
호적에 올려야 했다
내 여자의 신분은
아직
내 여자로 되어 있지 않았다
형수였다

변영태

자유당정권 외무장관이던 것 말고
제네바에도 가고
서북항공편 타고
유엔본부에도 가 얼쩡거린 것 말고
훌쭉한 키에
코밑 수염 한줌 기른 것 말고
변영만
변영태
변영로 삼형제 소문난 수재인 것 말고
그따위 말고

가로되
내 마누라가 얼마 전 기도원에 가서 기도하다가
이번 대통령선거에는 반드시 내가 나가야 한다는 것과
내가 나가면 틀림없이 당선된다는 것과 만일
내가 이번 선거에 나가지 않으면 하느님의 중벌을
받게 된다는 것을 계시받았소이다

변영태 코밑수염 대통령후보께서
이 유권자 지지 편지 한 꾸러미를 몸소 나눠주는데
실은 박정희 군부의 정보공작인 줄 모르고 있었다

군소후보 난립해야
표 분산으로

박정희에게 유리하므로
그런 난립공작인 줄 모르고
하느님의 계시로 출마해 마지않았구려

신흥당 장이석
자민당 송요찬
추풍회 오재영
국민의당 허정
정민회 변영태
기타 제군들

이렇게 후보 난립이어야
민정당 윤보선 전 대통령을
떨어뜨릴 수 있구려
이렇게 후보 난립 뒤
막판에 하나하나 사퇴해야
박정희에게 그 표들
모여들게 되었구려

하느님의 계시 대신
지상의 계시를 받았구려

그런 변영태
그는 곧 시시한 지상을 시시하게 떠났구려

꿈

10월 어느날 그는 밀성으로부터 경산에 이르는 길을
가는 도중 답계역에서 하룻밤을 지내는데 꿈에 선인이
나타났다 일곱 장의 옷을 걸치고 와서 말하기를
나는 초나라 회왕 손심이다 서초패왕 항우에게 죽임을
당하여 빈강에 잠겼다고 말하고 홀연 사라졌다
그는 꿈 깨어 생각하기를 회왕은 초나라 사람이고
그는 동이땅 사람이다 만리나 격해 있을 뿐 아니라
세대의 선후도 천년이 훨씬 넘는데 그가 꿈에 나타나니
이것이 무슨 일일까 정녕 항우가 사람을 시켜
몰래 죽이고 그 시체를 물에 던진 것일까 알 수 없는 일이다

그는 그 꿈속의 회왕을 위하여 추모시를 썼다

그는 온갖 벼슬 마치고 고향으로 돌아가니
그 청빈을 듣고 왕 성종이 쌀 70석을 내리고
다음해 노비와 전답을 내렸다
세상 떠나니 왕이 시호 문충(文忠)을 내렸다

후대 연산군 시절
그의 제자들의 신진세력과 훈구세력 사이 갈등으로
신진세력의 스승이 남긴 추모시가
세조를 비방한 대역부도 역적으로 몰려
선산에 묻힌 지 오래인
무덤 속의 백골이 파헤쳐져

난도질당하였으니
그 뼛조각들 다 시궁창에 내버려졌으니 일러 김종직 부관참시

누구의 꿈속에 나타나리오
뒷날 누구의 꿈속에
나타나서
누구의 추모시로
위로받으리오

송철원

마로니에 그늘 밑 여럿 중에서
학림다방 안에서
대학본부 정문 밖 거리에서
언제나 선소리로 눈에 띄었다

서울대 정치학과 4학년 송철원
누구나 그의 친구가 되고 싶었다
그의 주위에 있고 싶었다
그런 사람 송철원

1963년
중앙정보부는
청년사상회
약칭 청사회
영문 유스소우트파티
영문 약자 YTP를 만들었다

대학가 침투

대학 시위 막고
대학 저항 분쇄하기 위한
어용학생회

여기에 가입하면 장학금 나오고 장차 취직도 보장

당장 활동비도 나온다
학생 감시 학원 감시의 조직
바로 송철원이 그 조직의 중심
장래가 보장되었다
장차 정계로 보낼 것이다

자못 활발
학내 상황을 중앙정보부에 수시로 보고
30여명 학우를 거느리고 암약
그러다가 중국집 진아춘에서 민비련 학우 만나
민족주의비교연구회와 어울리며
돌아섰다
돌아서서
홱 돌아서서
서울대 학원사찰조사위 위원장이 되어버렸다
그가 거느리던
YTP를 폭로해버렸다

이로부터 그는 정보부 YTP가 아니라
이로부터 서울대 학원투쟁의 선봉

그의 시체선언문

시체여!

너는 오래전에 이미 죽었다
죽어서 썩어가고 있었다
넋 없는 시체여
반민족적 비민주적 '민주적 민족주의'여
네 주검의 악취는 '사꾸라'의 향기가 되어…
시체여 죽어서도 개악과 조어와 식언과
번의와 난동과 불안과 탄압의 명수요
천재요 거장이었다
너 시체여
너는… 희대의 졸작이었다…

그렇게
박정희 독재의 민족적 민주주의를 규탄
그렇게
한일굴욕외교 비밀거래외교를 규탄
그리하여
민족적 민주주의의 관을 메고
연건동 대학 정문 밖 거리로 나왔다

체제전복죄로 구속
영장 기각
다음날 육군공수단 군인이 법원에 쳐들어가
기각 판사에게
수류탄을 터뜨렸다

송철원은 납치되어
도봉산 외딴 건물로 끌려가
하루 내내
얻어맞고
얻어차이고 짓밟혔다
온몸 담뱃불로 지져댔다

배신자라고
빨갱이라고
고정간첩이라고
너야말로 시체라고!

송철원은 축 늘어져
내버려졌다
불개미가 기어올라도 모르게
내버려졌다

술 한잔 여본걸 씨

이르되
겉과 속 한결같은 순향(純香)
설익지 않고
너무 익지도 않은 청향(淸香)
불기운 고르고 고른 난향(蘭香)
곡우 앞에 따 만든 진향(眞香)

이 네 향을 살려 한잔의 차 올리는도다

뜨거운 물을 숙우에 받는도다
다관에 그 물 부어놓은 뒤
다시 뜨거운 물을 숙우에 받는도다

과연 차 한잔의 도
만만치 아니하는도다

찬물 70도에서 80도쯤 데워
이런 길목
물이 너무 뜨거우면 이른바 신기(神氣)가 날아가므로
차 우리는 일 쉬운 노릇 아니라 하여
차 우리는 하기(下技)
상기(上技)
중기(中技)
오늘은 먼저 차를 넣고 물 붓는 하기로 올리는도다

자못 혼자 그윽이 마시는 신의 경지
둘이 마시는 승(勝)의 경지
서넛이서 마시는 취(趣)의 경지
대여섯이 어리수굿 마시는 범(汎)의 경지
그보다 더 많은 사람 모여 마시는
시(施)의 경지

누가 이르기를
에스프레쏘보다
차
차보다
그냥 찬물 한 그릇이라 하였거니와

차 한잔 앞에 앉았던
성깔쟁이 여본걸 씨
그런 수작 역겨워라
벌떡 문 박차고
술집으로 가는도다
가서 술 한잔 탁 털어넣으니
발끝까지
머리터럭 끝까지 싸잡아
팍 취하는도다
날 팍 저무는도다

길자

눈 초롱초롱하다
여덟살 길자
정길자
사흘 만에 한번씩 학교에 갔다

결코 슬프지 않다

바람 부는 날
콧노래도
바람에 날려보냈다
이미자의 「동백 아가씨」도
날려보냈다

이틀 동안
깡통 들고 거리를 돌며
밥을 얻었다

결코 거지 노릇
슬프지 않다

밥 얻어
늙은 아빠
병든 엄마 밥 먹였다

어디 길자만인가
산동네
50여 집 아이들 너도나도
시내로 밥 얻으러 나가야 했다

아 아침과 저녁 깡통대열 보무당당

그 길자가 별 보며 한 점 부끄러움 없이 돌아왔다
「동백 아가씨」
노래하며
언덕길 올라왔다
오늘밤은 제법 깡통 묵직
밥과 반찬쓰레기 꿀꿀이 많이 걸렸다

아빠 여기 고기도 있어
아빠 여기 돼지비계도 한 조각 있어

박벽안 스님

1961년 8월
국가재건최고회의
내각수반 송요찬
재무장관 천병규
의장고문 박희범

의장 박정희 장군 앞에서 선서
기밀누설의 경우
총살해도 감수하겠습니다

이렇게 극비 화폐개혁
지난 9년간 세운 환화(圜貨)를
10 대 1 원화(圓貨)로 평가절하하는 개혁 시작되었다

경제기획원장관
김유택도 몰랐다
정작 한국은행 총재
민병도도 몰랐다
심지어 최고회의
재경위원장 김동하도 전혀 몰랐다

영국 민간화폐제조회사에 극비 의뢰
그 새 지폐는
정기화물선을 타고

1962년 4월 부산항에 도착했다
폭발용 화학물질로 위장
군함에 옮겨져 바다 위에 떠 있었다
며칠 뒤 부두의 창고로 옮겼다
화학기계 부품으로 표시된 위장화물

미국에도 알리지 않았다
국내외 장롱 속 현금
숨은 현금 금고 속 현금 다 꺼내기 위해서였다

드디어 화폐개혁 공표
환이 가고
원이 왔다
여기저기 환이 나와야 했다
10 대 1

나라 안은 커다란 혼란 속
원조국 미국이 화냈다
괘씸타 괘씸타 화를 냈다

그러나 환화 수거 예상액수
미치지 못했다

최고회의 재경위원 유원식이

새 원화 보고
처녀기생 같다 하고
수거한 환화를
은퇴기생이라 했다
여기저기 욕설이 쏟아졌다

하필 이 화폐개혁날 결혼한
시인 박재삼은
축의금 한푼도 못 받고
빚진 결혼식

이 화폐개혁날
저 양산 통도사 도인 박벽안 스님
그동안 차곡차곡 쌓아둔 돈
무려 7백만환
그 돈 다 들통나버렸다
도인이 아니라
금인이었다
화폐개혁 뒤
다시
금인에서
도인으로 돌아갔다

할(喝)!

황태성

처음 쿠데타에 성공한 박정희를 적대자로 보지 않았다
비록 남로당 군부 내 지하당을 팔아서
살아난 자이지만
북에서는 진작 남로당을 숙청한 바 있으니
박정희를 적대자로 보지 않았다
그런 박정희가 쿠데타 직후
남의 영화 「성춘향」을 보냈다
북에서도 「꽃 피는 평양」을 보내왔다

남의 육군 HID는 극비로 정치회담을 제의
북의 대남총국도 이에 화답
그리하여 북의 무역성 부상 지낸 황태성이
평화통일회의 추진 비밀대표로
남에 내려왔다

박정희는 나를 사숙하던 아이입니다
그 아이를
내가 가서 만나겠습니다

그가 남에 내려왔다
박정희 형 박상희의 친구인 황태성
박정희가 장래를 의논하던 황태성
박정희 만주사관학교 시절
휴가 오면 으레 인사받던 황태성

그의 형 박상희 중매도 섰던 황태성
해방 후 박정희 남로당 입당 당시
신원보증인 황태성
1948년 대구사태 적극가담
박상희는 죽고
황태성은 북으로 갔다
그가 온 것

그런데
정치회담 제의는
일정한 시기까지
북의 도발을 막으려는 공작
거기에 북이 넘어간 것

1961년 9월
황태성이 남으로 내려와
옛 후배 김민하를 찾았다
박정희와
김종필에게 알리라 했다
김민하는 왕학수를 찾았다
왕학수는 김종필을 찾았다

중앙정보부
김종필은 침묵

황태성에게 그냥 돌아가라 전했다
황태성 돌아가지 않았다
김종필은 자신을 닮은
가짜 김종필을 황태성에게 보냈다
반도호텔 735호실
그를 간첩누명으로 구속
전격 처형
이러는 과정에서
61년 9월부터 62년 8월까지
서해 용매도 불당포에서
남과 북 비밀접촉
미국 몰래 추진하다가
미국에게 혼쭐났다
황태성의 헛된 죽음 이후
그때부터 박정희는 명실상부 북의 적대자가 되었다

가수 한명숙

청승
애조
멜로드라마의 시대
뽕짝의 시대

이것들이 전쟁의 상처를 다스렸음
이것들이 피난의 고달픔을 달랬음
이것들이 실연을 어루만졌음
이것들이 고향 잃은 자 고향을 대신하였음

이런 판에 느닷없이
가수 한명숙이 나타났음
노래 「노란 샤쓰 입은 사나이」가 퍼져나갔음
서럽고
구슬프던 가락 대신
명랑하고 쾌활한 노래 하나가
세상을 흔들었음
세상을 깨웠음

흰 와이셔츠에 염색군복뿐인데
노란 와이셔츠가 나타났음

노란 샤쓰 입은 말없는 그 사람이
어쩐지 나는 좋아 어쩐지 맘에 들어

미남은 아니지만 씩씩한 생김생김
그이가 나는 좋아 어쩐지 맘에 들어
아아 야릇한 마음 처음 느껴본 심정
노란 샤쓰 입은 말없는 그 사람이
어쩐지 나는 좋아 어쩐지 맘에 들어

여대생 통학버스도
노란 샤쓰 입은…
어린이도 누구도
노란 샤쓰 입은…

이로부터
「타향살이」
「이 강산 낙화유수」
「단장의 미아리고개」
「이별의 부산정거장」 지나
노란 샤쓰 입은
느릿느릿 걸어나오는
이승만 각하 대신
뚜벅뚜벅 걸어가는
박정희 장군
그 씩씩하고 무뚝뚝한 걸음걸이
그 꼿꼿한 스타카토 걸음걸이

바로 그 5·16 군사쿠데타의
군인시대의 노래

노란 샤쓰 입은…
노란 샤쓰 입은…

부활

칡뿌리 캐먹었다
쑥 뜯어다
쑥잎 훑어다
쑥물 먹었다

빈속이 아리고 아렸다 쓰라렸다

전남 구례군 오동골 당년 49세 이장춘
어린 자식이
쑥물 마시고
다리 휘청거리는 것 보고

농약 두 모금 마셔버렸다
쓰러졌다
죽었다
그런데 모진 목숨
다시 살아났다

왜 나 살렸느냐고 마을사람들을 원망

이 기사 쓴 지방기자는
바로 당국에 체포 구속되었다
북괴 지령을 받아
이런 비참한 사실 폭로했다는 것

6·3의 시대 개막

여기 만인보 인물
세 사람 있다
어디 만나보자꾸나

서울대 상대 운동장
신랑 매판자본
신부 가식적 민주주의

주례 제국주의

이 결혼식은 바로 화형식으로 바뀌었다

신부
신랑
주례에 불질렀다

불지르고 나서
교문 박차고 나섰다
안암동으로
미아리로 나섰다

종로 연건동
문리대에서 김종필 화형식도 거행

군사훈련에서 막 돌아온
ROTC 후보생도 함께였다
1964년 6월 3일
1만여명의 시위대열
태평로
세종로도 학생과 시민이 장악했다
청와대 앞까지 밀어붙였다

국무총리 정일권은
대통령 박정희를
헬리콥터로 대피시켰다
박정희 사임하기 직전
미국이 사임을 막았다

박정희 조니워커 한 병을 마셔버렸다

이로부터 30일간 아니 55일간
6·3봉기는 길고 길었다
비상계엄령
무장군
무장경찰 총동원

부상자 2백명
체포 1천1백20명

학생 1백68명
민간인 1백73명
언론인 7명
합계 3백48명 구속 송치

그로부터 저 70년대가 왔다
저 80년대가 왔다

밤섬 윤옥녀

어이하나
어이하나
한강
밤섬
1만 7천평
섬 언덕배기 당집 언저리
너울너울 흰나비 어이하나

78가호
443명

피씨도
윤씨도
조씨도
이씨도
박씨 홍씨도
다 한 피붙이
삼촌이고
사촌이었다

어쩌다 다툰 뒤
정든 형과 아우였다

누룩 같은

깻묵 같은
내 고향 밤섬이었다

철새도 텃새
그런 밤섬이었다

그 밤섬 사람들 떠나야 한다
어이하나

1968년 2월 10일
밤섬 폭파
물 건너 와우산 기슭으로 강제이주

밤섬 옥녀
육지를 그리던 그네
정작 육지로 건너가
창전동 판잣집에서 살기 시작

다음날도 다음날도 사라진 고향 밤섬이 그리웠다
육지가 싫어졌다
어이하나

육지 사내 찌꼬 바른 사내 포마드 바른 사내가 싫었다
어이하나

어린 종 견동이

연산군 훈구세력 이극돈의 집 종
서른세 놈
아홉 년

그 가운데 아비 종과 자식 종 세 부자

그 가운데
겨울밤 얼어터진 발이 그대로 이름이 된 늙은 종
빙족(氷足)의 자식

견동(犬童)이

개새끼를 한자로 부르니
견동이

그 아이가 겉으로는 도랑 건너가다가 심부름 잊어버리는 멍청이건만
속으로는 생이지지(生而知之)로
모르는 것 없으니
저 혼자 뒷산 무덤에 올라

아 여기에는 양반 상놈 씨도 없구나
하고 벌렁 누웠으니

하늘 속 솔개

둥글게 돌고 있다
내일모레 견동이
도망치리라
아비와 함께
도망치리라

차라리 첩첩산중 달밤에 짖어대는 여우 노릇이 좋겠다
흙 속의 두더지 노릇이 좋겠다
이놈의 찌긋찌긋한 종보다

머리칼 장미

윤이상은 물고문을 견디어냈다
윤이상은 전기고문을 견디어냈다
견디어내는 것은
못 견디어내는 것

자살밖에 없었다

취조관 유리재떨이 집어들어
자신의 뒤통수를 쳤다
쏟아진 피로
유서를 썼다

나의 아들아 나는 스파이가 아니다

자살미수

병원 호송
세 사람의 감시 속에 벌렁 누워 있었다

다시 감옥으로 돌아갔다

1967년 9월 17일
쉰번째 생일이 돌아왔다
남편에 이어

감옥에서 남편이 보고 싶어한다고 유인해다가
구속시킨 아내 이수자가
다른 교도소 옥방에서
자른 머리로 장미꽃을 만들어
관제엽서에 붙여
윤이상 옥방에 보내왔다

당신의 생일을 축하합니다 윤이상 눈으로 울고 코로 울었다

천상병

폐허 명동이 그의 문학의 시작이었다
그 명동이
차츰차츰 폐허가 아니었다

그 명동 거리
천상병

누런 이빨이 웃어댄다
검정 얼굴이 꺼이꺼이 웃어댄다
울음과 웃음이 하나

친구 만나면

백원만 다우
이백원만 다우

선배 만나면
백원만 주오
이백원만 주오

이런 구걸시인 천상병

그가 오랜만에 옛 학우
중퇴한 서울상대 동기

헤겔철학 안내인 임석진
서베를린 유학생
돌아와
명지대 교수인 임석진을 만났다

야 막걸리값 좀 내놔라

그리하여
막걸리값
밥값 몇푼 받아

동백림간첩단사건
간첩공작금으로 되어버렸다

남산 지하실
고문
고문
와이셔츠에
전기다리미 지나가는
고문
그 고문 6개월

재판받고 나와
행려병자로

시립정신병원에 어찌어찌 유치되어버렸다

그 천상병 죽었다고
친구들이
유고를 모아
시집 『새』를 만들었다
국판 양장본
친구들이 들고 다니며
팔았다

그는 살아 있었다
세상에 다시 나왔다
백원만 다우
내일 줄게
야 너 미래파로구나

박종홍

일제시대 경성제대 법문학부 철학과 졸업
일제시대 이화여전 교수
해방시대 서울대 교수
어린 시절부터 근엄했다
품격의 이목구비
품격의 언행
그가 걸어가면 향기로웠다
그가 앉아 있으면
그 방이 향기로웠다

칸트철학
헤겔철학 전공
사변 뒤에는 하이데거철학도 마다하지 않았다
관념철학에서 실존철학 실존철학에서 분석철학
그러다가 한국철학
한국의 불교사상
한국의 유교사상

한국철학회 회장
한국사상연구회 회장

그러는 동안
군사정권
국가재건최고회의 기획위 사회분과위 위원으로 참여했다

재건국민운동본부 중앙위 위원
국민투표관리위원
5·16민족상 심사위원
5·16민족상 이사

그러는 동안
유신체제 이데올로기
국민교육헌장 기초
대통령 교육분과 특별보좌관
아예 강단을 떠나버렸다

3년 뒤 박정희가
죽기 전
먼저 죽었다

무릇 선비란
군왕을 받드는 본분을 알거늘
그 조선 후기 성리학체제를 그대로 이어
영구집권의 군왕 박정희를 보좌함이여

과연 한국철학 조선후기 성리학의 적자로다 근대철학 고아로다

수번 710번의 죽음

여름 나기는 마산교도소가 좋다
겨울 나기는 부산교도소가 좋다
여름 나기는 춘천교도소가 좋다
겨울 나기는 순천교도소가 좋다
여름 나기는 군산교도소가 좋다
겨울 나기는 전주교도소가 좋다
여름 나기
겨울 나기 다 어려운 곳은 대구교도소

그러나 대구교도소
아시아 교도소 중
가장 큰 교도소
서울교도소와 함께
가장 큰 교도소

여름 나기는 강릉교도소
겨울 나기는 목포교도소

여름 나기
겨울 나기 둘 다 어려운 곳은 원주교도소

이런 감옥타령 있으나마나
겨울 나기는 옆사람 체온으로
우정이 생긴다

동성애가 생긴다

여름 나기는 사람 체온으로
한방 30명
서로 증오가 뿜어댄다

한밤중 자다 깨어
마구 치고받는다
그러다가 710번 이장수가
뻗어버렸다

씨팔
씨팔
잠도 못 자게
씨팔

30명이 다 깨었다
옆방 30명
그 옆의 옆방 30명도 다 깨었다

씨팔 이 밤중에
사람이 죽었어
사람이 죽었어

5동 12방이 다 깨어버렸다
보안계장이 달려왔다
관사에서 자고 있던
부소장이 달려왔다

강도범 이장수
형기 1년 반 남겨놓고
뻗어버렸다
그를 친
폭력범 113번 오병완이
불려나갔다

이장수의 꿈
1년 반 지나면
한탕 쳐
울릉도 건너가 식당 차리는 것
그 꿈 접고
쭈욱 뻗어버렸다 실려나갔다

강태원 원장

대전 선화동 일심영아원 강태원 원장은
늘 정장 차림의 신사
늘 정중한 신사 온화한 미소의 신사
주일날
또는 수요일 밤
예장 베다니교회 예배에 꼭꼭 참석
집사이다가
장로에 장립 돈독한 신앙 간증의 신사

놀라워라

지지난해 이래 2년간
어린 고아들
분유로 자라는 아기들
마흔 다섯인가 여섯인가를
굶겼으니
굶겨죽였으니

군산비행장 미군 장교들의 지원
미국 기독교 선교부의
푸짐한 지원
다 딴 주머니에서 이자 키우며 고리채 놓으며

그 영아원

몇사람 직원의 월급도 반년 가까이
주지 않았으니
아기들
굶겨죽였으니
어휴 찬송가집 찬송가 음보 콩나물대가리들 할말 없어라

홍어배 임태섭이

다도해에 비바람 친다
다도해 섬들 비바람에 묻힌다

다도해 섬마을 지붕들
다도해 섬마을 포구의 주낙배들
비바람에 묻힌다

먼바다에 나간 홍어배 돌아오지 않는다

돌아오면
신랑이 될 임태섭이 돌아오지 않는다
그를 기다리는
신붓감 오명자네 집 마당 붉은 맨드라미 대가리
비바람에 묻힌다

다도해에 비바람 친다
다도해에 비바람 친다

사흘 뒤
그 지긋지긋한 비바람 갔다
다도해 눈떴다

임태섭이 탄 홍어배
돌아오지 않는다

그 갓난아기

세상은 누가 오고
누가 가는 곳

구름
눈물
미움 옆의 사랑
그런 것이 있는 곳

아기 오는 곳

자궁 속 열 달
얼마나 행복했던가
그것으로
그것으로
더이상 바랄 나위 없던가

산모 진통
사느냐 죽느냐
그 진통 사흘 낮밤 넘기더니
어렵사리 태어난
아기

새벽 촛불 아래
피투성이 볼기 탁 치니

응애
응애
응애

서너 번 울고는 바로 세상 떠나버렸다

아기 울음소리 들은 뒤
까무러친 산모
아직 아무것도 모르나
마루에 있다가
방 안으로 들어온
아버지는 입을 다문 채
벌써 시신이 된
아기의 고요를 내려다본다
밖에서 할아버지가 말했다
어서 갖다 묻어라

한 생애가 끝났다

구재학당의 밤

송악산세는 북한산세와 어슷비슷

때로는 북한산 인수봉의 꿩이
멀리
송악산까지 날아가
그곳 자하동 콩밭에 내려앉았다더라

그 자하동에 아홉 채 공부방이 서 있으니
최충 어른의
구재학당(九齋學堂)
그 공부방
오경삼사(五經三史)와
시부(詩賦)를 익히니
어제는 경사(經史)를 말하고
오늘은 시를 읊어
뜨거운 감개이더라

그 최충 어른의 학도
최공도(崔公徒) 가운데

기이한 임빈우라는 생도 있었으니
그는 낮에는 공부에 열중하다가
밤에는 공부한 것 다 내버리려고
머리를 벽에 찧어대더라

쿵
쿵
쿵
그 벽에 찧어대는 소리가
만월대 구중궁궐 왕비마마 침전까지 들리니
이 무슨 하늘의 뜻인고 하고
왕비마마 잠 설치고 일어나
책을 읽으니
임빈우 생도가 버린 공부가
왕비마마 머릿속에 다 들어오더라

기이한지고
바다 건너
송나라 황후가
고려의 왕비를 꿈속에서 보고
이 무슨 하늘의 뜻인고 하고
큰절을 올렸다 하더라

이 세상에
천자보다 높으신 것은
공부인가 하옵니다
높으시옵니다
높으시옵니다

그런 꿈 깨고 나서
송나라 황후
찬물 한 그릇을
마신 뒤 다시 재밤 잠을 청했다 하더라

| 해설 |

「아, 고은」의 속편

김윤식

1. 창작적 편향성과 비평적 편향성

객 선생이 쓴 글 중엔 「아, 고은」(『거리재기의 시학』 시학사 2003)이 있더군요. 이런 글도 평론축에 들 수 있을까. '아!'라는 감탄사를 앞세우고도 감히 평론이라 우길 수 있을까. 이런 물음을 물리치기 어렵더군요.

주 그게 내탓일까요. 원인 제공자는 정작 일초(一超) 시학이었으니까.

객 평론으로 다룰 수 있는 시가 아니다, 미당시나 김수영시란 평론의 대상으로 논의할 수 있으나 고은의 시만은 그런 범주일 수 없다는 뜻이겠습니다그려. 설마 선생은 저 서양사람인 T. S. 엘리엇의 흉내를 내고 있지는 않겠지요. 좋은 작품이란 문학적 기준으로 잴 수 있지만, 훌륭한 작품이란, 별개의 평가기준이 요망된다는 것. 이 경우 엘리엇의 머릿속엔 종교적 기준이 들어 있었지요. 가톨릭 말이외다. 일초시학을 잴 수 있는 기준이란 무엇인가. 이런 의문이 「아, 고은」론으로 치닫지 않았을까.

주 무엇을 논의하고자 함에는, 제일 먼저 어떤 기준이랄까 잣대가 요망되는 법. 시의 경우라면 시를 잴 수 있는 잣대가 요망될 수밖에. 문학적 또는 미학적 장치로서의 시적 기준이 먼저 있고, 특정지방적인 시적 전개에서 수립된 기준도 있지요. 시문학사적 시선이 이에 해당합니다. 모든 국민이나 종족은 제각기 독특한 창작적 경향(마음의 흐름)을 가졌을 뿐 아니라 비평적인 편견(경향)을 갖고 있으며 또한 그들의 창작적 소질의 단점, 한계를 생각하는 일이 있지만 비평적 습성의 단점, 한계를 오히려 잊어버리는 경향이 있다(「전통과 개인의 재능」)라고 엘리엇 그 사람이 말한 바 있습니다. 한동안 저는 이 편향성의 대목에 막혀 헤맨 바 있었소. 우리의 창작적 소질의 장단점은 무엇인가가 그 하나. 이 경우, 비교할 수 있는 길은 중국시와 한국시 또는 일본시 또는 서구의 시들이겠지요. 공부가 모자라 이 문제를 풀기 어려웠으나 중요한 점은 이 기준이 늘 가로막고 있어 제 판단을 재촉했지요.

객 선생의 평론에서 제가 읽은 바에 따르면, 우리 시의 장단점이란, 극단으로 달리는 경향이 아니었던가요. 소월시로 대표되는 깊은 서정성이 그 하나. 다른 하나는 카프시로 대표되는 과격성. 여림과 거칢으로 요약되는 것. 선생은 이 둘이 지닌 특성을 자주 자각하고 있어 보이던데요. 혹은 과불급(過不及)의 중용찾기라고나 할까요. 이브 본느프와의 지적대로, 영시란 의미 추구에 기울어졌고 이에 비해 프랑스시란 애매모호성(울림)에, 그러니까 의미 쪽이 아니라 존재의 깊이에 기울어졌다는 것. 선생은 자주 이 점을 인용하곤 하더군요. 그 인용 속엔 우리 시의 장단점은 무엇인가가 함의되어 있더군요. 이 점을 자각한 연후에야 우리식 비평적 경향을 문제삼을 수 있겠으니까.

주 제 공부가 얼마나 짧은가를 은근히 지적했네요. 아주 여린 서정성과 아주 과격한 생경성까지는 어느 수준에서 지적할 수 있으나 그 둘을 잇는 매개항이랄까 다리 같은 것, 이른바 시의 중용 같은 것의 모색에는 이르지 못했지요. 기껏 생각해낸 것이 우리 시의 내적 형식으로서 (1)혼의 시(소월) (2)정신의 시(육사) (3)초월의 시(만해) (4)감각의 시(지용) (5)노래의 시(임화) 등입니다.

객 내적 형식으로서의 굵직한 범주에 고은 시학이 들 수 없기에 「아, 고은」으로 튕겨져나갔다는 뜻으로 들립니다. 그 글에서 선생이 제일 많이 언급한 것이 『만인보』이더군요. 말을 바꾸면 『만인보』 앞에 선생의 평론이 무력해졌다는 것. 왜냐면 그 『만인보』 속에 선생도 등장할 뿐만 아니라 선생이 지도교수였던, 한강에 투신한 한 여학생(박혜정)도 등장했으니까. 『만인보』란 따지고 보면 한 시대를 온몸으로 살았던 사람들의 자화상이니까. 『만인보』를 논의함이란 그러니까 선생 자신을 평가함이 아닐 수 없었지요. 자기가 자기를 논의함이란, 심경고백일지언정 평론일 수 없었던 것. 맞습니까?

주 비평이란 궁극적으로는 '자기의 꿈을 회의적으로 말하기'(코바야시 히데오小林秀雄)가 아니겠는가. 말을 바꾸면 타인을 빙자해서 자기를 말함이기에 평가의 형식이라기보다 열정의 형식이라면 어떠할까. 「아, 고은」일 수밖에요.

2. 「아, 4·19」라야 되는 까닭

객 『만인보』란, 한 시대를 살았던 사람들의 족보라고 선생은 규정했더군요. 족보란 그러니까 가문의 내력 아닙니까. 내력이되, 몇대조가 무슨 벼슬이었다 따위를 내세움에 그 존재의의가 놓이지요. 벼슬이란 새삼 무엇인가. 가치있는 일, 고상한 일, 정의로운 일 등을 통틀어 벼슬이라 하겠지요. 문제는 이 벼슬을 드러냄에 가장 민감한 시인이 바로 고은시학이라는 점이겠지요.

주 민감한 시인이 아니라 고전적 시인이라 할 터입니다. 정확히는 발생적, 본래적 시인이겠지요. 모두가 아는바, 저 『국가론』의 저자 플라톤의 유명한 스캔들, 곧 시인추방설을 감히 떠올려보십시오. 그가 시를 공격한 이유는 시가 지닌 (1)모방하기 (2)비교육적 기능 (3)이성을 마비시키기 등입니다. 진리를 그리지 않고 현상(가상)을 모방하기, 그것도 비이성적(선동적)으로 하기 때문이라는 것. 그의 철학관에서 보면 응당 그렇게 보이겠지요. 이 점에 대해 『국가의 신화』의 저자 카시러(Ernst Cassirer)는 아주 유력한 해석을 내린 바 있습니다. 플라톤이 싸우고 부정한 것은 시 그 자체가 아니라 시가 지닌 '신화작용'에 있다는 것.

객 '신화작용'이란 그러니까 오늘의 말로 하면 일종의 유언비어랄까, 아마도 어둠속에서 깃든 말들이겠지요.

주 본래 시인들은 참된 신화작자였다는 것. 이 점이 중요합니다. 헤로도투스가 말한 바와 같이 호메로스와 헤시오도스는 신들의 족보를 만들고 그 모습을 그리고, 그 직무나 권한을 정했던 것. 바로 여기에 철학자가 세우고자 하는 국가론에 대한 진짜 위험이 존재했던 것. 따라서 시를 인정할 것 같으면 모든 철학(이성)적 노력이 무효화되어 국가론의 기초 자체가 무너지게 되는 것. 이상국가에서 시인들을 추방함이 철학자가 세운 국가를 보존하는 길이며, 그 파괴적인 적대세력의 침입을 막을 수가 있다는 것. 잠시 플라톤 당대의 사회를 상상해보십시오. 제정일치시대였던 것. 우리의 단군 역시 제정일치의 수장이 아니었던가. 이성을 중심점에 놓고 제(祭)와 정(政)을 분리하고자 시도했을 때 종교 쪽에서는 거센 반발에 봉착하지 않으면 안되었을 터. 이 종교 쪽의 대변인이 시인이었기에 시인추방이 불가피했을 터.

객 그리스사회의 종교적 성격은 의인적 다신교와 밀교적 의식성의 혼재였다고도 말해지더군요. 플라톤이 공격한 것은 종교성과 신화성의 혼재에 내포된 인습성이었던 모양입니다. 이 인습성의 공격, 비판이 어째서 시의 공격과 동질적인 것일까요.

주 종교성과 신화성이 융합된 물신적 상태의 권능뿐 그 구습의 매개자(출현자)가 다름아닌 시인이었고 그러한 기능을 담당한 것이 시였지요. 플라톤의 철학이 종래의 그리스사회(폴리스)를 지배해온 인습적 삶보다는 월등히 새로운 세계관을 포함했을 때 이 새로운 세계관에 완강히 저항하는 인습적 기능과 싸우지 않으면 안되었던 것이지요. 종래의 신화로 말해진 신들의 사적에 따르는 전승적 권위를 허용함이란, 플라톤이 이상으로 내세운 국가의 건설 및 통치엔 치명적이었을 터. 신화작용을 공격하는 것은 자기의 사상의 존립에 대한 위기의식을 뜻하는 것. 그러니까 이 사태의 중요성은 시의 기능과 정치적 기능이 그 발생적 상태에서부터 갈등을 내포했다는 것. 이 두 가지 기능과 그 갈등양식의 문제가 실제로 어떻게 일방적으로 대뇌다혈화(大腦多血化)하느냐라는 점은 곧 오늘날의 국가 통치자나 정치이데올로그에 직결되는 것이지요. 기원전 5세기에 플라톤이 시도한 신화추방이라는 거대한 구상이 오늘날까지 지상 어느 곳에서도 성공하지 못하고 있다는 사실을 직시할 필요가 있지요.

객 선생이 말하고자 하는 것은 다음 두 가지인 듯합니다. 하나는, 정치가 권력에 의해 인간을 지배하는 원리라면, 다시 말해 이성에 의한 통치라면, 그래서 합리적이며 환한 대낮(이성, 합리적 사고)의 세계라면, 시는 종교와 함께 인간의 혼을 지배하는 세계, 곧 정치와는 다른 방향으로 인간을 조직하는 것. 환한 대낮의 세계가 아니라 어두운 밤의 세계라는 것. 그러니까 이 둘은 각각 그 몫이 다르기에 어느 한쪽이 다른 쪽을 원리적으로 추방하거나 물리칠 수 없다는 것. 다른 하나는, 이 점이 중요한데, 선생과 우리가 함께 살았던 저 군부독재의 70~80년대의 사회에 관련된 이해방법이겠는데요. 군부독재란, 누가 보아도 환한 대낮, 합리적 이성적 세계의 실현일 수 없지 않았던가. 플라톤이 세우고자 하는 국가와는 거리가 한참 멀었지요. 단지 폭력적 제도의 힘으로 유지되었을 따름이니까. 그 순간 신화작용이 사회 내부에서 분출해나올 수밖에. 그것도 거대한 세력으로. 도처에서 스물거렸지요. 유언비어(유비통신)가 그것.

주 그러한 비합리적 국가통치체의 등장시기의 첫번째 단계가 바로 4·19였지요. '아, 4·19'라고 말해지는 것도 이 때문이지요. '아, 4·19'라 규정됨은 그것이 자기증식성으로 향했다는 데서 왔지요. 4·19가 1년여 만에 도적당했음이 그것. 5·16군사혁명이 그것.

객 4·19란 도적맞았기에 한층 절박한 표상이었다, '아, 4·19'가 된 이유라고 선생은 우기십니다그려. 도적맞을 정도로 4·19는 어수룩한 것이었다는 뜻이겠는데요.

주 잠시 볼까요.

두려울수록 목청이 컸다

무서울수록
더럭 겁날수록 목청이 컸다 장마철 폭포였다

부산 동래고 유수남
두려울수록
여드름이 성했다

무서울수록
겁날수록 걸음걸이 힘찼다

슬픈 군가가 힘이 되었다

전우의 시체를 넘고 넘어
우리는 전진한다…
낙동강아 잘 있거라
우리는 전진한다…

항상 2학년 겁보들이
항상 2학년 여드름들이 앞장섰다
슬픈 군가가 뜻이 되었다

1960년 4월 18일
부산 동래고 학생들이
시내 거제리
서면
적십자병원 앞까지 나아갔다

경남공고 부산공고 항도고 학생들이 합류했다

철길을 타고 나아갔다
어느새 범일동 공장거리도 지나갔다

목청이 컸다 천둥이었다
김주열 군과
김영길 군을 참살한 자 처단하라
부정선거 무효다
자유당은 사죄하라
이제는 어떤 두려움도 없이
슬프지 않은 군가를 불렀다

동래고 유수남
경남공고 김칠수
서로 모자를 바꿔썼다
어떤 무서움도 없었다

전우의 시체를 넘고 넘어…

—「동래고 유수남」 전문

4·19의 주체세력이란 이런 학생, 그것도 고등학생이었음을 시인은 정확히 드러냈지 않습니까. 고등학생이란 새삼 무엇이뇨. 여드름투성이의 마음 가난한 존재. 요컨대 관념의 힘에 좌우되는 존재이지요. 교과서에서 배운 대로 세계를 인식하기에 항시 원리적으로 동시에 과격성을 띨 수밖에. "베꼬니아의 꽃잎처럼이나" 하고 김춘수가 읊듯. 4·19란, 위로부터의 혁명도, 아래로부터의 혁명도 아닌 시적 혁명, 굳이 말해 옆으로부터의 혁명이라고나 할까. 이루어진 혁명을 지킬 힘이 없지요. 유아기적(幼兒期的) 혁명이라고나 할까요. 날쌘 자들이 대번에, 바로 1년 만에 혁명을 채 갈 수밖에. 지킬 힘이 없었으니까.

객 그 순진성에 대한 형언할 수 없는 안타까움이란 실상 5·16군사혁명의 등장으로 말미암아 한층 증폭되었음에서 나온 것. 선생식으로 말해 4·19의 자기증식성이겠는데요.

주 4·19는 교과서적으로는 다음처럼 규정됩니다. (1) 대구의 2·28사건 (2) 마산의 3·15 (3) 5·18의 고대 학생데모 (4) 전국적 4·19 (5) 이승만 하야 등을 아우르는 명칭이지요. 이 거대한 성취가 1년여 만에 도적맞고 말았을 때, 사태는 더욱 악화일로로 치달았지요. 그것도 감당할 수 없을 만큼의 지속성으로. 4·19의 자기증식성이란 군부독재와 마주함에서 왔던 것. 이 자기증식성에 제일 민감히 반응한 이가 고은 시인이 아니었을까.

3. 부처님의 가피와 샤머니즘의 가피

객 선생이 쓴 3·15의거 기념시집 『너는 보았는가 뿌린 핏방울을』(2001)의 해설을 보면, 4·19가 던진 우리 시단의 변모를 두 가지로 정리했더군요. 70년대 들어 현실인식의 거대한 시적 발현이 고은·황명걸·민영·조태일·이시영·김창완·정희성 등에서 나타났다는 신경림 씨의 지적을 인용했음이 그 하나. 다른 하나는 모더니스트이며 자기도 잘 모르는 난해시 쓰기를 일삼던 김춘수·김수영·김종삼 등이 정신을 차려 각각 자기 좌표를 설정하기에 이르렀다는 황동규 씨의 지적. 그런데 무엇이 유독 일초로 하여금 『만인보』로 나아가게 했을까. 선생이 말하고자 한 '자기증식성'이란 곧 『만인보』를 가리킴이 아니었을까. 이런 느낌을 이제 물리치기 어렵네요.

주 결과환원주의라고 비판당할지 모르나, 만인의 족보 쓰기란 자기자신의 족보 쓰기일 수밖에요. 자기를 뺀 '만인'이란 없는 법이니까. 방관자가 어찌 참된 남의 족보를 그릴 수 있으랴.

객 시방 일초 시인의 족보를 따져야겠다는 뜻으로 들립니다그려.

주 족보 따지기란 글쓰기의 족보를 가리킴인 것. 시인 고은의 탄생은

「봄밤의 말씀」「눈길」「천은사운」(『현대문학』 1958. 11) 등의 추천시를 통해서입니다. 추천자 미당은 이런 지적을 했지요. “고은 화상(和尙)은 좀 복잡하다”라고. 육체는 희랍적인데 또한 완연한 불경지(佛境地)라고. 말하자면 한 ‘시험’이고 ‘종합가’인 것 같다라고. 이 점이 좋다라고. 곧 미당은 자신의 초기 모습을 신인 고은에서 직감했던 것이지요. 여기에다 대고 고은은 천료(薦了)소감에서 효봉(曉峰)스님께 이렇게 선언했지요. “스님 잘못한 줄 알아요. 절 몇번 드리고 거짓으로래도 참회해요. (…) 망집하지 않겠어요. 다만 몇해만 제가 나이 어릴 때 끼적거려서 누가 볼까봐 흑엽서에 편지나 몇조각 쓰고 말겠어요. 그리고 부처님 되겠어요. 용운(龍雲)스님 만큼이래두”라고.

객 당시 중이자 시인인 고은에겐 만해 한용운이 이른바 족보의 표준이랄까 적어도 그 계보를 잇는 첫번째 존재라는 자각적 신념이 뚜렷합니다그려.

주 만해시학이란 무엇인가. 시집 『님의 침묵』(1926)과 『십현담주해(十玄談註解)』(1926)로 말해지는 것. 전자를 논의하는 자리에서 송욱(宋稶)은 우리 근대문학의 빈곤성과 견주었지요. 한글로 시작된 근대문학이란, 한문으로 이룬 높은 사상적 기반과 결별함으로써 초라해졌다는 것. 오직 예외가 있다면 『님의 침묵』 정도라는 것(『님의 침묵』 전편 해설 1974).

객 『님의 침묵』이란, 선생식으로 하면 한문으로 된 시적 표현인 『십현담주해』와 쌍을 이루는 것. 『님의 침묵』을 해설하는 마당에서 송욱은 불도에 이르는 길과 민족해방을 이루는 일이 오직 ‘하나’라고 지적한 바 있었지요(『시학평전』 1963).

주 고은이 시인으로 발을 디딜 때 그는 승려였음에 거듭 주목할 것입니다. 중이란 무엇인가. 『화엄경』을 종주로 하는 한국불교에서 보면 보살되기가 아니겠는가. 불도에 든 이는 누구나 저 사홍서원(四弘誓願)을 전제로 하는 것. (1) 맹세코 수없이 많은 모든 중생을 구제한다〔衆生無邊誓願度〕. (2) 맹세코 수없이 많은 모든 번뇌를 끊는다〔煩惱無盡誓願斷〕. (3) 맹세코 수없이 많은 불법을 배운다〔法門無量誓願學〕. (4) 맹세코 위없는 불도에 다다른다〔佛道無上誓願成〕 등이 그것. 만해에 있어 서원은 (1)에 해당하는 것. 중생 구하기란, 민족해방과 등가이자 동시적인 행위가 아닐 수 없는 것.

객 만해를 준거로 삼은 일초시학이 지닌 서원이란 무엇인가. 위의 네 가지 중 어느 것인가. 이 물음이 결정이겠습니다그려.

주 그렇소. 만해에 있어 사홍서원이 (1)이었듯, 그 직계 고은의 사홍서원 역시 (1)이 아닐 수 없지요. 만해에 있어 (1)의 실현이 일제로부터의 민족해방이었고 이는 저 불도의 성취만큼 크고 엄청난 것이었습니다. 『님의 침묵』에서 이 사태의 극복이란 '죽음'에서만 가능하다고 읊었지요(졸고 「소설 『죽음』과 『님의 침묵』 간의 거리재기」 2005 만해학술집 제1집). 고은의 (1)의 실행방식은 어떠했을까. 두 가지 점이 지적됩니다. 그에게 있어 극복대상이란 민족 대신 민중이었다는 점. 바로 여기에 일초시학의 직접성이 유래되어 만해시학과 구분되지요. 다른 하나는, 그가 환속했다는 사실. (1)의 선택에서 서서히 벗어나기가 그것. 과격성의 근거가 여기서 왔지요.

객 불도를 떠났기에 '불도 이르기=민족해방'의 만해에 비해 '민중해방'의 단일성이지요. 불도 이르기를 버렸으니까 달랑 '민중해방'인 것. 곧 과격성이자 직접성의 근거인 셈. 맞습니까.

주 1995년 12월 4일 오후 일곱시. 여기는 파리의 PEN클럽 회의실. 고은의 시 낭독회 장면. 우연히 제가 있었지요. 마이크를 잡자마자 시인이 크게 외쳤지요. 나는 별 네개짜리 전두환 장군과 같다. 나도 별 네개짜리이니까,라고. 감옥행 네 번을 가리킴이지요. 이게 바로 직접성이자 과격성의 실체이지요.

객 승려족보에서 벗어나 민중족보에로 향하기. 거기엔 부처님의 가호가 미치지 않는 세계이니까. 실상 이 『만인보』도 작가 자신의 술회에 따르면 1980년 육군교도소의 창살 없는 특감 안에서 착상된 것이니까.

주 부처님의 가피(加被)를 입을 수 없는 대신 이 나라 민중이 모르는 사이에 품고 있는 또다른 가피가 고은시학을 지켜주고 있었지요. 샤머니즘이 그것. 샤머니즘이란 새삼 무엇인가. 『화엄경』에서 설하는 그리움〔悲〕 그것이 아니었던가. 사무친 그리움 말이지요.

이 샤머니즘은 무엇인가
저 1만년 전 이후
오늘 아침의 나에게 이르기까지
백발 성성히 와 있는
이 샤머니즘은 무엇인가

그토록 배척받았건만
그토록 부정당했건만
그토록 능멸당했건만
땅 밑으로 잠겨
오늘 아침 나에게 이르기까지
이 샤머니즘은 무슨 피인가 무슨 피의 피인가

초사흘 저녁
나 어릴 적 연 날리고 돌아오면
어머니는
안주머니에 부적을 넣어주신다
꼭꼭 간수하라고
몇번이고 챙겨주신다

어머니는
보름달 뜨면
뒤란 장독대
물 한 그릇 놓고
밤이슬 숨쉬며

비난수하신다
두 손바닥 비벼 간절히 간절히 비난수하신다

이런 어머니의 힘으로
나는 한국현대사 험한 고비
죽을 고비
요리조리 넘겨 살아왔다
사형에서 무기
무기에서 20년
그러는 동안
나에게는 늘상 어머니의 부적이 따라다녔다
늘상 어머니의 기도가
세상 밖을 세상 안으로 바꾸어주었다

그 어머니 세상 떠난 지 오래
언제
어디서 떠나셨는지 모르는 세월 지나
가슴 후벼파는 뉘우침 뒤
나는 아내를 바라본다
아내가 어머니의 모습 그대로였다
8년 반 감옥에서 나온 지 며칠

지난날의 살찐 이데올로기 어디로 돌아가고
지난날의 눈물 아롱진 어머니의 모습
어디서 돌아오셨나

아 토대론 하부구조론 가물가물하구나

—「어느 사상범의 주술」 전문

객 『만인보』란 결국 시인 자신의 족보 만들기였음이 조금 짐작됩니다.

주 부처님의 가피와 샤머니즘의 가피, 그 한가운데 우리 시의 한 장면이 놓여 있습니다. 「아, 고은」이 「아, 4·19」로 된 것이기도 하지요.

金允植 | 문학평론가, 서울대 명예교수

* ○ 안 숫자는 권 표시

ㄱ

ㄴ

ㄷ

ㄹ

ㅁ

ㅂ

ㅈ

ㅊ

만인보 21·22·23

초판 1쇄 발행/2006년 3월 22일
개정판 1쇄 발행/2010년 4월 15일
개정판 3쇄 발행/2015년 12월 23일

지은이/고은
펴낸이/강일우
책임편집/박신규 박문수
펴낸곳/(주)창비
등록/1986년 8월 5일 제85호
주소/10881 경기도 파주시 회동길 184
전화/031-955-3333
팩시밀리/영업 031-955-3399 · 편집 031-955-3400
홈페이지/www.changbi.com
전자우편/lit@changbi.com

ISBN 978-89-364-2850-1 03810
978-89-364-2895-2 (전11권)

* 책값은 뒤표지에 표시되어 있습니다.